文
景
———
Horizon

在驯鹿聚集的地方，吟唱

吴一凡 著

上海人民出版社

目录

世界

大停摆

　　"我现在在冻原，聚拢驯鹿的地方，比我家所在的小镇努奥尔加姆[1]的海拔更高，极夜已经过去，今天是明媚的晴天，鹿群就在窗外，我给你看。"2022年初，我和生活在芬兰北极圈内的萨米人（Sami）安娜（Anna）通视频电话时她对我说。她是萨米传统Joik吟唱音乐人，我非常喜欢她的专辑《梦中之景》（*Nieguid Duovdagat*），想和她聊聊传统吟唱的事，给我和合伙人一起创立的"他者others"公众平台做篇稿子。我们从2016年创办以来，一直关注世界各地的原住民文化。他们多种多样的、和现代社会不同的价值观似乎离我们非常遥远，远到甚至极少有人真正知道这些人，更不知道他们的价值观能和我们产生什么关联。我们提出"多一种价值观，多一条逃生路"，邀请世界各地曾深入沉浸这些边缘部落的人类学家、纪录片导演、摄影师讲述部族

---

[1]　努奥尔加姆（Nourgam），位于芬兰拉普兰省，与挪威仅一河之隔。

故事，让读者得以跳脱日常生活，看一看现代社会以外超乎想象的世界，挖掘被遗忘的人与自然的联系，展现世间犹存的不同可能性，探索古老和现代融合的新未来，希望以此对现代社会尤其是城市人群，提供异质价值观的借鉴和心灵启迪，缓解快节奏带来的焦虑。作为一家媒体，我们也为能在这个领域略尽绵薄之力而稍减生存于当下的不安。

萨米人是我自己拜访的第一个原住民部族，第一站就是安娜现在的家所在的小镇努奥尔加姆。那是2013年的事了，彼时我结束自己在欧洲的留学旅居生活不久，在人文旅行杂志做编辑，那趟旅途就是为了采写一篇杂志稿，它为我打开了一个新世界。

我从安娜的镜头里再次看到曾见过的驯鹿群，她告诉我努奥尔加姆小镇因坐落在河谷，仍在极夜中，得到2月底才能见到太阳越出地平线，并向我保证，等她回到镇里，就向我当年采访的老朋友们传达我的爱和思念。

英国探险家、BBC著名主持人西蒙·里夫（Simon Reeve）有次讲到，即便生活在现代社会也要保持对自来水的惊叹，这是一种敬意。我保持的则是对电信的感慨。和世界各地的人类学家、探险家甚至是原住民等人像我和安娜这样通电时，总能感受到一种心安，并暂时忘记这个世界的黑暗和隔绝带来的沮丧，相信确实有看不见的网络把许许多多我想念的、很久没见的人连在一起。2020年以后，全球疫情使这种情感变得愈发强烈，而且也正是通过网络连线，我甚至得以"拜访"一些遥远的原住民部族，还一起设想一个大家都渴望的未来。

格陵兰的旅行在真正开始计划前就因新冠肺炎疫情夭折了。或许也正是因此，格陵兰成了心里的结，总是不断地想起它来，随之而来的，当然是难以克制的渴望。疫情前，我甚至已经联系好了因纽特（Inuit）向导加利娅（Galya），无奈，我们只能在全球大停摆期间通过发信息互相问候。2021年的一天，我在里夫的直播分享会上听到他说自己最想去的地方之一也包括格陵兰，"我知道得花很多很多钱，在冰川里我也免不了傻乎乎地哇哇哇地惊叹"。我忍不住想象英国自然作家罗伯特·麦克法伦（Robert Macfarlane）在《深时之旅》（*Underland*）中描写的格陵兰经历了千百万年的蓝色的冰。

　　而在格陵兰，加利娅回到了她在北部的家，"雨、雨、雨，"她写道，"冬季迟迟不来。"语调里透露着一种可想而知的急切。和在闷热、潮湿难耐的夏末等秋天的上海人很像吧，我猜，但又显然不可同日而语。我的想象变得以听觉为主，是日本探险家植村直己在《极北直驱》里写到过的雪橇犬凄凉的远吠，一只先开始，然后村里所有的狗都凄切地回应，伴随着格陵兰独有的冰下推挤声。

　　许多个苦闷的日子里，格陵兰并不能带来具有安慰性质的念头，它只会恶化情况，让我止不住无用的思索：等我们真能站上这个世界上最大的岛屿，看到加利娅描述的"像丹麦一样绿"的格陵兰首府努克（Nuuk）的城市景观，冰川还在吗？那些长着亚洲面孔的因纽特人会过着怎样让人不安又心碎的、醉醺醺的生活？萨满还能展现神迹吗？我们有机会在冰原中播放莫扎特吗，因纽特人会有怎样的回应？我们能在朴素、荒凉的小屋里挨过一个或几个夜晚吗？会受到哪些奖赏般的灵感和启迪？

等待和盼望大概会像许多事一样在现实生活里成为一个个落空，那么我们是否还有心力苦守承诺：格陵兰见？我曾把这些一股脑发给加利娅，她的回复则是带着因纽特人特质的悠哉，让人在她的平静中感受到一种强大的定力，想见而不得见的日子也能凭借这点力量再继续坚持下去。

通信和网络或许是科技能带来的一种相连，对此我心怀感恩，艺术能带来的则是另一种。

安娜 2020 年从芬兰拉普兰省的首府城市伊纳里（Inari）搬到丈夫家所在的努奥尔加姆小镇，他们在河边建了新房子，"驯鹿群、三文鱼都在附近"，她告诉我。安娜和丈夫及其家人仍过着传统牧人生活，冬天去山上冻原照料驯鹿，夏天就在河边捕鱼为生。几年前她在档案库里发现很多自己祖辈们的传统吟唱，不少都是她祖父的，由此开始重新学习、创作，最终在 2021 年推出新专辑。

安娜认为自己的吟唱和许多用吟唱再创作的世界音乐不同。"有些是用萨米人的语言和一些吟唱的唱法、调子再创作，加入各种元素，甚至是爵士等，其实作品也就和流行音乐差不多了，"她说，"我做的并不是如此，更艺术一点，也不完全是大众化的。"

2021 年她在萨米议会的演出就诠释了艺术性。现场加入了电音、类似里尔琴的芬兰传统弦乐器和充满视觉冲击的投影画面，非常当代。这场演出也让我想起 2020 年 12 月中，同样是通过网络连线，我以虚拟旅行的方式回到了德国柏林，参加洪堡论坛（Humboldt Forum）开幕式。我始终相信柏林能建成一些好地方，理念也不错——"不是在这里谈论他者，而是和他者对话"。贯穿开幕式的背景音乐打动人心，是驻地乐队拿世界各地的各种乐器——非洲鼓、澳大利亚原住民的迪吉里杜管等，也有小提琴和吉他合奏的新音乐。直播最后乐队出场演出，真像远古的回声和当代的对话。

洪堡论坛的民俗馆在 2021 年底正式打开大门，第一批现场演出包括《初始》（Am Anfang），在形式上也和安娜的作品有异曲同工之处。在这部既充满当代艺术感又传达着西非原住民古老信息的演出里，德国音乐家和马里当代舞者通过探索西非多贡人（Dogon）和富拉尼人（Peulh）的创世神话，结合了唱诵、舞蹈、视频等多种艺术形式，探讨不同的部族因自己的认知、文化背景而产生的不同世界观。演出本身呈现出的则是多元文化的对比、共存、融合。

一种相连。

事实上，我和安娜后来都认同，她所说的"艺术"，其实也有灵性的意思。

专辑中的第一首歌《转变》（Sirdda），就是一场萨满之旅，从现实世界走向"非寻常世界"。这个概念最早是由美国人类学家卡洛斯·卡斯塔尼达 [1] 在 1960 年代末期提出，在我们此刻所经历的现实之外，还存在另一个"非寻常世界"，萨满可以通过意识转换超脱现实，以丈量

---

[1] 卡洛斯·卡斯塔尼达（Carlos Castaneda, 1925—1998），美国人类学家，1960 年代师从美洲亚基族（Yaqui）萨满巫师唐望（Don Juon），并声称自己参透了巫师世界的真谛。根据亲身经历写就的"唐望系列"在 1968 年出版后很快成为畅销书。但卡斯塔尼达的说法和经历也受到很多质疑。

另一维度。安娜说她吟唱着走向非寻常世界，在那里的经验则是"真正成了自然的一部分，和它交流，也是在那时那地，和过去所有的传统、祖先交流着"。她认为这"或许可以说是一种信仰，在那个世界里，你相信这个状态，而不仅仅只是知道它"。

古老的旋律能带来内在旅途，萨米人相信他们的传统唱诵源自自然，随风而至，不是被创作出来的。这也是古老信仰的一部分，正是因此，吟唱才能把外在的和内在的对应、连接起来。"（有时，）当我走在自然中，短小的曲调出现在脑海里，我就把它们记下来，再创作。"安娜告诉我，"我也会对每首歌谣做灵性测试，就是看看唱诵时能否感受到能量。"

被遗忘、消失的传统有很多，比如"不再知道曾经的萨满祖先在仪式中如何运用唱诵"，安娜坦言，但她可以肯定的是两者是有联系的，因为能真切地感受到音乐带来的转变之旅。

在这张专辑和现场演出里，安娜都没有唱档案馆里她祖父的古老曲调。传统上，每支唱诵都属于最初吟唱它的人，祖父已经过世了，一来无法取得他的同意，安娜觉得这些歌对她来说太私密了，再者"或许和我自身的不安全感有关"，她坦言"觉得自己不能完全和祖先们唱得一模一样，和在档案馆里听到的不同"，不过现在她的看法又有转变，认为"应该唱这些古老的曲调，如果没人再唱，它们就真的被遗忘了"。她曾询问过一位长老的看法："我们是拿这些档案音乐再创造，还是重新原原本本地学习、唱诵它们？"后者的回答是："不论如何，如果只是藏在档案馆中，拥有它们的意义何在？"

安娜得出结论："不管什么方式，怀着尊敬之心使用、唱诵它们，意识到灵性连接，不仅是吟唱本身所蕴含的，还有在吟唱时和最初吟唱它的祖先的联系。用它们去做些有意义的事。"

在自然中吟唱的感觉和在舞台上的全然不同，得记住在自然中的感觉，到台上再把它想起来，安娜常常用"在脑海里想象"的方式，因此从一定程度上来说，只要不是在大自然中吟唱，她就是一边唱，一边观想大自然，"有时是各种颜色，有时是抽象的，但更多时候想的是冰川"。传统吟唱里有些固定的、不断重复的旋律，也有即兴成分，有一些吟唱没有那么深入内在，歌者跟着自己的感觉唱，安娜就单纯地吟唱着冰川。

她不是萨满，但相信萨满的神性仍旧存在于所有萨米人的体内，毕竟"萨米人的思维方式也还和过去一样"，而且能很大程度上把这片自然交到下一代手中。"大自然就是圣地，我们没有任何实体建筑或造物崇拜，神性在我们体内、在日常生活中。"她说。

现在萨米人的许多经验感受和祖先们的也相连相通，比如经历极夜、目睹极光时，"极夜确实艰难，但在这个过程中，你在等春天，而春天总会来，这个状态非常让人安心"。尽管常能看到极光，但它仍旧让安娜觉得惊心动魄、充满魔力。经过极夜，太阳升起的第一天非常特别，"毫无疑问，它给予你力量"。很久以前，人们会在那天举行仪式，现在已经很少了，安娜没有参加过这样的仪式，但她"完全可以想象，在没有电的年代，人们长久地生活在黑夜里，太阳是神明，那必定是一个极为神圣的日子"。安娜相信："我经历的、感受到的对自然、来自自然的谦卑、敬仰、能量和祖先们所经验的是一样的。"

一种相连。

"我不觉得我们的文化死了，或是曾经消亡过，它始终都在我们体内，"安娜说，"可能一度很少谈论它，但就算是在萨满鼓被烧毁、萨满遭到残害时也是如此。"现在，包括吟唱在内的许多传统都在回归，年轻人也在学习这些智慧，试图重新传承。安娜告诉我，有些曾经被抢走的鼓也回到了萨米人的手上，就在2022年1月，丹麦就归还了一个，"收藏在挪威那一边的萨米人那儿，它代表的也是一种文化复兴"。她真切地相信萨米文化会完整重生："可能我这辈子无法看到，但我相信，那一天会来的。"

永远相连。

这个时代或许遍布打击、惊吓和绝望，但世界各地总有人下定决心做些能带来力量和启迪的事、总有人用创意带来奇迹，也总有人隔开文化的鸿沟彼此拥抱，展现人性的光谱。对这种穿越时空、文化背景、个人经历的相连，不论是人与人之间的，还是人与其他物种、大自然、整个星球乃至全宇宙之间的，都让我深深触动。我认为这是奇迹的一种。也正是对这种相连的渴望促使我踏上旅途。在本书的所有篇章里，我记录下许多种相连，有些很明确，有些只是蛛丝马迹或是晦涩的隐喻，不论如何，我真心希望把它们完整地展现了出来，通过它们，每一位读者都能找到属于自己的、更深刻的连接。

昨日世界

芬 兰 极 地

萨 米 人 的 灵 力

这些生活在芬兰极北拉普兰地区[1]的萨米人习惯独处，同时也彼此关照，他们生性腼腆、很少说话。冷酷的天气塑造了他们坚韧刚毅的性格。如同森林中的树木一样，他们拥有咖啡色的眼睛，也为适应气候而身材矮小，是欧洲最后的原住民，对大自然的顺服与敬重使之成为真正的森林之子。

---

[1]　整个拉普兰区域涵盖瑞典、挪威、芬兰三国北部并向东延伸到俄罗斯科拉半岛，全部都在北极圈内。"拉普兰"（Lapland）的意思是"遥远的土地"。

左图
阿尔米拿着萨满鼓

下左图与下右图
阿尔米的丈夫和他们的驯鹿

我在不同年份的不同季节数次深入北极圈，前往遥远的芬兰拉普兰地区拜访萨米人。头一次是一个秋末，我和萨米人在那儿等待初雪。和我同行的还有意大利博洛尼亚大学的美学博士乔雅（Gioia）。早年旅居欧洲时，我和她在柏林一个废弃厂房改造的临时艺术中心相识，逐渐成了推心置腹的好友。她认为这种奔赴北方的艰辛旅途并不适合我独自完成，尽管我向她解释自己有可靠的向导，但她的回应是："能有我贴心吗？"事后证明，她的坚持或许也是某种神秘力量的组成部分，没有她我会错过神圣的极光及其蕴含的能量。

如今在芬兰的萨米人仅有6 500人左右[1]，不过这个数据并不可靠。"数据没办法真的可靠，"我的向导塔尼娅（Tarja）说，"在这里我们并

---

[1] "6 500人左右"是芬兰拉普兰地区的普遍说法，可查到的数据各异，芬兰议会提供的数据是9 350人，国际少数族群权利组织（Minority Rights Group International）的统计数字则为7 500人。

不以血统点认人数，这样解释吧：一个与萨米人一起生活的赫尔辛基人，他了解萨米习性与文化，能够用他们的语言，那他就是个萨米人。相反，如果一个萨米人到城里忘记了自己的传统，那他也就被这片土地驱逐了。"

关于萨米人有这样一种说法，如果他不是驯鹿牧人，就是猎人或捕鱼人。他们所从事的职业一定和大自然有关，有时他们可能既是牧人又是捕鱼人，随不同季节转换。驯鹿冬天会去南边一点的地方生活，夏天则回到北部。从前萨米人就跟着它们迁徙，在途中搭帐篷过游牧生活；现在他们在森林里的木屋定居。自从有了雪橇车，每年冬天驯鹿开始迁徙时，他们会开车去森林里照看它们，晚上回家，只有几天时间生活在野外。他们天生就有极好的方向感，在黑暗的荒原中绝不会迷路。按当地人的说法，大自然总会为你指明方向。他们的这句话并不具有比喻义，这些原住民懂得如何读懂大自然给予他们的"路标"，在脑海里建立起记忆地图。

英国心理学家、行为学家迈克尔·邦德（Michael Bond）认为现代人是置天生就有的巡航能力和空间感于不顾，至少在 GPS 指错路前，不会有人理睬这份天赋。现代生活中的人们早就忘记了千百年来，探索就是人类天性的一部分，寻路则是由此进化而来的，也是人类之所以成功的关键。

今天依然以狩猎-采集过活的部族很少了，萨米人也大多过上了定居生活，但他们仍然要深入极北原野中追寻自己的驯鹿，活动范围非常大，依靠的就是惊人的巡航本领、敏锐的空间感和方向感，还可以在脑子里记住这一切。他们的头脑也在这样日复一日的磨炼下变得越发善于观察、寻找方向。

在原野中，萨米人看似形单影只，但他们始终知道朋友、亲人、家所在的方向，也知道自己身处何方，因此他们绝不孤独，从未迷失。事实上几乎所有萨米人都喜欢独自深入荒野或航行于大海，整个旅途中，我无数次听到萨米人谈论孑然一身面对无人之境的神奇体验。"只要拥有基本的野外生存技能，遵循自然法则，大自然就会以它的方式照顾你。"他们无不这样告诉我。实际经验则让我体会到和这些人深入荒野的安全感。我们本能地需要知道自己身处何方，从而判断在这个环境中是否安全，一个出色的寻路者还会对周围环境保持警觉，能在正确的时间做出正确的决断，能从不同的视角认出曾到过的地方，有出色的记忆力，并善于利用自己的旅行经历。

我们在邻近挪威的芬兰边境小镇努奥尔加姆过夜，这也是芬兰最北方的镇子。塔纳河（Deatnu）将小镇与挪威隔开。"Deatnu"在萨米语中的意思是"伟大的河流"，是萨米人心目中的圣河。这里是全欧洲最适合捕三文鱼的地方，大自然源源不断的给予使当地人满怀感恩。塔纳河正值枯水期，浅滩如同河中岛屿，冷风中站在河岸，夏季充沛的雨水使之奔腾的景象不难想象，它的威慑力和巨大能量与广袤森林旗鼓相当。即便是枯水期也危机四伏，只有最了解土地和天气的萨米人才能在这里驾船捕鱼。萨米人对天气了如指掌，他们总是抬头看看便能准确预测气象。

在拉普兰不能获得萨米人帮助的话，就无法真正了解这片土地。

雷默（Raimo）在努奥尔加姆生活了大半辈子，决定给我上第一节野外生存课。他是个野外向导，萨米人和芬兰人的混血。我们在他河岸边的家中见面，这附近也有几栋木屋，供夏季到这里来捕鱼或者家庭游的游客使用。此时除了我们之外就没有别的客人了，我环顾不大的就餐室，墙上挂着手绘的萨米语北冰洋地图，已经有些掉色，上面除了清晰地标注着北冰洋的位置外，还有驯鹿群的分布以及逆流而上的鱼群，其他的都是概括性的勾勒。

见面时雷默一身短打，看了看我的呢外套和皮靴说："我真不知道要怎么告诉你山上的天气，云层挺厚，风有点大，而且我们得在野外吃饭。也许你会再需要一件外套和一双真正温暖的鞋？我会在T恤外再穿件风衣的。"我默不作声地穿上两件外套和登山鞋，跟着他在黄昏时向远山出发。严格意义上说，他们管山叫山丘，认为那里根本就不高，但这只是萨米人的看法。

时值秋末，雷鸟的羽毛还未完全变白，它们从头顶飞过，提醒我们在向森林深处进发。我们到这儿来徒步，让我首次领略了北极风光。天空泛白，远处云层裂开一道口子，夕阳把那条线状的天空染成淡淡的橙红色，和地平线保持平行，在它们之间的是绵延不绝的山（丘），形成一条又一条不断推进的平顺曲线，没有赛谁高的意味，看起来颇为柔和。我们走进一片枯树林，天光瞬息万变，逐渐转黑。雷默知道我们要去哪儿，他在山上建了个木屋，今晚要带我们去见识他的手艺。"冬天，我常带滑雪爱好者到那儿等待极光。"木屋已隐约可见，我以为再爬过一道坡就是胜利，但事实绝非如此。"他们大多都不知道在森

20

林里该怎么办，于是我们许多人都成了野外向导。冬天忙完驯鹿就是滑雪季，服务行业也是这里的收入来源之一。"萨米人知道如何保护森林，也知道旅行者同样是来自森林的现代礼物之一。他们始终懂得如何收获。

我们在枯树林里不知走了多久，天色愈发暗下来，不过当你真正相信一位萨米向导时，这一切绝不会显得恐怖，反倒宁静平安得很。归巢的鸟鸣、风穿过树枝的声响、不远处的溪流、脚下的苔藓被我们挤出水分……这些声音在森林中被一一辨认。眼前，萨米人正如穿过自家厨房去取咖啡一样在荒野中开路。此刻所有人都能相信，他们独自在荒野中的时刻，便是与大自然融合为一之时。

这片枯树林有一种荒凉的美。树木枝干低矮发黑，没有一片叶子，它们一棵棵兀自站在那里，仿佛是因为见证过太多，于是决定沉默，任由岁月告诉它们命运。雷默在森林里生活了40多年，见过这些树每年冒绿芽的时光，"后来因为鸟太多，吃光了树叶，树干最终因吸收过多水分而死去"。他边走边告诉我，这是36年前开始的生态圈，现在则需要比这长得多的时间来让新树代替这些枯枝。"这就是大自然，无须欢喜也无须悲伤，你对此无能为力。"

让人意外的是，我们都好像能在这片荒芜的死亡之林找到一颗与自然不分彼此的纯净之心，能停下所有念头和思维。"知道对一切无能为力，把自己交给宇宙万物，成为生态圈的一部分。"我应和雷默，他点点头，认为我说了一句像是"太阳从东边升起"这样不过是常理的话。

跨过一条窄窄的小溪，雷默熟练地一脚站在一边，倏忽间，他就眼疾手快地徒手捕到一些鱼——它们将是我们的晚餐。这片枯树林中还是有许多生命，雷鸟仍旧时隐时现，还有一些在冷风中倔强生长着的浆果，但雷默不建议我尝试，倒不是因为它们有毒，而是"口感不好，另外，我们得加快脚步"。我顶风吃力地跟在他身后，着实羡慕雷默驾轻就熟的模样。天色又晚了一些，尽管北极正在走向极夜，很快这里就将长时间见不到太阳，但时下黄昏的时间依然很长，我们抵达林中木屋时还有足够的天光生好火堆。

　　天空的颜色逐渐转深至墨色的同时，我们的篝火仿佛越发通红明亮了，柴火噼啪作响让人以为自己真的穿过了时空和现实，来到一片梦中故土，浪漫得难以置信。我就是在这样的氛围中和雷默真正交谈起来，知道他曾是心理医生，回到北方荒原后，放下处方成了野外向导，带领旅行者认识这片森林。没人知道他学过萨满，只有他太太觉得自己嫁给了一个"疯子"。

　　雷默在篝火上用刚捕到的鲜鱼煮上一锅香喷喷的浓汤。他随意地聊起日常，说平日仅需三到四小时睡眠，余下的白天或黑夜都用来读书。尽管我问他到底在读些什么时并没有指望会听到熟悉的书名，但我还是这么接嘴了。

　　"有很多本在同时读，"他也就随意地说，"一本侦探小说，一本有关萨满……"

　　"那本书讲的是什么？"我的好奇心开始上升。

　　"简单来说，是关于一个很想成为萨满的人如何练习并最终获得成就的。"

"这是个真实的故事？"

"千真万确。"

"你们真的相信萨满拥有超自然力量吗？"

雷默大笑起来，在我的一再追问下说出他的故事。

雷默读的大学心理学课程中就有专门教授萨满力量的，因而他又反问我："你说我们是不是相信？"而且就他所知，萨满都是后天练成的，不过前提是内心深处有一个迫切想要成为萨满的声音，或者说冲动，"就像你的内在在燃烧"。他也曾有过成为萨满的内心之火。年轻时的雷默对这些超自然力量非常着迷，后来回到这片荒原，发现身处此地，与自然融为一体，比任何超自然状态都更接近萨满本质，心中的火于是渐渐熄灭归于深刻的定静。不过他还是为我回忆起学习萨满的往昔来。当时，在他们的萨满课上，通常两人一组，其中一个不停地深呼吸，直到因换气过度而进入休克状态，据说这时意识就能够离开身体了。整个过程持续时间非常短，顶多5分钟左右，然后就会回过神来，再过大约15分钟，因休克停止工作的肌肉也恢复过来，就能慢慢告诉同伴自己看到了什么。一定程度上两人一组练习相对安全，万一出事，能立刻有人开始做心肺复苏。但这也有更可怕的一面，作为清醒的一方，看到刚才还在跟你聊天的同伴失去意识、无法控制自己，有时候他们看起来还极其痛苦，即便事实上并非如此……看到这些，就清楚地意识到这也是自己进入休克状态时的样子——对自然、超自然的一切实则都无能为力。

雷默称一开始对这些超能力并不是没有怀疑，但他有一次，身体进入休克状态，意识却回到自己北方的家里。要知道，这两地一处在芬兰南边、一处在最北边。雷默看到了自己刚出生的孩子、妻子做的晚餐，还有桌上的餐具和摆设。

　　"听起来根本没什么稀奇，我并没看到什么惊人的场景，也没进入另一个超维度空间，"雷默谈到这样的往事语气里仍有些动情，"可这样真实的画面却让我非常震撼，内心深处我已然确信这正是我太太所做的事，但理智还是让我打电话回家问了晚餐吃的什么、孩子是否在哭闹以及餐桌上的装饰。"他得到的答案和他在脑子里所看到的毫无二致。

　　这是他第一次真正确信这个世界上是有超自然力量的，但并不认为自己就有了超能力，毕竟身边所有同学都或多或少能做到让自己的意识去别处、灵魂出窍等，也就不会因此觉得自己有多特殊。不过他承认，和自己的同类在一起，拥有超能力并且互相交流不同的经历是件非常有趣的事。事实上，他在当时就意识到："既然所有心理系学生都能做到，那就意味着世界上所有人都能做到。你怎么会因为一件大家都力所能及的事而觉得自己非凡呢。"

　　我们逐渐谈到了时间作为多维度空间，问他是否能控制意识的去向，要求它去看自己想看的人、事、物，或者去超维度空间。"让意识脱离身体，即便不是看到未来，它也已经是超脱四维了。"他告诉我，但进入更高层次还是需要练习，在当前科学能证明的那些维度里穿梭都是难事，遑论更神秘之地。雷默的经验是，要控制自己意识的去向很难，但他现在渐渐可以做到在进入休克状态前大概猜到自己会看见什么。

雷默内心的萨满之火或许已经熄灭，我们的篝火仍在燃烧，烟雾把我熏得落泪。这位萨米向导把我们用过的纸巾扔进火堆减烟，没有人说得清楚原因。木块燃烧的噼啪声在人声沉寂下来的每个瞬间填满空隙。这声音里带有某种静默，某种属于这片森林的力量。

时至今日，雷默都没有停下大学时学到的练习方式。一旦有了这样的神奇经验，他就欲罢不能，一次次想要进入更深层次。即便现在他能更好地调整身心，并且长时间身处森林——它们也给了雷默许多能量，他依然觉得两人一组练习更让人放松，更容易进入状态。有一次，他拉着太太一起练习，结果把夫人吓得不轻。那次他虽然成功让意识脱离了身体，但体验并不好。"好了，睡前故事讲完了，你的鱼汤也冷了。"雷默以古老浪漫的方式结束谈话，"要回家，我们还得在这漆黑的森林里走几公里才行。"

塔尼娅后来告诉我，她和雷默几乎认识了一辈子，但这还是她第一次听他讲起这番经历，"你是唯一一个撬开雷默嘴的人，让他回溯自己的内心，他大概为终于找到一个不会嘲笑他、能够理解他的人开心"。塔尼娅说，雷默始终是个孤独的人，和多数萨米人一样习惯孤独、惯于沉默，总是一遍遍深入森林，"他总能从追踪驯鹿中找到乐趣"。

回到努奥尔加姆时，夜如墨，我们沿着塔纳河边又步行了一会儿。云层聚集了一整日的天空突然晴朗了起来。雷默指着河上方的天空说：

"那就是极光。"我眯起眼睛使劲望，也不知是心理作用还是真看到了他所谓"相较于别处深黑色天空略明一些的地方"。

萨米人相信北极星的陨落代表世界末日，他们同样用它来确定极光的位置。"你应当再晚些出来看，先去洗个芬兰浴，要是我的话，就会这么干。"当时晚上10点不到，我们沿路遇到的镇民也建议11点过后重返这里，认为那时会有更明显的极光迹象。雷默在河边点起蜡烛，一路延伸到我的小木屋。"到时你能跟着烛光走到河边。"说完，他便消失在黑暗深处了。我看着那块似有若无的微亮天空将信将疑，尽管身处野外，我对当地人的所有建议都心安理得地照单全收，但我对极光并没有太大的兴致——我是来拜访萨米人，了解他们和我们不同的生活方式和价值观的，并不是那种跑到极地等极光的游客，而且折腾了一整天，我只想赶紧回到木屋写下笔记。

乔雅可能是太清楚我这恼人的习气，坚决不同意这种做法，她搬出"来都来了"的论调，加上软磨硬泡，还利用我不会放心让她独自一人跑到荒野河边等极光这个弱点，成功说服了我。

我们听从雷默的建议走进桑拿间，这里散发着松树和塔纳河的气息，日后我多次返回拉普兰北极地区，也多次用芬兰桑拿消除旅途劳顿，但再没有任何一次闻到如此深切的自然之气——我几乎是用嗅觉再次看到了塔纳河和枯树林。这里的芬兰浴以枯萎的松树枝加热塔纳河里的巨石，一勺冷水浇下，森林与河流的气息交织升起，湿热的暖流充斥鼻息，让我这个都市人猛然一惊。

临近午夜，我们再次来到河边石滩上，对岸挪威村庄的灯火很是微弱，如同贴近地平线的另一片星群。适应了黑暗的眼睛更容易辨认宇宙深处的变化，如当地人所言，极光果然显得明亮许多，变得更像是发着淡绿色银光的云彩，慢慢地，极光强劲了起来，虽还有些羞怯，但有节奏地在天空中舞动，群星如伴舞。我们安静地望着天空——这种安静是由敬畏带来的——萦绕着我的各种念头消失了，我感受到一种谦卑。

乔雅先开口，说想起以前听说过的传言：极光会随着音乐旋律甚至人们的口哨声而舞动，并就此决定在黑暗的塔纳河边一试。这其实是一些因纽特人的说法，认为极光对轻柔的口哨声会有回应，然后逐渐靠近。

几番选择之后，披头士（The Beatles）的《穿越宇宙》（Across the Universe）成为我们献给极光的见面礼。当然，我是用手机播放的，口哨难度太大且显得不敬。也许是主观心理作用，但我们真真实实地认为极光在乐曲过后又显得活跃许多，凝视天空，你能看到它朝一个方向漂移，然后淡去，再看北方地平线，另一道绿光又微弱地亮了起来……塔纳河在极光下显得非常安静，仿佛忘记了北冰洋，忘记了奔腾。

"如果没有敬畏之心，就不可能观赏到如此美丽的景象"，英国探险家罗伯特·斯科特（Robert Scott）曾这样书写极光，他认为"激发这种感情的因素，不是北极光的光辉，而是光线和颜色的雅致，其透明性，尤其是其形态的飘忽不定和短暂性"。他描述的极光应该和我们看到的完全不同又极其相似——"北极光并不像人们经常描绘的那样，具有耀眼的闪亮光彩，其魅力在于能使人们通过联想到纯粹是精神上的一些东西而驰骋想象"。[1]

可能也正是因此，关于极光的传说很多，最常听萨米人说的是：极光是天上火狐从北极天边跑过，尾巴拍打雪花所产生的花火。还有许多童话故事与之有关，说极光是一个萨米人因乱用巫术而受诅咒，只能永远在天上贩卖他用来骗取新娘的美丽嫁衣，极光就是那充满魔法的漂亮衣裳。当地居民自己则对这样的神奇天象表现得相对平静，一年中，他们有近200天都可以看到极光，强弱不同罢了，即便天气不好，他们也会安然地说："只是看不到罢了，极光就在云层背后，你知道它始终在那儿，也就不会有失落感。"

因为极夜的缘故，生活在极北地区的人其实对天光变化非常敏感，即使是每一次云开日出，他们也会面对阳光满怀敬畏之情。极夜之后的第一个日出，他们都会跑去山上——我后来也和他们一起这么干了——认为太阳越出地平线的那一刻，所有的自然能量会比往常更有力地迸发出来。极光在冬天对他们来说像太阳一样重要，因为那是光的来源。

我后来才知道，尽管同样生活在极地，萨米人和因纽特人面对极光的表现不同，前者认为应该保持绝对安静，这才是表达尊敬和谦卑的一种方式——他们总是以沉默表达好意。得知此事我和乔雅都有些愧疚，我们太相信过去读到、听到的知识，忘记身处一地应该倾听这里的智慧。但我仍对乔雅充满感激。不知是桑拿的缘故还是极光真的

---

[1] 《北极梦：对遥远北方的想象与渴望》，巴里·洛佩兹著，张建国译，广西师范大学出版社，2017年，第199页。

能够给予强大的精神能量，看完极光后原本包围着我的倦意一扫而空，相反，我精神变得很好，那晚我在乔雅规律踏实的呼吸声中写下一页又一页笔记。

那个夜晚是静谧的，但我们并没有听到不少人提到过的极光声，人们通常认为那是模糊的嗖嗖声，也有记录提到极光声像口哨声、噼啪声、旗被大风抽打的声音等，但这些都没有科学依据。塔尼娅坚称自己曾清晰地听到过极光声，她住在极北地区的朋友们也有类似经历，并将其声音形容为"啪，啪，啪"。

在那次极地之旅中，我看到了好几次极光，而且逐渐能熟练地按照跟萨米人学来的方法找到北极星，接着找到极光将出现的方向，那里通常是天空中较淡的部分，稍做等待，极光的波段便会在天空中出现。有一回尤其强烈，我竖起耳朵希望可以听到它的神秘声音。极光先是如蛇形般慢慢扭动，然后有那么一会儿，以电波的形式从天空一极传送至另一极……但和我共享此刻的是喝大了酒的酒店住客，他们对着明亮天空尖叫狂欢，对着光源指指点点，认为自己是世界上最幸运、最幸福的人。

"可我们有什么资格评判别人呢，"乔雅时机恰当地低声和我说，"我们在极光下播放过披头士。"

我在拉普兰首府城市罗瓦涅米（Rovaniemi）的极光博物馆里得到了最终答案——在非常安静的环境且极光非常强烈的情况下，是有可能听到声响的。除了照片和解说，旁边还配有一个耳机让你切实倾听。我戴上耳机，期待传说中的极光之音，结果无论怎样屏息凝神依然是鸦雀无声。导览最后遗憾地告诉我，耳机坏了。

不过我怀疑极光是否有声应该也和谁听有关，生活在森林中的人比我们听觉更敏锐。塔尼娅刚从机场接上我们开启向北的公路旅程时就抱歉道："这怪声是雪胎发出来的，我昨天才换上。"刚从飞机下来的我根本没听到什么怪声，还以为自己已经听到了北方原野和森林的寂静。

清晨，森林原野里云雾缭绕，这是个降温日，地面上的热气蒸腾上升，冷空气下降，太阳破云而出，时隐时现。地面晚上结了霜，我们上路时已经化了，柏油路的颜色经过水的浸润变得很深，森林和木屋的颜色也是如此。

我们没有时间再去看一眼白天的塔纳河了，得早早出发越过芬兰和挪威的边境线前往北冰洋，和依赖海洋为生的萨米渔人一起出海。我沿路捡了许多裸露在外的石头，有些甚至很可能是冰河时期留下的，时间、流水和其他作用力在它们身上留下抽象的纹路，有某种神秘、神圣的隐喻。以前人们会用这些石头垒起石堆祈福或者施咒，从遥远的时代以来，它们被人类赋予神力。现在，尽管大家都说不出什么深意、历史和故事，但搭石堆的传统被保留了下来，和雷默在山中徒步时遇到过孩子们垒起的石堆，其中一个形似巨石阵，也许是潜意识里，人类总是相信石或其他自然物的力量。

我请了几块带走，希望一并带走旧日里的好神力，也能让我们的出海旅程更加平顺。

在过去几千年间，萨米人一直过着游牧生活，自由地在这片土地上跟随驯鹿穿梭往来，直到北欧划分国境，他们才面对自己是选择芬兰还是挪威的问题。不论边境线如何划定，古老的传统是在他们血液中的东西，拉普兰地区的国界边境对此也尤为尊重，边境站形同虚设，我们驾车从芬兰驶向挪威时，除了手机信号提示以外没有发生任何事。

"你看见远处那座白色教堂了吗？"塔尼娅在我们接近北冰洋时指着远处，"它是这里唯一的老古董。'二战'时一切都烧毁了，唯有这座木头教堂幸存下来。真是奇迹，我是说，它那么显眼，我们大老远就能看到它，德国军队怎么可能漏掉它呢。"现在，教堂守护着挪威边境小镇的渔港。北冰洋的惊涛骇浪、凛冽寒风都在这里转化为渔民的生存力量。在这里，不同的信仰巧妙地共存着，或许在严苛的环境里，人们需要来自神明的帮助，所有神明的帮助。

我们乘小渔船出发，到北冰洋捕捉帝王蟹。埃德加（Edgar）是慷慨招待我们的渔夫，他留着山羊胡子，身材矮小结实，总让我想起詹姆斯·麦卡沃伊（James McAvoy）在《纳尼亚传奇》（*The Chronicles of Narnia*）里饰演的半羊仙人。不过埃德加依赖大海，通过辛勤的劳动捕捉北冰洋的鱼类和帝王蟹为生。出海那天风浪很大，至少对我这个北冰洋初识者来说是如此，埃德加则不以为然地摇摇头。他将船上先进的仪器调试好，然后为我们端来咖啡，端得很稳。塔尼娅边小口啜着咖啡驱寒，边跟我分享了一则她小时候的故事：

"我那会儿在一个挪威小渔港工作，离这里不远。那时待遇优厚，干几个月就让我赚够了大学费用。虽然辛苦，倒也说不上有什么不愉快，渔民善良而敬重自然，鱼类也很丰富。有一次遭遇海上风暴，虽然当时已经有先进准确的天气预报，但依然有一艘渔船无法及时回港。船上渔夫最终没能熬过来，葬身大海。整个渔村为表示哀悼，停止了一切娱乐活动，酒吧依然照常开门，但不会有音乐，也不会有欢笑的人。如果路遇丧车，对面行驶的车辆都会停下，让它先行以示默哀与对逝者的尊重。三天后生活再继续。这里的人们都知道，再先进的技术也无法对抗大自然，无从预知也无从把握的事依然存在。"

趁着操作渔船的几分钟空当，埃德加也加入我们的谈话："说得没错，现在我渔船上的仪器可以告诉我水深几米，风速多少，甚至还包括哪里有鱼，哪里鱼多。但你能做的只是抛下鱼饵，它们咬不咬钩真不是可以预料的事，全靠运气。像今天刮东风就不是捕帝王蟹的好日子，但谁知道呢。"

此时渔船摇摇晃晃地向北冰洋深处进发，阴云聚集，很快就下起冷雨来。等到埃德加的高科技设备提示我们此处即是帝王蟹聚集地时，陆地已经消失。四下除了雨声，只有海水推动船只摇晃的沉闷音律。我们躲到雨棚下看埃德加娴熟地操纵渔网设备，雷默帮他打下手，两人在无数根绳索间来回跑，然后果断下网。整个过程仅仅几分钟，让人眼花缭乱。

"我们今天运气如何？"当埃德加打捞上来满满一网帝王蟹时我不无期待地问。

他认真看了看在网内挣扎的蟹答道："还行吧，大的不多，但足够我们几个吃的了。"

帝王蟹一被倾倒在甲板上就疯狂乱窜起来，向着海洋的方向投奔。埃德加不急不慢地挑选着，并解释说，那些还没长成熟的幼蟹会被放回大洋，以保证一直都能捕到帝王蟹，同样道理，怀有蟹子的母蟹也不会留下，他边说边拿起一只，翻开蟹肚子给我看——里面满是棕色的蟹子。埃德加在极短时间内完成了挑选任务，那些依然留在甲板上的帝王蟹也瞬间没了霸气，不再四处逃窜，像是放弃了。它们同样懂得这就是自然法则的一部分。

　　"许多猎人在猎杀动物时会满怀敬意，那么你呢？"我在埃德加处理这些帝王蟹时问。

　　这个问题让他陷入一阵沉思，过了好一会儿才回答："其实并没有。帝王蟹不是应该生活在这片海域的生物，它们是俄罗斯人扔进来的。而且他们还在不断往挪威海域扔帝王蟹，虽然俄罗斯科学家声称这不会破坏生态链，对北冰洋丝毫无害，但谁知道呢，活生生多了一个物种。就我所知，帝王蟹在这里鲜有天敌，即使它的蟹脚遭到攻击，过不了多久就会重新长出来；许多鱼类却成了它们的食物。挪威科学家还说不出个所以然来，情况也就这么持续着。所以你问我对帝王蟹的情感，那还真是相当复杂，毕竟我也靠它为生，出口国外的帝王蟹利润非常好，其中很多都销往中国呢。"

　　法国作家卡特琳·普兰（Catherine Poulain）曾在阿拉斯加当过十年水手，她也不认可我们常读到的关于土著猎人和猎物之间的特殊关系——动物可能臣服于猎手，也会牺牲自己让人类得以食其肉活下去。她的答案十分斩钉截铁："不，生命都是一样的，我们求生，就是这么简单。"

北冰洋上狂风未歇，天空是铅灰色的，冷雨不带感情地下着，锈迹斑斑的渔船不断颠簸，雷默在船尾耐心地钓鱼，塔尼娅安静地喝着热茶安慰已经晕船到脸色苍白的乔雅。我想起普兰描述的阿拉斯加的心碎。她不在海上时就在科迪亚克岛（Kodiak）上的渔村，和越战老兵、因纽特人、流浪汉等人同处一个酒吧，她熟悉这些内心深受煎熬的人，他们见过这个世界惨烈的一面，面对过残酷、生死、无奈，他们是心碎的人，也是失去了根的人。"因纽特人可能情况略有不同，"她告诉我，"这片土地本来是他们的，但却被剥夺了。"普兰还悲观地认为："我们想要生存的话，或多或少都会破坏自然，这几乎是不可避免的，是自然的命运，就像捕鱼时，为了生存我们必须杀死这些鱼。我常常想，为什么我们要处在迫害对方的位置上？"

我也想起了生活在北极的旅鼠，这是种繁殖能力很强的啮齿类小动物，数量会周期性猛增，每到这时候，它们就会冒出强烈的迁徙意愿——大批大批旅鼠朝海洋投奔，它们从悬崖上一跃入海、奔赴死亡。动物学家至今对这种自杀式迁徙没有定论。我想，它们或许也懂得绝望心碎。

凄风苦雨的北冰洋很难不让人联想起种种心碎，我强迫自己拉回思绪仔细观察埃德加的工作。只见他麻利地剪下帝王蟹的脚——这是我们的午餐。船上有一口朴素的大锅，专门用来煮海货。"煮帝王蟹得用海水，"埃德加打破北冰洋上的压抑告诉我，"沸点比淡水低，这样煮出来的肉质更嫩。"

之后，我们就在这个摇晃的船舱里一个靠墙的小桌板上吃着世界顶级的帝王蟹。我们五个几乎人人缩手缩脚——地方实在太小了，但我们挤在一起也着实暖和，让人非常享受。

没有配酒，劣质的、用于驱寒的烈酒也没有，我们就是凭借各自的真情和美食抵御着一切。乔雅似乎也习惯了海浪，和我们一起品尝帝王蟹脚开放三明治。我是亲眼看着埃德加把这道充满北欧风情的佳肴制作出来的，甚至在脑子里记下了菜谱，它实在太简单了：

> 帝王蟹脚在海水中煮到变色，拆出蟹肉备用。
>
> 面包切片、涂上黄油，青柠檬切块。
>
> 把蟹肉铺满面包，关键是要尽可能多，然后挤上一点蛋黄酱，撒上一些当地香叶就能上桌。
>
> 吃之前挤些青柠檬汁。

蟹肉清甜、鲜嫩，这口感和波涛汹涌、狂风大作、冷雨肆虐的北冰洋形成某种对立。它成了一个庇护所，在细嚼慢咽的过程中，船舱以外的一切都无关紧要了。北极圈里的心碎被消融了。我们都吃到自己再也吃不下为止，而且，肠胃居然好脾气地在剧烈颠簸的大海上平稳地消化着它们。每每回想起那段航程，我还是会真切地感受到冷、心碎和帝王蟹的滋味，连带着的还有复刻这道帝王蟹脚开放三明治的渴望。

下船时雨还淅淅沥沥地下着，我们快步走向汽车，埃德加从船上跑来拉住雷默，这两个沉默的萨米人一路上都鲜有言语上的交流，但从他们在船上作业的默契配合中可以看出两人绝非陌生，埃德加拿着一大袋煮好的帝王蟹脚。"玛吉塔（Marjetta，雷默的太太）最近好吗？把这些带回家给她享用吧。"埃德加拍了拍雷默的肩说，后者接过食物，抿了抿唇、牵了牵嘴角，举起袋子朝对方晃了晃以示谢意。这时我也发现，他把自己钓到的渔获全都留在了船上。

到拉普兰前我就告诉塔尼娅，希望可以拜访传统的萨米萨满。对于这件事，她始终没给我准信，遇到雷默后我就越发渴望能见见萨米萨满了。终于有一天，塔尼娅兴奋地告诉我，有萨满愿意和我聊聊。

阿尔米（Armi）生活在小镇萨里塞尔凯（Saariselkä），这里比努奥尔加姆纬度低，但仍旧位于北极圈以北 260 公里处。阿尔米生活在森林深处没有电的小木屋里，是这个地区的萨满巫医。我们驱车离开公路，在森林里行驶一个多小时才终于到了她屋前。

北极圈的初雪还没到来，气温在不断下降，我们围在阿尔米家中的篝火旁烤着火暖和身子。起先，大家都感受着温暖和惬意，没有多说什么，客套的闲聊不适用于此，事实上我一直讨厌那种没有内容的闲聊，因而很乐意享受此刻的沉默。我久久地看着这堆篝火，贪婪地听着它的响声——其中有种大自然的节奏，或许也与宇宙律动相契合。

阿尔米的声音飘然而至，和篝火声共享同一个频次，她悠悠地合着篝火的节拍说："我们相信有三样东西可以永远凝视：跳动的火焰、奔腾的河流以及沉睡的婴儿。"

"因为那些拥有与众不同的能量吗？"我问。

"哦，一切事物都拥有自己的能量。"

一开始，阿尔米并不知道自己有特殊的力量，不像世界各地的许多萨满，他们有些打出生起就知道自己的独特身份，也有人在青少年时期受到梦启。她发现自己的能量很晚，应该说是她先生发现的，后者总说阿尔米的手特别烫，甚至不愿在夏天与她牵手。尽管阿尔米为此很生气，但渐渐也注意到自己有些与众不同。他们有了孩子后，发现孩子们在婴儿阶段生病时特别喜欢被阿尔米抱着，除此之外却常常因为她的触碰而大哭。这确实让阿尔米苦恼了一阵。等她明白过来以后就四处求学，学习冥想、日本灵气（Reiki）疗法等，慢慢才开始真正为人治疗。

16世纪传教士来到拉普兰，萨满鼓被烧，所有传统信仰被禁。萨米人万物有灵的信仰受到全面压抑，孩子被送往远离父母的南方学习，以确保传统无法延续。但作为一个北方小镇的巫医，人们从惧怕到信任阿尔米，并未花太长时间，虽然直到今天，他们仍然用"疗愈师"这个词而很少用"萨满"。阿尔米见证了这个转变："萨满经历了一段非常黑暗的时光，几乎被赶尽杀绝，但其实人们一直都信。以前他们会悄悄联系我，暗示想来治病；现在都大大方方地打招呼，甚至遥遥喊一句：'阿尔米，我最近肩膀不舒服，今晚能来找你吗？'没人会觉得奇怪。"她说现在每个地区，大家都有自己信任的巫医。

阿尔米认为每个人生来就拥有某种力量，称之为"萨满愈疗能力"也可以，要先发现它，然后花时间找到一种方法使之变得强大，最终控制、运用这种力量。在拉普兰像她这样的人的人数规模跟过去是不能比了，但阿尔米向我确认，拥有超能的人不仅限于拉普兰，在整个芬兰都不少，并不容易找到他们罢了。她就认识一位萨满住在芬兰中部，两人都是敲鼓为别人治病；这个萨满还为阿尔米治过病，但生活中完全看不出他有什么异处。敏感的人当然可以感受到他的能量，即便自身没有明确的感觉，他的能量还是会产生影响。

"我首先是个驯鹿牧人，萨满力量并不会改变这一点。"阿尔米告诉我，不过她也会为生病的驯鹿治疗。到了每年秋天，驯鹿分类、屠宰的季节，鹿群的情绪会非常紧张暴躁，阿尔米就待在它们身边——她周身散发的能量能让它们平静下来，敲萨满鼓安慰它们。在屠宰结束后，她则会击鼓把整片场地清理干净。"我先生负责物质，我负责精神。"她说。

至于具体做法，她言简意赅："用意念把那种无形的垃圾扔进垃圾桶。"她觉得肮脏的能量是黑色的，肉眼虽然看不到，但感觉敏锐一点的人都能对它有意识，不愿意靠近能量不好的地方或人，常人所说的坏人就是此类。除了宰杀驯鹿后的牧场，阿尔米如果在森林里或者家附近看到这种"黑色物质"，也会立刻将它们打扫干净。

另一种让人恐惧的力量是操控别人的思维，"对我们萨满来说，这根本不是好的力量"。阿尔米还曾亲身经历过，当时她正独自在森林深处，四处很安静，森林也很好。突然间感觉到一股能量正在靠近，她出于本能地抵抗了它的入侵。事后回想起来，那就是想要控制她的力量。"那种感觉非常糟糕。"

到了冬天，她也和先生一起带着游客去山里滑雪。在形形色色的相遇者里，碰到过"身上不干净"的人，阿尔米甚至表示这样的人还不少，但她不会把这些人驱逐出森林，还是会像对待其他人一样对待他们。"不过会将他的能量锁进一个箱子里，它们无法从那里脱身。"阿尔米解释，"整个旅行过程中，同行者对他的善意以及森林能量能够穿过那个盒子抵达他体内。虽然这并不治本，但总算是一种帮助。"

和所有萨米人一样，阿尔米也喜欢太阳的能量，还有风。每次为别人治完病，她都会用太阳、风以及大地母亲的能量来清理自己的鼓。尽管她自己也不明白"为什么从来没试图用月亮，按理说那也是极好的能量"。超自然世界总是如此，即便解开许多谜题，还是会有很多未知。越是思索越是像在打死结，反倒是有时候进入思维停止的冥想状态，灵光乍现，疑问自然解除。她觉得自己在击鼓时的感觉和冥想很像，是意识高度集中状态，也是能量聚集的状态。

我向阿尔米求证以前听说过的亚马孙雨林中的原住民萨满的想法，他们认为用能量为人治病是一种不自觉的能量与能量的交换。但阿尔米表示自己和他们的做法不同，她替别人治疗，大多数时候就是给予对方能量。病人身体在接受能量时自己就会知道要如何运作。也就是在此时她建议，让我听听她敲萨满鼓，认为"听了就会有感觉"。

塔尼娅似乎对这个提议毫不吃惊："我朋友在听完萨满鼓后回到家就吐了，但一点没觉得不舒服，反倒感觉很轻松。"

"萨满的能量为她清除体内不干净的东西了？"我问，暗自担心自己的反应，但也知道并没有什么退路。

"正是。"阿尔米回答，"治疗是将自己的能量给别人，自身有的就少了，这时候周围不好的物质也更容易侵入。好在我离森林很近，一旦觉得自己状态不够好就会去森林深处，不同的林木能给我不同的能量。最现实的例子，很多牧人在森林里照看驯鹿时都喜欢把背靠在松树上，其实这并不是一个随意的动作，松树可以给你能量。"

就这样，我们在火堆上添了更多木柴，阿尔米给了我和乔雅两条毯子，示意我们平躺在木质长凳上，闭上眼睛放松，不用担心是否会睡着，事实上，睡着了也没关系。

随后，阿尔米敲响了萨满鼓。鼓声森然，伴随着火焰的噼啪声响。尽管读过许多关于萨满击鼓催眠、进入另一维度的书，但在当时我对这些将信将疑，并且确定自己作为一个重度失眠患者，要是真能睡着倒好了。

我听着鼓声，追踪着自己的每一个念头。鼓声越来越深沉了，平均、稳重。鼓声从越来越多个方向传来，好像立体环绕声形成一个球形，而我们悬浮其中。

正好趁现在想想回上海要提的项目方案吧。我边听鼓声边思索，连带着想象了起来。我站在老板的办公室里，厂房改建的建筑，窗框是生锈的铁，天气很好。

鼓声还在继续。

我把提案交给他，然后开始简要地陈述——话多根本不管用。我们比肩而立，朝着窗户。办公室的角落里有一棵平静生长的招财树。

叶子浸润在阳光下，闪烁着。

鼓声似乎比刚才更响了一点。

"行吧。"我没有听到老板的声音，但我又知道是这个答案。心下一喜。

鼓声没有停下。

我想得可真美，我记得自己在鼓声的背景里这么想，哪有那么容易的事。我接着开始重新考虑方案中的细节以及可能需要的解释。

依然悬浮在鼓声球中。

我反反复复地想，每一次都回到那棵招财树旁得到首肯，仿佛这就是不可改变的命运。

再想一次，同样如此，再一次。

鼓声渐渐轻了下来，声音终止的同时我不自觉地睁开了眼睛。看了看手表，半小时的时间。

"你睡着了吗？梦到了什么？"乔雅比我兴奋得多，我实在不好意思在这种时候告诉她自己在琢磨方案，便反问她的梦。

"鹰，一只白色的、巨大的鹰，脚上抓着一块木头。"她告诉我，也希望阿尔米可以解梦，"它那么大，但我丝毫不觉得害怕，简直不可思议，我明明应该感到害怕才对。但它时而引路，时而围绕着我飞翔，舒展着白色的羽翼，看上去那么坚韧、优雅。"

"这是你的守护动物[1]。"阿尔米笑眯眯地告诉乔雅，"它的力量很

---

[1] 原住民萨满认为每个人都有自己的灵性守护动物，形象因人而异，萨满也将它们称为"灵性帮手"，有时亦通过它们和祖先沟通、为人治病等。

棒，你们之后的旅途会相当平顺，它会一直保护你的。"

此时我的懊悔简直难以形容——我也想看自己神秘的守护动物，但我居然用这样的机会去思索项目?！这真是太没有格局了。

"你实在太难被打开了，"阿尔米转向我，坦率地说，"我没有办法打开你的心门，这么说吧，这扇门太重了，我可以尽力推动一点，但没法推开进入另一维度看到守护动物。"我的懊悔似乎缓解了一些，接着她告诉我："但你在鼓声中看到的一切也都是好的，不管是什么，都会成真。"[1]

我向阿尔米的美言和坦诚表示感谢，客套地说这是一次很棒的体验，描绘了"鼓声球"给我的悬浮感。我想在当时，我可能是把这次经验当成了一种沉浸式艺术体验。

塔尼娅和乔雅一直兴奋地讨论着各自的守护动物，这多少还是让我有些失落，也就更想知道自己的到底是什么。我后来找到美国人类学家迈克·哈纳（Michael Harner）请教，希望在他的帮助下把萨满催眠的经历提升到理论层面，不，不完全是，我还是得承认，主要是因为听说他能一眼看到面前之人的守护动物。

哈纳曾和卡洛斯·卡斯塔尼达一起在南美进行人类学田野考察。他们以各自的方式阐释萨满"灵性现实"之谜。除了亚马孙丛林中的萨满，哈纳在北美跟从不同部族中的印第安萨满，学习以不用草药的方式转换意识，进入另一现实，他认为这种方式更容易被现代人接受；

---

[1] 后来，我的新项目真的如催眠时所见的那样顺利通过了。

他也寻访了拉普兰的萨米人，学习他们的击鼓智慧。他本人也成了一位萨满疗愈师。

1979年，哈纳创立萨满学习基金会（The Foundation for Shamanic Studies），帮助普通人了解、学习、实践萨满，经验"非寻常世界"，也试图复兴萨满世界。他说，笼统地讲，他推行的这种被他称为"核心萨满"的方式，能"更安全、更快也更有效地帮助现代人治愈心理和生理疾病，与地球母亲重获联结"。通常就是通过鼓声，人们进入意识转换状态，开始萨满之旅，经验灵性现实。在不断练习中，学生会在"非寻常状态"中见到自己的守护动物，并和许多其他在寻常世界中"不具实相的灵"产生互动。这一切听起来玄妙不已，但对哈纳以及萨满学习基金会里的实践者来说，描述这一切就像在讲述一趟旅行：去到一个新的地方，遇见新的朋友。"萨满世界是存在于世俗之外的又一现实，其实也就是灵的世界，"哈纳说，"我现在做的其实也是告诉更多人、帮助更多人去亲自经验那个世界。"

在我们的交谈中，我甚至还没有提问，老人就笑眯眯地告诉我他可以直接看到我的守护动物。"你有两个守护力量，"他笃定地说，"准确来说它们不是动物，其中一个能量是彩虹，另一个是一位老人的形象。"我不曾怀疑过他。

传说拉普兰地区的Joik吟唱是由太阳之女带到人间的：太阳之女代表幸福和快乐，她自愿来到萨米人中间，教他们吟唱、跳舞、编织美丽的衣服，却遭人嫉妒。她被害死前唱出的最后一曲挽歌，是萨米人心中最优美的吟唱，他们口口相传、一代代传承下去，相信只要开始吟唱，内心便会感受到太阳温暖的眷顾，幸福和快乐就与他们同在。

在基督徒还未烧尽所有萨满鼓的旧时代，吟唱和萨满有着无法分割的关联。通常，萨满是在吟唱声中进入出神状态，与祖先或神灵交流。在萨满鼓面上，画有一个神的世界，鼓的周围挂着一圈驯鹿骨，萨满跳神击鼓，通过这些骨头落下敲中的地方为人们占卜。如今，我们看到萨满文化依然在萨米人的土地上悄然延续。人们总说，虽然在四百多年黑暗的时光里，萨满鼓被烧毁，吟唱被禁，萨满被活活烧死，萨米人被迫受洗礼，甚至放弃自己的语言，但习惯于用沉默应对的萨米人借助强大的森林力量将一切埋藏心底。真正拥有能量的人们偷偷将吟唱传给孩子，没有断代。现在，如果你问起一个萨米人的信仰，他很可能会毫不犹豫地告诉你："我受过洗礼，但我不信上帝。"

拉普兰各地吟唱各有不同，主题大多是关于自然或人，歌词非常少，通常只是为了解释歌曲所唱述的对象，多为其名字，吟唱者有时只在现场有客人时才会加入歌词。若是听众均为熟人，他们也就无须解释歌谣内容，世世代代，一切不言自明。对萨米人来说，吟唱并不是用歌谣去描述人或事，而是通过吟唱使唱述主题更贴近自己。"我们是用吟唱呼唤他们。"（We don't joik about something or someone, we joik them.）他们相信在吟唱某物或某人时，对方就会出现。

"我可以带你去见见这里的吟唱歌者，他叫阿斯拉克（Aslak）。"塔尼娅笑眯眯地说。阿斯拉克属于萨米人中人数最少的一支——伊纳里萨米人（Inari Sami），他们围绕伊纳里湖生活，因此得名，如今仅有约 500 人了，有自己的语言，但仅有大概 300 人还在使用，被联合国认定为严重濒危语言。他们的生活方式也与北方萨米人（我之前拜访的都属于北方萨米人）不同，后者是萨米人数最多的一支。北方萨米人以游牧为生，跟随驯鹿迁徙，伊纳里萨米人属渔猎部族。伊纳里湖渔产丰富，传统上不需要依赖驯鹿，但"阿斯拉克家不过渔猎生活了，也放牧驯鹿"。这样好坏相伴的现实似乎尚可接受。威姆·萨里（Wimme Saari）现在是极负盛名的吟唱歌者，在世界音乐中占有一席之地，他的早期音乐颇为纯粹，近期作品加入了许多电声元素。我深入当地想要一听的，当然是由这土地、森林、气温、湿度、气味等一切造就的旋律。

我在莱门河（Lemmenjoki，意思是"温暖的河"）边的小村里拜访了此地最年轻的吟唱歌者阿斯拉克。前一晚他因家中驯鹿出事而无法与我们见面，今天我们终于敲响他的木门。阿斯拉克的曾祖父在世时发现了萨米人的岩画，并成为最初几个能解释这些图腾含义的学者。三千年前，驯鹿、击鼓的萨满以及代表灵力和智慧的图案就出现在了岩画中。阿斯拉克拿出一张皱巴巴的打印纸，上面是图腾和它们的含义。曾祖父也是一位艺术家，他将这些图腾用特殊方式铸成巴掌大的铁制盾牌，为村中朋友送去好运。但他没将这种方式告知小辈，三代人至今也没研究出老人独特的染色法。"所有盾牌都混合了绿色、金色、淡蓝和紫粉色。"阿斯拉克向我展示老物件，"这些都是极光的颜色。"如今看来，色泽依旧美丽。

"我母亲常把这些图腾的图形染到羊毛毡上，做成衣服或包袋，它们能给人带来好运。"我已经见到许多人都穿着阿斯拉克母亲做的衣服,以现代人的眼光看来,简单的款式和图案足以登上时尚舞台,但萨米人在意的是好运和温暖。这也是他们生活的要素。

阿斯拉克一家继承下来的除了一手的图腾资料和知识外,还有吟唱。阿斯拉克自谦,认为自己是全家唱得最差的,因为记性不好。吟唱没有曲谱,全靠口口相传。当天,他的母亲和哥哥姐姐都去照看驯鹿了,只好由他献丑。到了冬天,驯鹿虽然被放到野外自力更生,但由于伐木和气候变暖,降雪减少,冷风吹得越发猛烈,苔藓上铺的不再是柔软的新雪而是坚硬的冰碴。驯鹿无法透过冰块获取食物,牧人不得不去森林里给它们添饲料。

驯鹿的生活方式其实有些令人羡慕,可谓"自由又有归属"。极夜结束后的春天里,母鹿在野外生下幼崽。每个牧人都有属于自己的图案标志,看上去就像图腾一样;他们于仲夏时分在幼鹿耳朵上刻上这样的标记。秋天是交配季节,也是驯鹿的屠宰、阉割季。此时的驯鹿达到一年中的最佳状态,它们渴望爱情,牧人将驯鹿圈入栅栏,挑出不够格的阉割成为工作鹿,或者宰杀成为盘中餐、身上衣。驯鹿的每个部分都会被充分利用。

通常秋季时驯鹿的情绪会非常不稳定,一来荷尔蒙到了爆发期,二来它们也知道决定命运的时刻到了。它们比人更能觉察自己的命运,情绪表露也更加直白。牧人都有自己的绝招安慰即将被宰杀的驯鹿,阿尔米为它们敲萨满鼓,阿斯拉克家则为它们吟唱。

过去牧民会跟随驯鹿迁徙,如今有了雪地摩托,绝大多数都过上了定居生活。阿斯拉克并不赞同使用雪地摩托。这个庞大的机械引擎会发出巨响，时间坐久了甚至让人耳鸣。他的父辈们都坚持少用摩托，穿雪鞋在森林中穿梭远行，去照看自己的驯鹿。若是并不太远的话，就会在夜里回家，家里燃着篝火等待夜归人。天气晴好的夜晚，极光在天际充满能量地扭动，人类显得渺小，地位也显得微妙。此时牧民就不自觉地吟唱起来。那悠远、悠长的情景好像一幅老版画。

我请求阿斯拉克吟唱一段，并告诉我它的现代意义。他点点头，不自觉地走到篝火旁，仿佛是木头和火焰将他拉了过去。他闭起眼吟唱起来，旋律悠扬，声音浑厚，有河流的壮阔之感，与他讲话时完全不一样。木屋里很安静，只有柴火噼啪作响，我甚至可以听见自己的呼吸。

"显然这绝不是最好的吟唱，我哥哥姐姐都比我强多了，他们记性好，"一曲唱罢，阿斯拉克再次羞涩地强调，"这些旋律是世世代代流传下来的。在旧时光里，父辈们独自身处漆黑森林，雪鞋在地上无声滑行，往家的方向走。在看不见的黑暗深处，温暖的篝火为等他们回家而跳动，头顶明亮扭动的极光充满能量。这时我们就会吟唱起来，自然而然地发出声来，旋律自内而出，源自森林万物，源自内心。那时内在与万物融为一体。那就是最好最美的吟唱。"

离开阿斯拉克家时，极地下起了第一场雪。萨米人说这不算，能在地面上积起来的才算初雪，它也是能带来好运的事物之一。但飞舞的雪花还是让人兴奋不已，初雪后，暴风雪和极夜就会如期而至。整个拉普兰地区披上厚重的雪衣，当地的自然光线只来自月色、极光和雪的反光。

罗瓦涅米坐落在北极圈上，游客可以到北极圈线打卡拍照，旅游局最热切的推广语还有：这里是圣诞老人的故乡。但也有城市萨米人仍旧过着他们坦率安稳的传统日子。

伊莱娜和阿里夫妇（Irene & Ari）就住在罗瓦涅米近郊，冰雪将道路和河流融为一体，仿佛无尽延伸的细长平面。森林兀自伫立，让世界再次立体起来。他们温馨的木屋位于欧纳斯河岸（Ounasjoki）。

虽然靠近城市，但二人完整保持着传统生活方式。伊莱娜是北方萨米人，丈夫阿里来自伊纳里，混有伊纳里萨米血统；侄子尤卡（Jukka）则是地地道道的伊纳里萨米。"我的侄子学会读写后就不再去普通学校了，"伊莱娜对此有点自豪，叔侄二人保持着最古老的学习、传承方式——师徒关系，"伊纳里萨米文化得靠他传下一部分。"

和绝大多数萨米人一样，伊莱娜和阿里养驯鹿，过着半游牧生活。伊莱娜在夏季去森林里摘当季浆果，做成果酱或用蒸馏法做成果汁保存起来，以备冬日之需。"7月底时，水越橘就可以采摘了；8月，覆盆子、云莓、越橘也开始丰收；9月是蔓越莓的时节，它和红莓到初雪前都会疯长。"伊莱娜指着窗外的森林，如数家珍。她递给我一杯水越橘果汁，看似浓稠，口味却非常清爽，毫不甜腻。"到了冬天，浆果在厚重的雪层下酝酿新生命，冰钓的时候就到了。"她透露，冰钓还是萨米人鲜为人知的冥想方式之一。不论是否使用现代的工具和鱼饵，他们的心情还是一样："在冰上凿一个洞，放下鱼饵，然后平心静气，偶尔缓缓抖动手中的细线。天色昏暗，时光漫长。"

　　我想起在芬兰邻近瑞典的边境小城凯米（Kemi）遇到的、带我去冰钓的那个萨米年轻人，印象里，他的名字叫萨姆利（Samuli）。凯米靠海，因此有时比北极圈内更冷。这里正试图开展旅游业，纬度低，离赫尔辛基更近，并不在北极圈里，相对容易抵达，还有退役的破冰船停在港口供游客体验。但凯米的各种尝试都不尽如人意，城市没有什么美感，还建了一座巨大的冰雪城堡却毫无浪漫可言，极夜里，城中泛着一种黯淡的灰白色，显得阴沉、没有什么生机，或许它在等待被唤醒，只是没有人做得到在黑暗中付出巨大努力。冬季的黑暗使人感到极度压抑，极地因纽特人把这种压抑称为"perlerorneq"，意味着感到"生活的压力"——想着所有必须完成的事情，然后回到当前，感受到挫败，无能为力，极其愤怒，悲惨伤心——我试图甩开这个想法。不论如何，各种宣传语还是会吸引人去那儿碰壁，毕竟我的本意是去那里跳出北极圈和萨米文化休息几天。凯米街道上，当地人穿着轻羽绒，对像我这样穿着厚重户外连体服的游客熟视无睹。除了让人摸不着头脑的旅游业，这里什么都没有，但人们彼此相识，日子友好缓慢，大海结冰 50 厘米，春天到来时融化。一年又一年。

　　在这个颇具 20 世纪 90 年代风格的北方城市里，我住进一家 1999年重新开业的酒店。它的特色和这座城市、这里的人一样：看上去面无表情，甚至冷酷无情，但如果你愿意在黑暗里再付出一点点心力，也能发现温暖柔和。在这儿，开门时需要一边用力推一边使劲转动钥匙。我一开始没掌握巧劲，对着房门乱撞依然找不到开锁的角度。实在忍不住在内心大骂一句粗口。房间里木头桌椅摇摇欲坠，水壶烧水时会发出一股焦味，从此充斥房间久久不散。室内尽管很小，但挤进了一个缩短版的橙色双人沙发，靠垫仍旧舒适，紧挨着它的是一个灰绿色的单人沙发，靠背上挂着干净的毛巾。我突然有点喜欢这一切，它带着一股真正简朴、老旧的气息，不带修饰。窗外零下20摄氏度，算个温暖的日子。

我在城里无事可做，萨姆利就带我到冰海上去海钓。他的运气就不怎么好了，是典型的"生不逢时的萨米人"，30岁不到，小时候正好赶上芬兰萨米文化青黄不接的时期。2岁时父母就卖掉了驯鹿搬往城市生活。15岁时凭借萨米人与生俱来的野外感官开始做野外向导，如今已经有十多年经验了。"我不会说萨米语。"他说，面露苦恼，"只能找许多与萨米文化相关的书来读。在芬兰，我们的文化正在越发好起来，但我已经没有机会回到家乡过传统生活了。离开自己的土地，就更需要文化根基这样的内在联结。我渴望知道自己到底从哪里来，这种渴望同样与生俱来。"

我们在游客气十足的冰雪城堡前开阔的冰海上冰钓，并没有什么收获。"我们相信Ukko。"萨姆利告诉我，这是萨米人的伟大神祇，掌管一切，包括是否有渔获。有时候，他就专注于钓鱼，或是看着来来往往的游客，不仅是陷入典型的萨米人的沉默，还更像是一种冥思。我待在他身边，从不指望能钓上任何鱼，却心满意足。从他这里，我知道年轻萨米人现在在学校同时学习芬兰语和萨米语，老一辈则可以到萨米文化中心重新找回遗失的根。这让我备受鼓舞——有人在努力找回遗失的东西，这个念头给我安慰。

伊莱娜的侄子尤卡非常腼腆，躲在叔叔婶婶背后打量着来客，我不得不使出浑身解数才让他向我展示一些由他传承的手艺。他拿出一个不小的驯鹿皮袋子，里面装着他的宝贝——一个 tiuhta。这是专门用于织出萨米独特花样的手持织布架，驯鹿角制成，打磨得平滑光亮，配一把扁平的捋绳工具，看起来像把弯刀。这个组合本身就是一件手工艺品。我手中的这个织布架上还有未完成的作品，萨米男孩示意我拿着架子一头，自己在另一头织了起来，红、蓝、白、黄的彩色细绳在孔缝相间的架子里上下来回，很快，密密匝匝、颜色灿烂的萨米图案就开始成形了。这是很难言传的手艺之一。现在一整套传统手工萨米服装，价格要 4 000 欧元左右。

同样流传下来的还有制作萨满鼓的手艺。现在在这片土地上，生活方式虽有改变，但越来越多的萨米人正重返自己的文化。伊莱娜也深谙如何制作萨满鼓，能轻松地指认出渔人萨满鼓和驯鹿牧人用的有何区别，但她不做仪式，和神秘力量保持距离，只通过手艺脚踏实地。我敬佩这样浪漫又务实的人。

伊莱娜乐意教任何愿意学点手艺的人，我就跟她学做了一个简单的驯鹿皮袋子。她一高兴，为我在一小块驯鹿耳朵形状的皮子上烫了自家鹿耳的独特印记，外加两个萨满符号：精神力量和智慧。我把它和当地香草一起放进袋子里留作纪念。伊莱娜好客，她说友好的客人能给她带来能量。

我还另外得到一个挂坠，用kelo树皮做成。"kelo"是芬兰拉普兰地区独有的说法，指三百到四百年前停止生长的松树，被连根拔起再利用之前，它们又在大自然中挺立了一百年。树皮表面呈灰色或略带银色。我的这个老树皮挂坠中间镂空出一个圆，挂上一小块鹿角，走起路来会发出细微响声，那是一种闷闷的自然之音，安静平和。萨米人认为，这种会发出美好响动的物件能驱赶恶灵。

日后，当我去美国印第安原住民保留区拜访时就戴着这个挂坠，他们一眼就认出了它的不同，"这是个有力量的护身符"，印第安人告诉我。

我在极夜的尾声时分来到卢斯托（Lusto），这里纬度相对低，尽管在北极圈内，但距离罗瓦涅米不过两小时车程，极夜结束得早些。人可以习惯炎热、寒冷、潮湿、干燥，但仿佛永远无法习惯没有天光的混沌。我想和萨米人一样去迎接这神圣的第一道光。太阳越出地平线那天，我登上萨米人古老的圣山紫水晶山（Lampivaara），看天空由粉紫色变成明亮的金色。

这里确实是一座紫水晶矿，照料着它的提莫（Timo）招呼我进屋，那是他的小咖啡室，位于主屋对面。我抵达山顶是早上10点，天色依然幽暗，山顶的木房子被大雪覆盖，大多数无人居住，只有提莫家有袅袅炊烟升起。他太太正在门口除雪——前一天又下了15厘米新雪。整个冬天下来，这儿的树上挂满厚重的雪毯，完全看不出枝干、树叶和树形。雾气笼罩时分，它们看上去更像是一个个巨人而不是树木。提莫在这个山头拥有一座紫水晶矿，但他不允许任何采矿业进山，仅依靠旅游业维持生计。

进屋后，依照惯例，提莫开始滔滔不绝地讲述这些紫水晶的故事：历史、考古、冰层运动，但对此地特有的三色紫水晶说得很少。"这是一块萨满石，"他只说，"萨米人认为这块石头拥有能量，只有萨满可以佩戴。"随后他就拿上铁锤带我们进矿，运气好挖到紫水晶的话，可以带走。

我着了魔似的一心想知道更多萨满石的事，根本无心挖宝石，一路跟着提莫跑出水晶矿，气喘吁吁跑过深及小腿的雪地，最终在他回到自己的小屋前追上他。提莫有点无奈地告诉我，那块三色石代表了萨满宇宙观中的三层世界：黑色代表地下世界，紫色指天，白色——通常是一条细线（至少在我看到的所有石头中）——代表我们所处的世界。萨满鼓上的图案通常也都展现萨米人的三层宇宙观，在《深时之旅》中，罗伯特·麦克法伦记录了萨米人的传说："地下世界像是人世的颠倒镜像，地面就是镜面，'生者直立，而逝者行走时上下颠倒，二者的脚彼此接触'。"[1] 我很难不想象白色细线就是镜面。

提莫自己脖子上就挂着一块，让我怀疑他告诉我的也是讲给游客听的故事，就指着他的萨满石顺势质疑了那句"这块石头拥有能量，只有萨满可以佩戴"。

---

[1] 《深时之旅》，罗伯特·麦克法伦著，王如菲译，文汇出版社，2021年，第16页。

"你怎么知道我不是一个萨满？！"他反问。

"你太高了，不可能拥有萨米血统。"我说。

"萨满不一定是萨米人！"

我这才意识到自己的知识局限，连忙为自己的不敬道歉。

提莫笑了，并不在意："更北方的萨米人有许多是萨满，当然这里也很多。"

"很多？"

"对，他们有的70多岁了，有的还挺年轻，还有一些学徒。你得再来，避开人群，我带你去见见他们，完成真正的萨满之旅。"

我知道这是属于萨满世界的典型考验，并不确定自己真能完成。都是缘分，机缘和合时自会实现。我并不急于要见更多萨满，他们会自己找上门来的。

"你完成过萨满旅程吗？"我问下去。

"当然。"

"通过击鼓还是冥想的方式？你穿过了一个隧洞，然后……"

提莫再次笑了，打断我的问题："我不需要走隧洞，我可以直接抵达非寻常现实状态。击鼓这些仪式性的方式适用于不同场合，并非一定要借助它们。在平常生活中完全可以不用。在这个隆冬时节，最简单且能最快让人平静下来进入状态的冥想方式是凝望火焰。"

"哈！"我不由自主地因恍然大悟而叫了起来，想起阿尔米曾告诉我火焰可堪永久凝视。

"看来你明白了。"提莫说，"芬兰盛产蘑菇，有些萨米人、萨满也借助它们完成萨满旅程。这种蘑菇并不难找，但我从来没试过任何类似的外力。我不需要。我甚至可以告诉你怎么做，或者说普遍原理：无非就是调整自己身体的频率，将它调至一个更缓慢的频道上。"

"与火焰保持一致的频率？"

"对，看来你是真明白我在说什么。"

"听上去非常简单。"我不无玩笑之意地评论。

"确实，"提莫倒是认真的，"在日常生活中，这种调整频率的方式也非常实用。比如我忘记把钥匙放哪儿了，但我的身体一定记得。于是就调整频率感受自身，钥匙自会在那趟萨满旅程中被找到，或者说这趟旅程会告诉你它在哪儿。"

我意识到终于打开了这个老头的话匣子，不愿轻易下山，一再追问他的过去。

提莫学习萨满已20多年，很小的时候就对"能量"有所感知，决定跟着感觉去寻找属于自己的能量地，最终在紫水晶山上停了下来。我相信他对这座山丘的美誉。在古老的过去，萨米人就认为这儿是圣地，举行仪式，献祭驯鹿角。

"山丘依然是个挺大的区域，你得把能量地缩小，在一个区域内找出一个真正的位置。"他告诉我，具体方法是不让眼睛聚焦，而是尽可能展开余光，然后你的能量地便会以它的方式召唤你。那是种无法解释的感觉，但你得相信它。

卡斯塔尼达在"唐望系列"中也谈到老萨满教他寻找属于自己的能量点的事，和提莫说的惊人地相似。而且只有找到对的、能收获能量的地方，才能有后续的萨满智慧学习可言。卡斯塔尼达一开始在寻找自己能量点的过程中充满摸不着头脑的焦虑，直到某一刻理智被突破，他断然坐到一处，也就找到了他的能量点。

"总的来说，芬兰拉普兰地区的能量都不错。"提莫最终总结。我同意他的说法，毕竟在这里，我被一次又一次治愈。

我从提莫那儿得到一块萨满石，尽管不能佩戴，但他认为我可以拥有它，放在房间里。我拿在手中，心有不安，终于还是在临走前问："我如何才能知道我是否与这块石头的能量相宜呢？我知道这不是随便谁都能拿的，不合适的话它反而会带来一些……"我不想说出"厄运"二字。

提莫简明地回答我：回去后把石头洗净，睡觉时握在手里，你的梦境会告诉你。

"如果不适合呢？"

"把它送人。"提莫爽朗地笑了。

当晚我清洗了萨满石，为一探其能量放弃了阿普唑仑。结果虽称不上一夜好眠，但困扰我一个多月的噩梦结束了。至今再未出现。

第二天又开始下雪，但永夜结束了。白昼依然很短，午后夜幕降临。

澳 大 利 亚 北 领 地

歌 之 路 、 查 特 文 与 神 秘 的 教 诲

在澳大利亚，有无数条不知名的小径纵横交错，形成迷宫般的网络。欧洲人称之为"歌之路"，原住民则称其为"祖先的足迹"。英国作家布鲁斯·查特文（Bruce Chatwin）来到澳大利亚北领地——仍旧能找到原住民传统的地方，追踪祖先的道路，而我前往那里还为了追寻查特文的脚步，我几乎执念地想确认他在《歌之版图》（*The Songlines*）里写的迷人故事是真的。

黄昏时分的乌鲁鲁岩石

原住民的点画

"歌之版图"寻觅之旅的附加收获——风沙加工后的衬衫

根据澳大利亚原住民的创世神话，在大梦时代，图腾祖先在广阔土地上徜徉，并用歌声唱出一切生灵的所在。就是在这些神秘、古老的歌声中，一个万物有灵的世界缓缓形成。早在 5.5 万年前，澳大利亚原住民就行走于这片荒漠之中，一代又一代从生走到死，从祖先那里出发，再一步步走回祖先面前，而人类和世界上的任何一片荒漠交织而生的故事都相似：要么荒漠放过你，让你历经磨难最终通行；要么你被吞噬，融入土地。

　　这些，都是查特文在澳大利亚的伙伴兼向导阿卡迪（Arkady）告诉他的。这位生于 1940 年的英国旅行作家仅有简短的一生，却留下许多令人着迷的作品和故事。他是苏富比最年轻的董事之一，曾任职《星期日泰晤士报》（*The Sunday Times*），辞去工作后直至 1989 年去世，查特文完成了多部旅行文学作品及摄影集，我都深爱不已。

　　据说查特文的澳大利亚之旅是他已经得知自己时日不长时展开的，

最终以此写成的《歌之版图》虽饱受人类学界争议，却致命地吸引我去看一看、走一走澳大利亚的"歌之路"。不仅仅是因为他的文字和原住民的神秘文化非常迷人。

或许正是因为他知道自己生命将尽，作为一个 Moleskine 本子的狂热爱好者，他在展开澳大利亚之旅前买下了所有能找到的这个牌子的笔记本。《歌之版图》中含有大段摘录笔记也是作品一大特色，查特文认为自己自始至终都是通过旅行和笔记寻找一个对他来说的终极疑问："我有种预感，自己生命中四处旅行的阶段就要过去了……人类躁动不安的本质是什么？对我而言，那是一切问题之首。"[1]

这个问题也冲击着我，让我多少有点单纯和幼稚地相信，既然查特文在《歌之版图》里写下这句话，那么或许答案就隐没在澳大利亚北领地原住民的某个细枝末节之中。

要深入北领地的原住民生活之地绝非易事。加拿大人类学家韦德·戴维斯（Wade Davis）也曾深入北领地探索大梦时代和歌之版图的秘密。他参加土著的狩猎仪式、火攻袋鼠，见证他们的神秘运气，并为美国国家地理频道拍摄了纪录片《世界尽头的光明：梦想守护者》（ *Light at the Edge of the World: Keepers of the Dream* ）。我决定先从他那里了解更具体的情况，"歌之路是他们最神秘也最具能量的仪式，至今仍在举行"，他给了我肯定的答案，在影片里他追问土著，到底什么是歌之路，得到了数以千计的答案，但却没有一个是直接的定论。这位

---

[1] 《歌之版图》，布鲁斯·查特文著，杨建国译，南京大学出版社，2011 年，第 211 页。

探访了全世界诸多部落的人类学家至今依然认为澳大利亚原住民给他留下了相当深刻的印象："在我们现代人看来，改变、进取是我们的生活目标，但对澳大利亚原住民来说，他们穷尽一生想要做的就是维持不变。这和惰性毫无关系，在他们看来，祖先创造了一个完美的世界，将之保持在那一刻才是最终使命。"在他的纪录片中有一位原住民长老面对世界的改变时潸然泪下。"我们与过去的连接越来越弱了，"她劝诫现代人，"要记得你们的文化啊，要永远记在心里。"

当我问到要如何深入原住民聚居地见证、参与歌之路的仪式时，他给我的答案同样直截了当。"要去他们的生活之地，没有一个有分量、有地位的原住民向导不仅是不可能的，而且可能非常危险，"他告诫我，"他们依然对外人防心很重。至于歌之路，据我所知，至今没有任何一个外来者真正见过。你也知道，要去那样一个充满能量的地方，是需要天时地利人和的。祝你好运。"我相信韦德的话就像我相信他的研究成果，事实上，他的祝福并不是一句客套话——至少我乐意这么认为——我最终得到了自己的机缘，它以一种颇为神奇的方式到来，就像我日后旅途中的所有境遇。一切仿佛都是奇迹，但也可能，在原住民看来，一切都自然而然，本该如此。

我是在上海遇见后来带我深入澳大利亚北领地原住民社区的克莱夫（Clive）的。当时他正在画廊里毫不费劲地讲述澳大利亚北领地原住民的点画。攀谈起来，我发现他称呼查特文为布鲁斯。

克莱夫的祖先有爱尔兰和英国血统，父辈移民澳大利亚。他父亲意识到自己是移民，便要克莱夫去学习当地文化，认为只有了解了原住民文化才能真正认识这片土地，并长久地在此生活下去。这一去，克莱夫就和北领地原住民一起生活了30多年，学会了他们的语言。现在他在乌鲁鲁（Uluru）开了家画廊，专门出售原住民的作品。卖掉一幅他拿三成，七成给原住民，让他们去购买食物、改善生活等。

"我的祖先来自爱尔兰的一个小岛，"他告诉我，"前几年那里发现了一处完整的村落遗址，是欧洲最古老的遗址之一。五千年前那里就有人生活，他们是我真正的祖先。但考古学家无法完整拼凑出当时的故事，也不知道村庄最后为什么湮没。现在游客可以去参观，我就抱着寻根的念头去了，结果发现那儿留存下不少物品，却没有任何故事可以给予它们生命力。我什么都没找到，乡愁无处可解。回到澳大利亚原住民领地，发现自己越发羡慕这群人。'你从哪里来？'这个我无从寻获答案的问题，对他们来说根本不存在。"

澳大利亚最吸引人的地方，或许就是这里到处都是移民。"他们实则无根。"克莱夫总结道。正是乡愁把他带到原住民的领地，也是这片土地与人的牢固关系牵绊住他30年，完全不想离去。如今他依然生活在沙漠里。

正如韦德告诉我的，要获得当地原住民的信任并不容易。克莱夫刚搬到北领地原住民居住区时，还是个年轻的纪录片导演。有一天，一个原住民长老到他的小屋找他，跟他说："我要你拍一部电影，公主电影。你跟我走。"然后长老就带克莱夫去拍他女儿。那是个二十出头的姑娘，刚有了小孩，充满母性。

拍摄结束后，长老对克莱夫说："不许把片子给任何人看，除非经过我同意。"克莱夫答应了。

几天后另一个原住民老人来找他，吵着要看那部影片，称自己是姑娘的舅舅。克莱夫不答应，那人就指责他"偷了我们的图像、偷了我们的公主"，还有些难听的话。克莱夫带他去见那位长老，看能不能获得他的允许。长老轻描淡写地说："啊，当然可以，他是公主的舅舅。"

过了几天，当地部落的五位长老一起来找克莱夫，对他说："你获得了我们的信任，你证明了自己是个遵守承诺的人。"

克莱夫和原住民间的信任维系至今。

"当你第一次走进沙漠时，"克莱夫讲给我听，"你会发现自己多出大把时间思考，也有大把时间感受不适。"他自己就花了很久才适应。"雨季，如今游客们最讨厌的季节，也是将布鲁斯困在那儿的时节，却是原住民最爱的时候。沙漠气温高达 42 摄氏度，他们却习以为常。"他接着半开玩笑地说，"你何不那个时候来，去看看人类是如何在高温沙漠里生存的。"随后又认真起来："当然，你想来的时候都可以来。"

"查特文在《歌之版图》里描述的，有几分是真相？"我问。

"哈，布鲁斯来的时候，我可还是个年轻小伙。"克莱夫陷入回忆，"要我说，90% 都是真的。那些神叨的故事也是真的，我自己亲眼见证过，也由此相信这片土地拥有力量。布鲁斯的虚构成分在于把每个人的名字张冠李戴，再换性别。比如称女 A 为男 B，称男 B 为女 C，又把女 C 叫作女 A。"克莱夫笑起来，"书中的大多数人我都认得，《歌之版图》出版后也流传了回来，由我翻译给原住民听。他们能把所有人都重新对号入座，并且笑得前仰后合。"

克莱夫当即在一张纸条上为我画下大致的旅行路线，我把它夹到自己的 Moleskine 笔记本里，约定几个月后在乌鲁鲁见面。

我和查特文一样，从爱丽斯泉（Alice Springs）开始旅程。这儿的一切似乎并不迷人。

"爱丽斯泉，街道横平竖直，灼烤在烈日之下；男人们穿着白色长筒袜，上上下下丰田越野车，一刻不停。"[1]查特文在《歌之版图》开头写道，他在这儿遇见了阿卡迪，他的向导。

北领地的旅馆很早就开始供应早餐了，为了防止被烤晕，我灌下两杯像药水一样的咖啡，起身走进烈日。

旅馆对面是干涸的托德河（Todd River），原住民的棚屋也在那儿。一群妇女缓缓穿过河床，不多久，又一个原住民青年独自穿过河床上的低矮灌木丛。他走得真慢，我花了很长时间看他不紧不慢地消失在视线里。

据说，澳大利亚原住民相信人一生的能量有限，用完了生命也就结束了。所以他们总是慢慢吞吞，或是什么都不干。当地白人在解释原住民文化时总得带这么一句：我们尊重并理解原住民文化。事实是，

---

[1] 《歌之版图》，布鲁斯·查特文著，杨建国译，南京大学出版社，2011 年，第 1 页。

这个含糊的说法时常带着不屑。

我抵达爱丽斯泉时，克莱夫正带着原住民在阿德莱德举办画展。无奈之下，只得在手机上向他询问当地禁忌。

"官方警告在北领地不能乱捡石头，真是这样吗？它们可真美。"

"随意捡石头确实会带来厄运，但得看在哪儿捡。"在他的笑声中，我听出异样，便追问下去。"说真的，现代人可比原住民迷信多了，"克莱夫说，"其实就是因为无知。没错，你要是在某个圣地动了石头，那是要遭厄运的，但游客们有时是在酒店的小路边捡的，这实在无法改变你的命运。我们经常收到世界各地的游客寄回的石头，说这些能量之石给他们带去了厄运，并为自己当年不听警告的行为道歉。原住民们觉得这种事简直笑死人。不过话说回来，这种过分的警告也确实有好处，要知道如果真有哪个游客动了圣地之石，那他可就摊上大事了。"

保险起见，我在爱丽斯泉也找了一位向导，鲍勃（Bob）年过半百，是当地阿南特人（Arrernte）和白人的混血，家乡在爱丽斯泉和达尔文之间。"我并不知道祖先的歌谣，"他坦诚以告，"在我们那个时代，很小的时候就被带离家族，去现代社会学习，从 8 岁到 28 岁，我都过着脱离族群的现代生活。"

我问他是不是去了臭名昭著的寄宿学校，世界各地都有白人把原住民孩子"抢走"、关在学校，迫使他们忘记自己的母语和传统。成千上万原住民孩童在糟糕的学校环境和老师的暴力中病死或自杀，加拿大发现过埋葬这样的孩子的无名群墓。

事实上，澳大利亚与托雷斯海峡原住民寄宿学校自 1800 年代开办，这项同化政策披着"接纳原住民"的外衣，到 1969 年才最终消亡。政府、教会、福利机构均参与其中。1909 年，澳大利亚政府通过《原住民保护法》（Aborigines Protection Act），使同年成立的原住民保护局（Aborigines Protection Board）有权强制带原住民孩子到学校。1915 年，修订后的保护法进一步规定，可以在不经父母同意、没有法庭命令的情况下带走原住民儿童。在澳大利亚，抢夺寄养有三种形式：强制原住民孩子前往公办寄宿学校，由白人家庭领养，暂时寄宿在白人家庭以等待领养。后两种形式主要适用于"肤色偏白"的混血儿。许多人认为原住民生活水平极端低下，将孩子送往白人家庭或公立寄宿学校会为他们提供更好的未来。鲍勃生活在北领地，那里的混血儿比澳大利亚其他地方相对更少，因而进寄宿学校也更常见。尽管法令有效期为 1909 年至 1969 年，然而这种做法持续的时间远不止于此。根据澳大利亚政府的统计报告，共有 2 万多名孩童被寄养至北美、欧洲白人家庭，他们也被称为"被偷走的一代"，绝大多数再也没与家人团聚。

　　1998 年起，澳大利亚将每年 5 月 26 日设为国家道歉日，全国各地举办各项活动，呼吁对此事有责任的组织道歉。2000 年悉尼奥运会前夕，因时任澳大利亚原住民事务部部长约翰·赫伦（John Herron）表示"被强制寄养的原住民儿童仅占所有澳大利亚原住民儿童的 1/10，不能被称作'被偷走的一代'"，引发原住民广泛不满，甚至威胁以暴力方式破坏奥运会。澳大利亚政府很快采取积极措施，将 2000 年定为"和解年"，并于当年 5 月举行了连续两天的"和解大游行"，主题为"共享我们的未来"，游行遍及全国各地，数十万人参加。不久，《与澳大利亚与托雷斯海峡原住民修好文献》（Apology to Australia's Indigenous Peoples）发表。2008 年 2 月 13 日，澳大利亚新上台的工党政府正式发表对原住民的道歉，由时任总理陆克文（Kevin Rudd）宣读。原住民、"被偷走的一代"代表受邀前往国会参加道歉会。

鲍勃差不多是最后一代去寄宿学校的原住民，亲历了这一切，他去了寄宿学校，也走上过悉尼的街头。尽管对童年寄宿学校里所发生的事不是闭口不谈就是一笔带过，但他还是给出了一个出人意料的答案："我挺感激，因为这样我脱离了贫困，有了更多选择。"

他当然指现代选择，他的祖先并未选择将歌谣传给他。"我叔叔知道一些歌谣和故事，但他再也没有传下去。"鲍勃停下来想了想，"也许有吧，我不知道。"

鲍勃虽然不知道祖先大梦时代的歌谣，但在能自主选择后，他回归了土地，跟随祖辈学习传统食物的智慧，如今对丛林植物和土地都了如指掌。他已经在各大餐厅服务多年，试图把原住民的传统美食带上更多人的餐桌。他在荒漠中指认水源和一些动植物给我看。长日将尽时我们站在一处高地眺望，他指着远处麦克唐奈山脉（MacDonnell Ranges）间的缺口说："那是祖先的足迹，阿南特人的圣地。"

鲍勃生起篝火准备晚餐，我就在北领地短暂的黄昏余晖中写下这些笔记。

那个缺口，是辛普森峡谷（Simpsons Gap），北领地必访景点之一。

对原住民来说，道路就是歌之路，任何仪式都是歌之路的组成部分，成年礼是其中最重要的仪式之一。年轻人通过行走歌之路，重走祖先创世之途，获得神启，看到自己在部族中应该扮演的角色，明白自己在宇宙中的位置。

除此以外，迈克尔·邦德在研究人类地理感知能力时发现歌之路也有实际用途，他在《我们都是寻路人》（We Are Wayfinders）一文中写道："正是因为祖先创世时走出的道路如今依然被澳大利亚原住民细细描摹，所以对他们来说，只要知道歌之路就能去到任何地方。一首正确的歌谣一定能带你找到水源和庇护所。"他们穿上现代人破旧的衣服、与游客共享国家公园、将点画画到画布上、用猎枪打猎，这些改变都是表面的，他们依然死守仪式、歌之路、永恒。

汽车一驶离爱丽斯泉，手机就没信号了。我们行驶在北领地绵延不绝的红色荒漠中，我的白人司机或许是为了提提神，有时也会讲起一些当地原住民的故事。他没有在"大梦时代"和"歌之路"这样迷人的字眼上做任何停顿，也没有露出向往的神情。我们都在等待消失了的手机信号重新出现，等待路过一座遥远的发射塔。在这漫长的等待中，似乎早就在昏沉中入梦了，但或许在这半梦半醒之间，距离原住民的神秘、缓慢状态也最近，最容易理解他们。

在到达帝王溪休息站（Kings Creek Station）的发射塔前，没有跟外界联系的可能，只有到那里才有公用电话和无线网络。这个休息站看起来毫不起眼，与原住民社区对面而立，高速公路看起来就像是地域分割线。其实一切并非那么简单。

《沙漠驼影》（*Tracks*）的作者罗苹·戴维森（Robyn Davidson）1977 年从爱丽斯泉出发，带着 4 匹骆驼和她的狗独自横越千里沙漠抵达西海岸，这趟传奇之旅至今依然是北领地人们茶余饭后津津乐道的话题，这本书在 2013 年时被改编成电影，就是在帝王溪休息站取的景。

戴维森在电影拍摄时也来到休息站，这儿几乎每个人都认识她。休息站的人这样描述她："一个性格颇奇怪的人，至今想来都是如此。她在这儿时根本不怎么跟人讲话，只是一个人坐在那儿。"部分当地白人对《沙漠驼影》的评价并不高，一位从墨尔本到北领地来寻求刺激的服务生告诉我："我读了许多关于这片土地的书，几乎都很迷人，但《沙漠驼影》的读后感却挺奇怪，戴维森似乎从不在乎她周围发生了些什么，她只在意自己。"

休息站的主人伊恩（Ian）对所有来客都退避三舍，把一切交给前来此地追求刺激和放逐的白人或者为了换签证的日本人打理，但在这时接过话茬："她那会儿是个嬉皮士，不讨人喜欢的那一类。"

伊恩也是个混血，但直觉告诉我，他和鲍勃不同。"我们能谈谈歌之路吗？"我好不容易在休息站的棚屋中逮到他。

"你想知道什么？"他的反问精明而直接。

"对你们来说到底什么是歌之路？许多书上写的神秘仪式都是真的吗？我想你一定读到过一些……"

"书上写的都是假的，那些声称自己了解什么是歌之路的作家、人类学家都是骗子。"伊恩斩钉截铁，"歌之路代表的是仪式本身。我们当然还在走着歌之路，但行走歌之路是至高机密，也是最隆重的仪式。几年前我们举行过，原原本本，毫无改变。这些事都不可能被轻易看到，不是说仪式是隐形的，你明白我的意思吧。"

我想起美国作家玛洛·摩根（Marlo Morgan）在《旷野的声音》（*Mutant Message Down Under*）中讲述了自己与原住民一同穿越旷野的仪式之旅。在近4个月的旅程中摩根见证了原住民的神秘力量，他们在恶劣的环境下通过与大自然保持和谐又特殊的关系生存下来。摩根生动地描述了原住民的生活方式，他们甚至将自己即将消失的古老智慧传授给了作者。文字中的原住民总是充满智慧，生活方式又满含哲理，但这本书的真实性一直颇受争议，比《歌之版图》更甚，事实上，应该没有澳大利亚原住民真正认可过那本书。但我总倾向于相信多少总有些是真的，就像有时候，人总得相信奇迹。

但伊恩在消磨我好不容易积攒起来的乐观。"你可以给我讲点细节吗？"在炎热的天气下，我感觉自己正在失去耐心，尽管韦德和克莱夫都一再告诫我原住民对现代人的排斥，正面相迎时还是让我有些难以招架。

"现在，原住民依然会选择家族里最合适的人将歌之路的秘密以及歌谣传下去，但如果找不到这个人选，那一切就结束了（鲍勃的祖辈没有选择把秘密传给他就是因为他离开得太久了，不合适）。这些古老智慧当然有灭绝的危险，可是有哪个部族不面临着这样的境地呢？这些智慧一旦说出口，一切就都走样了。你明白吗？走样就是毁灭。一切必须原始如初才是对的。"伊恩看了我一眼，"其他我还能告诉你什么呢？或许还能告诉你一些，但说了我就得把你杀了。"

他突然爽朗地笑起来，接着继续说道："原住民男女各司其职，我只知道属于男性的歌之路。"

随后，我们各自陷入沉默。

尽管理智上我完全理解伊恩，也知道对世界各地的许多原住民来说，秘密的就是神圣的，两者不可分，在他们的灵性信仰方面更是如此。当他们说出这些智慧和秘密后，经过其他族人、外来人的解读，力量就在这样的"翻译、诠释"过程中消失殆尽了。但我仍旧觉得在荒漠中，似乎是要用尽心力才能过完一天。我想象着查特文在吧台把自己灌醉的情形，又克制着不去想他书里写到的咖啡和双份白兰地。

我在休息站附近兜兜转转，还想再碰碰运气，或许可以遇到一个生活在对面原住民社区的好心人。但荒漠不接受侥幸心理，尽管一个年轻的澳大利亚白人来和我搭讪，问我想不想去看看附近的原住民岩画时，我自以为得到了救赎。"我们开四驱摩托车就能去，很刺激。"他信誓旦旦地说。当我告诉他自己没有驾照时，他也完全不在意："没关系，右手是油门，左手是刹车，没别的了。"我有些迟疑，但最终还是跟他一起发动了摩托，尾随前去。

他在高低起伏的荒漠中飞驰，很快就到了我难以追上的速度，但我们没有通信设备，我只得同他一起加速。上坡——下坡——急转。我失控了。车冲进灌木丛，不知是我终于成功刹了车，还是树枝擦过车身和我的身体的阻力让车停了下来。

我在震惊和恍惚中检查自己，幸好只是手臂上有些皮肉擦伤，没有翻车。我怔怔地呆在原地，等这位我连名字都忘了问的向导意识到我没有跟上时返回找我。

在烈日和酷暑中，我脑海里尽是些不那么让人愉快的画面，像是方才经过的一具被烤焦的动物尸骨，还有我因为实在难抵沙土上一块纹样精美的木块的吸引，把它收入囊中，当作手信。当时，我可乐意相信克莱夫的话，认为在绝大多数情况下，这都不会有问题，但是到现在，我则完全后悔自己不够克制，决定一回到休息站，就把它放回荒野。

好不容易等到回头救援我的向导，他还带来了一个坏消息，有古老岩画的山洞被封了。当我们回到休息站时，我似乎看到了伊恩不屑的眼神。

我的自责和迷信让我也认为自己活该接受这种眼神，最终耐下性子，回到没有信号的房间，即一个简易但看上去倒颇为可靠的帐篷里，继续重读《歌之版图》消磨长夜。

我似乎已经不想再执念于知道"歌之路"的意义到底是什么了。

第二天，我在休息站的图书角里找到了专门研究阿南特文化、颇具争议的人类学家泰德·斯特雷罗（Theodor Strehlow，常称 Ted Strehlow）的传记。查特文也是在一家沙漠书店中看到这本传记的，书里把斯特雷罗贬得一塌糊涂。查特文却十分敬佩这位人类学家，事实上，正是其最重要的作品之一《澳大利亚中部歌谣》（*Songs of Central Australia*）吸引查特文到北领地寻访歌之路的。文学网站"文学中心"（Lit Hub）2018 年的文章《记录澳大利亚最古老的口述图书馆》（Writing about the Oldest Oral Library in Australia）一文中还提到，查特文在斯特雷罗去世五年后致电其遗孀，表示自己读了《澳大利亚中部歌谣》，并想再买一本。他得到的回应是："让我向世界上第一个读它的人问好。"事实上，查特文还是极少数获得她准许亲眼见过斯特雷罗藏品的人。

斯特雷罗生于 1908 年，父亲是位牧师，曾负责爱丽斯泉以西的路德派布道点赫尔曼斯堡（Hermannsburg），父母在北领地传教时有了他，两人都是善良的人，为原住民提供实质性的帮助和庇护。事实上，其父就是出色的语言学家，学习并记录了许多阿南特语，斯特雷罗后来的巨著也是建立在父亲的研究上的。斯特雷罗和阿南特伙伴们一同长大，能说一口流利的当地语，无忧无虑的时光在 14 岁那年结束。当时爱丽斯泉附近没有医疗设施，他和母亲不得不陪伴濒死的父亲踏上漫长求医路。他们离开那天，整个村里的阿南特人都来为这位牧师送行，斯特雷罗记得原住民们悲恸地高声歌唱，似乎能感觉到这就是永别。阿南特人告诉他："你不仅是个白人男孩，也是我们的一员，属于这个部族。"

斯特雷罗的父亲没有熬过长达 12 天的险恶之旅。斯特雷罗目睹了父亲的挣扎和死亡。尽管日后出版的关于这段旅程的回忆录为斯特雷罗赢得文学界的认可，但这场悲剧终生折磨着他。

1932 年 3 月，斯特雷罗开始了他对阿南特人的田野考察，跟随原住民向导带着骆驼穿越沙漠。他收集的资料包括土著历史、文学、宗教和哲学等。一贯拒外来人于千里之外的阿南特长老们认可了斯特雷罗，将灵性知识传授于他，尽管受到白人的威胁，他们却纷纷将具有神秘力量的器物交予他保管，也要他记录神圣歌谣、仪式、图腾、圣地地图以免失传。斯特雷罗的田野考察笔记中记满了这些。到1933年底，他已经走过4 828公里，收集了30多个土著神话和上千首神圣歌谣。

如今的斯特雷罗研究院（Strehlow Research Centre）位于爱丽斯泉，藏品包括1 200多个圣物、26小时的纪录影片、150小时歌谣音频及8 000多张照片。但和伊恩打交道的经验让我忍不住怀疑这些到底是真是假，我本想返回爱丽斯泉时停留拜访，现在却又动摇了起来。或许前往原住民领地、了解他们，同时是不断思索自己过去的判断和认知的过程。一个人的转变不也是如此经由不破不立而来的吗？

研究院的建立其实并不容易。事实上，斯特雷罗公开宣称将把自己的记录和原住民交由他托管的器物所有权交给妻子，这就违背了他身为保管者的职责，他还曾将照片出售给媒体，这些做法都引来很大争议。斯特雷罗去世十余年后，北领地政府才得以和他的遗孀协商收购藏品，直到1991年正式以斯特雷罗之名建成研究院。

查特文认为斯特雷罗成为一个充满争议的人没什么奇怪的。从小，不同的文化让他模糊了自己的身份认同。他自学成才，总是独立行事，即便是漫长的田野考察也是一人身兼数职：司机、修理工、厨子、摄影师等。他也渴望被西方学术界认同，但除了当时思想超前的法国人类学家克劳德·列维-斯特劳斯（Claude Lévi-Strauss）外，没人能接受斯特雷罗所认为的原住民根本不低于现代人这种论调。

根据查特文的说法，晚年的斯特雷罗似乎越发疯狂，他赌上了一切，就为证明自己的一个伟大想法——澳大利亚原住民歌谣的方方面面和希伯来语、古希腊语、古斯堪的纳维亚语、古英语都有紧密对应。他想从歌谣和土地的关系下手，层层挖掘，探究其根本，从而找到人类处境的解决之道。

这当然是个不可能的任务。《澳大利亚中部歌谣》在 1971 年出版时《泰晤士报文学增刊》（*The Times Literary Supplement*）评论道："作者应当谦虚谨慎些，别再满口'宏大的诗歌理论'。"让斯特雷罗颇受打击的除了文学评论外还有另一些批判，包括认为他"从天真无邪、毫无戒心的原住民长者手中窃来歌谣，唯一的目的就是出版它们"。

1978 年，斯特雷罗放弃了大梦死在书桌前。

查特文在北领地整夜读着斯特雷罗，确信他"是位独特的思想家，他的著作伟大而寂寞"。我则反反复复地翻着《歌之版图》，背景音乐是帐篷外诡异的风声。

准备离开的那天一大早，只有我和伊恩两人在早餐室，他看起来友好了许多，是他看透了我的转变吗？我心想。我们简单地攀谈起来，"晚上睡得好吗？"他问，"听到什么声音吗？"

"晚上的风声可真大！"我答道。

"那不是风声，"他笑了起来，"那是半狼半狗的沙漠野狗。真高兴你没有拉开帐篷一探究竟。"他的语气是真诚的，但我还是心下一惊，并不亚于四驱摩托车的意外。

为了"伟大而寂寞"的情怀，或许我还能再往前走几步，再靠近些歌之路的本质。况且，克莱夫差不多该回到乌鲁鲁了，能为我做好前往原住民聚居点的准备。与此同时，我似乎也有了些在荒漠度过长日更具体的理想和真正的经验：(如果可能的话)清晨和当地原住民去他们的地盘散步；黄昏前的那些燥热时光里，躲开烈日和苍蝇，读书验证所见所闻；夜晚入梦，不再苛求梦境与清醒之别。

从空中俯瞰乌鲁鲁、康纳山（Mount Conner）和卡塔丘塔（Kata Tjuta），这三块巨石形成占地面积广大的巨石阵，它们连成一条直线。原住民相信这三块极具能量的岩石指引的正是他们祖先在大梦时代走过的道路。神秘主义者有类似说法，他们称这条直线为地球能量线，甚至声称世界上还有许多条类似的能量线。

乌鲁鲁和卡塔丘塔所在的广袤地区已经被划为国家公园，康纳山则还属于私人牧场。当地阿南古人（Anangu）和游客分享着国家公园。清晨，当北部地区特有的热气升起之前，这里是游客争相拍照的热门景点。太阳落山以后，游客就不得再进入这块圣地了。

克莱夫和我在午后碰面，沿着不断延伸的北领地红土路进入阿南古人社区。入口处写着：需通行证。

"我们有通行证吗？"我问克莱夫。

"我的脸就是。你独自一人的话，拿上通行证我也不建议你进去。"克莱夫说，"谈不上有多危险，但可以肯定，没人会搭理你。"

格洛莉亚（Gloria）是乌鲁鲁阿南古原住民社区里的老者之一，精通草药，也深谙原住民妇女特有的古老智慧。她显然知道我们要来，早就坐在长廊阴凉处，一言不发，苍蝇围着她转，她也不为所动。克莱夫热切地用土语和她打招呼。格洛莉亚面无表情地向我点点头也说了一堆土语，克莱夫翻译给我听："昨天我们家又多了个新生儿，全家都在为此举行一种烟熏仪式。"

"完成整个仪式需要多长时间？"我已经接受了仪式内容不可言说，也尊重原住民的决定，就问些边缘问题。

"在过去，我们的祖先是没有时间概念的。我也不知道昨天的仪式花了多久。很长很长时间。"格洛莉亚缓慢的语速似乎印证着他们对时间的无感。不久她就到树下配草药去了。

"那些草药烧起来的烟能驱赶苍蝇。"克莱夫解释，"和这些原住民在一起待久了，你会发现他们的时空感跟我们的不可同日而语。特别是和他们一起旅行时，他们会指着两座山说，你看那两姐妹，她们在一同旅行。可是我的老天，那是他们大梦时代——也就是创世时候——的故事，从他们嘴里说出来，就像是指着两个熟人似的。我总觉得，他们看到、感受到的世界和我们是不同的。"

在格洛莉亚的解释和克莱夫的翻译中，我终于明白我们车轮所经过的每寸土地，对原住民来说都是歌之路的一部分。我想也许开车驶过原住民古老的歌之路是一种很怪异的做法。要知道，很久很久以前，他们一边走一边唱出沿途所经之地的名字，世界由此形成。然而歌之路绝非创世故事这么简单，它还是个繁复庞大的宗教体系。在现代人渴望改变的今天，原住民通过歌之路，试图将一切维持在大梦时代，以得永恒。

德国导演维尔纳·赫尔佐格（Werner Herzog）是查特文的挚友，前者在 1984 年拍摄关于澳大利亚原住民的英文长片《绿蚂蚁做梦的地方》（*Where the Green Ants Dream*）时从查特文那儿获知他曾经开车载着原住民一同旅行，那时原住民唱起歌来会比平时快很多，因为车速比脚程快，因此歌的节奏也要加快才来得及——唤出途经地点在大梦时代的名字。

对原住民来说，几乎生活中的一切都是仪式，包括狩猎中火攻袋鼠，也包括画点画。不过现在有一些向游客开放的体验可以参与，克莱夫带我尝试了一下。尽管原住民的祖先就用点和线的不同组合创造了固定的含义，他们至今仍在使用这些符号来讲述神话、故事，更近代一些的作品里甚至包括他们对殖民的记忆。在这个项目里，来访者可以自己用点线来创造符号、讲述故事。

现代人到底还是被时间控制的，人们不断问原住民：“画一幅点画需要多长时间？”

这个问题通常由工作人员作答，原住民画家不停地点着，并不在意。

“点本身代表什么？”我问克莱夫。

“你认为呢？”他反问。

“能量吗？”

他笑而不语。

事实上，澳大利亚艺术和视觉人类学家霍华德·墨菲（Howard Morphy）在《澳大利亚土著艺术》（*Aboriginal Art*）一书中指出，这些画"所表现出的实为图腾地理"[1]，原住民用图画描绘的土地和路线，是大梦时代那些祖先的足迹、是大地在神话中的意义——它们当然充满能量。

傍晚时分，克莱夫开车带我围绕乌鲁鲁岩石追逐落日，车速飞快。我们在红土路上颠簸，音箱里放着1990年代一位不知名的音乐人收录的原住民故事，缓慢、轻柔的女声正讲述着他们的创世神话，克莱夫告诉我这里收录的几乎是原住民可以对外人诉说的全部了。我来不及看清光线在岩石上的变化，慢悠悠的叙述和飞速变化的光影之间形成一个黑洞，把你吸入其中，让你看到一个真实的大梦意境。

克莱夫说："乌鲁鲁岩石终年都是温热的，即使背阴面也如此，原住民认为这证明了它拥有巨大能量。乌鲁鲁岩石中有许多岩洞，其中最知名的一个已经被开发成景点了。阿南古人依然会在游人离去后在这儿举行祈雨仪式。你得像一个阿南古人那样，才能发现它的奥秘：低头直接走进岩洞——那儿的岩画有些都上千年了——参观完一圈后走出岩洞，一直走到路口再回头看，那时你就会清晰辨认出那岩石本身像是一条盘踞着的巨蛇。经过岩洞再往乌鲁鲁深处去，有一个终年积水的水潭。有时仪式结束后真会飘来雨云，在水潭上方轰然降雨。"

克莱夫喜欢弹吉他，他告诉我只要有机会，就在沙漠中弹着吉他配唱当地的原住民歌谣。北领地的黄昏很短，我想起生活在美国和墨西哥边界的原住民亚基人的说法，"黄昏是世界的间隙"。

---

[1] 《澳大利亚土著艺术》，霍华德·墨菲著，苗纾译，湖南美术出版社，2019年，第102页。

我借着北领地最后的光线又读了一次《歌之版图》的结尾：

> 神秘论者认为完美的人应当靠自己的双腿走向"善终"，能走
> 到那里的人就"回家"了。澳洲土著对"回家"，或者说唱着歌谣
> 找到自己的归属，有各种细致的规定：回到"孕育"你的地方，回
> 到尤里恩加储存的地方，只有那时，你才能和祖先融为一体。这就
> 有点儿像赫拉克利特的神秘警句："有死者与不死者，活着却已死
> 去，死去依旧活着。"[1]

合书睡去，我梦见闪烁着明亮蓝光的巨型生物和矮小的人类。一
番狩猎场景。我揣测那或许是属于某个族群的创世时代，或许也是属
于我自己的遥远过去。

即使时代在变，但依然会有那么一刻，大地走近你，以非语言的
方式教导妥协与臣服，并最终赠予一个发光的大梦。

我最终没有真正见识到原住民的歌之路仪式。那片荒漠交给我的
臣服也随着时间慢慢褪色，我总是时不时地又重新燃起见证的渴望。
2019 年，赫尔佐格在为 BBC 拍摄追忆查特文的纪录片《流浪者：追
随布鲁斯·查特文的脚步》(*Nomad: In the Footsteps of Bruce Chatwin*)
时回到了他自己也深深着迷的北领地，重新看了查特文当年所见的风

---

[1] 《歌之版图》，布鲁斯·查特文著，杨建国译，南京大学出版社，2011 年，第 372 页。

景，听了他听过的传说。赫尔佐格再次试图请原住民和研究者讲讲歌之路的歌谣和仪式，其中一位上了年纪的老者描述道："那些仪式音乐太有力量了，是个谜。"人们描述着对仪式的感受，却闭口不谈它的本质。

赫尔佐格也只能问些边缘性问题，毕竟我们都是外人，都必须尊重原住民的选择。他的问题是："比瓦格纳（Wagner）和威尔第（Verdi）的歌剧更有力量吗？"

"是的，男性大声高歌，现场宛如有十个足球队在比赛，又有出色的高音越过这成百个大声放歌的男声。他们还不断踩脚，如打击乐器，能撼动大地，高音依然稳稳地在他们上方。一切还都在夜晚举行，在黑暗中、星空下。"

这一次，我突然在脑海里看到了这个仪式，深切地明白它应该就是专属于我的，不同于赫尔佐格或查特文在脑海中见到的，也不同于原住民仍在举行的，但我深信，它们在神秘的人性深处，一同组成了神性的一部分。

我想原住民们也会同意我的看法，伊恩甚至可能为我的"开悟"感到高兴。

冰 岛 异 次 元

动 情 于 精 灵 的 冷 幽 默

公元874年，第一个维京人抵达冰岛定居，这座荒蛮岛屿从此有了人烟。人类以其极强的适应能力熟悉了火山和冰雪，狂野自然也以宽广胸襟接纳并保护了这些人。时至今日，古代维京人，或是更遥远的传说里，在维京人之前抵达此地的凯尔特隐士，他们留在岛上的隐秘力量从未失传。

"灵视者"可以从许多奇形怪状的岩石中指认出精灵的家，或是他们的"教堂"

民俗学者欧莉娜说精灵是生活中的一部分，是现实的一部分，"不是信仰，也不是迷信"

我连上冰岛航空的 Wi-Fi，问空乘要一杯咖啡，对着航空公司发放的文艺纸杯拍了张照片，发送朋友圈。

纸杯是牛皮纸色，上面印着一个单词"STRÓKUR"，下方写着释义"读作'Stroh-kur'，从天然温泉中升起的一股热气"[1]。文字底下配有一张温泉热气的照片，黑白色调。我反正没见过比这更文艺的机上咖啡杯了。而且，我的第一站就是直奔那股温泉热气而去。

事实证明，发送文艺的朋友圈容易，现实并不。

在冰岛最好的旅行方式是自驾，这是个最多花上 10 天就能开车环岛的地方。打开导航，从机场出发，GPS 显示，此地距离"那股温泉热气"目的地 ION 探险酒店约 45 分钟车程，并标明了最近路线，笔直的高速公路，对路盲来说都毫无难度。后来我才知道，在冰岛自驾，

---

[1] 纸杯上的释义为英文，原文为："Stroh-kur" is a column of steam rising from a natural hot spring。

除非是在环岛 1 号公路狂奔，不然最好还是拿着地图询问当地人而不是相信头顶上看不见的卫星导航。

半个多小时后，我们被一个"封闭修路，禁止通行"的告示牌挡住去路。它看上去像一个恶作剧，这个标志后方的公路非常平顺，而且 GPS 显示我们距离目的地只有 10 分钟车程了，天色渐暗，又经过一整天的飞行，没人会比这时候有更强烈的抵达渴望了。理智上，我和同伴都认为应该掉头，重新找条路走，但就在此时，一辆当地私家车肆无忌惮地超过我们，这个动作仿佛带着某种对游客的鄙视。它绕过禁止通行的标志，消失在路的尽头。我们面面相觑了一阵，决定尾随而去。而且再开 10 分钟我们就到了，或许还没到真正的修路路段呢。

这种常见思维和做法真是个令人发指的现代病。在冰岛，这个破过产但依然发达得在绝大多数荒野里依然有手机信号的国家必须遵守一条法则：抛弃现代人的一切骄傲，就和你在真正的荒野中一样。

车行 5 分钟，看到超越我们的私家车停在路旁，车门大开，主人带着他的猎狗正朝荒野深处去。就在前方，我们被几乎与车身等高的积雪挡住去路。

赶在猎狗和他的主人消失在远方的地平线之前，我摇下车窗高喊，"打扰一下！"内心觉得自己无比愚蠢，"请问前面的路能够通行吗？"

"看上去不能。"他给了我一个显而易见的回答，"我是到这里来遛狗的。"然后他微微笑了一下，冲我点了点头。我强烈地感觉到，他觉得我问了一个很好笑的问题，但在我看来，我只是很愚蠢。这种对比令人非常难堪。

当时，我在漫长旅途的疲倦和不得不开回头路重新导航的挫败感中觉得有些恍惚，这个矮小、结实、穿着北欧风格粗织毛衣的老人和他的猎狗更像是来寻我们开心的冰岛精灵。这样的感觉挥之不去，"他们[1]没有恶意，但有时喜欢搞些恶作剧"，我曾在一篇研究冰岛精灵信仰的文章里读到过这样的说法。这次冰岛之旅，我也是想亲眼看一看，冰岛人是否还真的相信精灵。

照冰岛人的说法，精灵喜欢开玩笑。后来我发现，冰岛人自己的冷幽默和温情共存，他们的关切总是真心实意，但除此以外的任何事，模棱两可的说话方式则会让人很难判断这是玩笑与否。这也很容易让人感到挫败，毕竟，对于"你相信精灵吗？"这样的问题，我想要的答案可不是一个开得很认真的、让人摸不透该一笑而过还是认真对待的玩笑。

无奈，我们开车回原地。经过几户农庄时不时有冲进去问路的冲动，但可能由于美式罪案片看得太多，我一心认为那很可能会让我们成为"中等风险人群"。这个词也是从美剧里学来的，我们很可能在迷路时遭到谋杀等不幸。最终，我们原路返回，给酒店打电话。"你打开地图，"服务人员耐心地说，"走另一条公路，它虽然不是高速，但已经除雪通行了。如果还是找不到的话，可以问问农舍人家，他们都认识我们。"与之前的情形比起来，这真是像极了一个冷笑话。我和同伴都没有笑，假装镇定，奔赴目的地。

---

[1] 冰岛人认为精灵是邻居、朋友般的存在，故在文中使用代词"他"或"她"。

终于，我们在绝望之前抵达 ION 探险酒店。如果不是它美得能让人忘记全世界，我完全有可能在办理入住时向前台抱怨一番。事实是，酒店地处一片自然温泉背后，由黑色钢筋撑起，落地玻璃透露着室内温暖的光线，被"温泉热气"掩映得若隐若现。

在我之前办理入住的旅人和我拥有相同的感受，也和我走过相同的弯路（当然，我没有提老人和他的猎狗），我们热切地和前台谈起这番经历，随后感慨自然之美。要知道，在我们脚下，是千百年前冷却的火山灰。这儿的景象和那些热门电影里的画面别无二致。

大雪封路是偶然事件，实际上很少发生。就因为大自然的美好风光，我们自欺欺人地相信冰岛的冬天鲜少下雪。几杯红酒下肚，我就完全相信自己身处月球，这里温暖得让人痴迷。至于地球，那里又是污染，又得反战，还要和那些不知人情世故的人打交道，绝不会有人想要回去。

21 世纪初，冰岛破产轰动一时，但日子还得过。破产后的冰岛要重建、振兴，冰岛公路修建计划却因当地人的精灵信仰不得不搁置。2013 年，冰岛政府计划修建从首都雷克雅未克到奥尔塔内斯半岛（Álftanes）的直通高速公路，这条公路要穿过一片古老的火山岩浆地，但这里的许多巨岩是 huldufólk（精灵）的生活地，要是因修路损坏或移动他们的住所的话会遭到恶报。这类事件在冰岛屡见不鲜，民俗学家们甚至因此采访过多位筑路工人和所谓能够看见精灵的人。

在我们遇见老人和猎狗的地方不远处，就有一个岔口是通往奥尔塔内斯的，那一带常能看到各种巨岩，有些连成一排，就在农舍附近，或者比邻清澈的水潭。

拉格希尔杜尔·约恩斯多蒂尔（Ragnhildur Jónsdóttir）是一位"灵视者"，她可以从许多奇形怪状的岩石中指认出精灵的家，或是他们的"教堂"。稀奇的是，与她并不相识的冰岛其他灵视者也能做出相同的指认。"这对冰岛许多人来说是很正常的事，你生活在精灵中间，他们就像是你的邻居一样。"对于修筑公路问题，她表示，要是精灵认为有必要，他们会同意"搬家"，若是认为不必，人们却强行为之，就会"厄运降临"。2013 年修路过程中将要摧毁的属于精灵圣地，那里具有光的能量，又和其他地区的圣地相连，毁了的话，后果可想而知。[1]

这种故事听起来总还是有点像"钉子户"的扯淡，我带着将信将疑的态度。不过根据冰岛大学 2007 年的统计，冰岛有超过 54% 的人相信精灵，尽管近年来人数有所下跌，但与精灵为邻的依然大有人在。他们在冰岛各地都能不约而同地指出相同的地点。许多冰岛人相信，精灵生活在巨型的突兀岩石中，大多数时候不可见，但小孩或者迷路之人很可能会见到他们，并获得帮助。

前往冰岛以前，尽管深受冰岛精灵信仰的吸引，也是因此拜访冰岛，但我仍旧认为精灵信仰难免有吸引游客的幌子之嫌。经济振兴需要旅游业，一个拥有火山又有冰湖、打着"冰与火"广告词的岛国，

---

[1] 《大西洋》杂志（*The Atlantic*）网站 2013 年 10 月 29 日刊文《为什么那么多冰岛人依旧相信不可见的精灵》（Why So Many Icelanders Still Believe In Invisible Elves），作者为瑞安·雅各布斯（Ryan Jacobs）。

当然要拿出些更深刻的思想来才足够多样。不过一位英国探险家朋友切切实实地告诉我："和冰岛人聊起天来你就会发现，他们真的相信精灵，不论是年轻人还是老一辈，说起精灵就像谈论自己的老朋友一样，是小淘气、童年的玩伴、乐于助人的邻居……"我无法摆脱对这个场景的向往。

我本来计划第二天就向西，前往斯奈山半岛（Snæfellsnes），那里四处流传着有关异次元的故事，有人认为这是因为冰岛独特的自然景观造成的，这里山头兀自立着的岩石，或者其他看上去不真实的地方都被认为是精灵的居所。但我在斯奈山半岛的向导克里斯蒂安（Kristjan）要我在雷克雅未克周边再待上一天，熟悉熟悉冰岛不同的独特地形，看看那些壮丽的景色。我想，大概也是想让我在深入异文化前用自然景观的力量洗去些现代社会的文化包袱。尽管不是很情愿——我不想看什么景点，只想去和西部斯奈山半岛的冰岛人聊聊精灵，不过克里斯蒂安非常坚持他的看法，认为只有见过些冰岛的景观，才能更好地看透当地人的信仰。我相信他是对的。

我在酒店的推荐向导名单里找到雷克雅未克人史蒂芬（Stefán），他是个年轻的摄影师，当天为数不多能够联系上的向导之一，可以带我们走走常规旅游路线。他提议，去冰岛南部看看黑沙滩，沿途还能看到壮丽的斯科加瀑布（Skógafoss）。尽管时值春天，冰岛依旧很冷，仍会时不时地下雪，但不少积雪已经融化了，泛黄的草色、不再结冰的河流、灰黑色的山石，它们都统一在莫兰迪色系中，如果不考虑几乎一刻也不停歇的猛烈大风，一切都很温柔。

不是旅游旺季，兼职向导们大多都干别的工作去了，一路上也鲜少碰到车，我和史蒂芬聊起精灵信仰，他表示自己持半信半疑的态度。"可能在城市里的时间太多了，"他说，"但我周围还是有许多家人朋友都相信精灵。"

他因此了解精灵信仰，告诉我精灵分为两类：一类身材迷你，甚至可以藏匿于花蕊中；另一类与正常人类一样，但非常英俊漂亮。总的来说，他们都是好家伙，不会作恶，冰岛人和他们彼此友好。也有人类与精灵相爱的故事，一旦两者决定结合，人类就要付出代价：从人类世界消失，成为一个精灵，再也不能被自己的同类看见。

孩子们乐意听这些数不胜数的睡前故事，事实上许多冰岛小孩都有跟精灵一起玩儿的经历，但成年后就再也看不见这些玩伴了。青年一代对这些故事则有些疑虑。"这些兀自凸起的山石，被认为是精灵的居所，"高速公路贴着山脚蜿蜒而行，我们经过一处山坡上满是大大小小的、黑色的粗糙岩石时史蒂芬告诉我，"它们看起来只是落石而已，但它们在这里已经千万年了，而且只有这里有。不管怎么说，我对它们充满敬意。"冰岛离奇的景观很多，也正是因此总被人冠以如同月球的名号。这些岩石是接近于黑的黑灰色，显得有些桀骜不驯、不好惹，在它们附近散落着几户棕红顶的农舍，临近的山坡非常平顺。

前往黑沙滩的路并不短，但很好走，沿途景色绵延，山的线条都很温和、没有棱角，我们转过一个又一个舒缓且绵长的弯，山坡上有大朵大朵云的投影，明暗分割线仿佛经过晕染。

黑沙滩上的风更大了，隔着汽车挡风玻璃完全意识不到它的存在，直到我打开车门时，风把门吹直，根本拉不住，我跟着车门被一起甩了出去，一个趔趄。"你看伫立在海中的巨岩，"史蒂芬在大风中朝我喊，"精灵信仰者认为那些是巨人。"

　　在沙滩上顶着大风、背朝巨岩、用足力气闷头走了一阵，我盯着脚前的黑沙——其实是经历了漫长的时间、被海水冲刷得细小的冷却火山岩浆，颗粒大小不均匀，仍有不小的石头散落其中，我跨了过去，有些地方还有长着土色苔藓的岩石。沙滩上没什么人，只有寥寥几家带着孩子在海边嬉戏的冰岛人，他们似乎都比我更有定力。这些父母会在这样的风声和海水拍岸声中告诉幼小的孩子，不远处插在海里的巨大岩石是巨人吗？

　　我使劲走，直到觉得快要筋疲力尽，掉转头往回走时猛然抬头再次看到巨岩——风在此时仿佛也是可见的，它夹带着水汽让巨岩显得迷蒙，我仍旧无法辨认出这是巨人，但在风把耳朵吹得像要耳鸣的瞬间，我清晰地意识到这巨岩并不仅仅只存在于我们的维度。

　　回程路上，车里的空调很温暖。"你知道，有一种说法，精灵会在你特别需要帮助时现身帮忙，他可能以任何形象出现，但不论如何，一定会非常漂亮，"快到目的地时史蒂芬主动说起精灵的话题，他狡黠地一笑，"也可能就以人形现身，帮完之后，你们再也不会见面。"我们友好地轻声笑了。

　　"你以后也再不会见到我了。"不想我们下车拥抱告别时，他突然加了一句，然后就头也不回地走回车里，一踩油门离开了，留我一个人怔怔地站在荒原最后的暮色柔光里。

吹了一天的烈风小了，车后扬起薄薄一层尘埃，然后，拐过一个弯，不见了。

整个冰岛都因精灵信仰而弥漫着一种独特的气氛，西部的斯奈山半岛则是一个就算是在冰岛人的标准下，也被认为是充满神秘之力的地方，这里仍然有岛屿上藏得最好的秘密。从首都雷克雅未克驱车两个小时就能抵达，途中还能经过明信片上被拍摄了无数次的布迪尔黑教堂（Búðakirkja），我也不免俗地在这里停留，附近还有家民宿酒店，内设温暖舒适，餐厅内供应时令冰岛特色菜。既可以选择在全部用木头装饰的餐厅正襟危坐用餐，也可以坐在铺设着地毯、摆放着皮沙发的阳光房里享用。这里还配有一个古老但依然好用的铜制望远镜，要是季节对头，就可以用它眺望鲸跃出水面。转向西方，格陵兰岛就在不远处。

这里是深入斯奈山半岛的最后一个驿站，矮小的冰岛马不紧不慢地吃着草，色彩斑斓的小农舍若隐若现，更远处，就能看到斯奈菲尔冰川直指天际。

斯奈山半岛是史诗"萨迦"（saga）的发源地，和所有的史诗一样，那是充满悲剧英雄、盛大战争和复仇与爱情的故事。发源地满是古老岩浆，青苔遍布其上如同柔软的地毯，另一些冷却的岩浆则形成悬崖峭壁，在这样环境的影响下流传出许多无法考据的故事不足为奇，除了精灵，也包括外星人。

1864 年，儒勒·凡尔纳（Jules Verne）的《地心历险记》（*Voyage au centre de la Terre*）出版引发轰动。地心的入口就在冰岛西部斯奈山半岛的斯奈菲尔火山底下。

冰岛人对斯奈菲尔冰川的情感是复杂的，几乎带着原始崇拜一般。《地心历险记》出版 129 年后，1993 年，斯奈菲尔火山再次引起世界关注，同样科幻、异次元。有个冰岛人宣称在这里见到了外星人，随后，越来越多人表示在这里看到飞碟。很快，一个名叫迈克尔·狄龙（Michael Dillon）的英国人发出消息，说几个外星人跟他取得了联系，会在 1993 年 11 月 5 日来到地球，飞碟降落于斯奈菲尔火山山巅，他们也想见见地球人。根据冰岛热衷于研究外星人的"专家"的说法，总共有 9 种已知的外星人，最著名的一种长得又高又瘦，有灰色的皮肤和巨大的黑眼睛，但他们不知道到底哪一种会来，也不知对方是否心怀恶意。这个消息轰动了全世界，超过 500 名来自美国军队、CIA、FBI、英国警方等各种机构组织的相关人员被派往现场。当天有成千上万人涌向那里，CNN 派出摄制组现场直播。当然，若是外星人真的现身的话，世界也不是今天这个样子了。1990 年代初的这场等候外星人之旅最终成了人类自己的美好派对：冰岛的严冬，山顶绽放的烟花，酒精作用下的喜乐。人们可能自嘲，可能真的感受到了什么。那场景很美，人们依然懂得庆祝，或许就是地球上最棒的事了。到了第二天，这里只剩下派对得太过疯狂的人们——他们都玩得太尽兴了，以至于忘记了来到这里的本意。

我们来到冰川脚下时克里斯蒂安冷静地讲述着这段过往，从他的语气里，我几乎难以辨识他的想法，只得直接问他："你相信外星人吗？"

"我不相信他们当时真的来了，"他说，"但相信他们会选择斯奈菲尔冰川，这里有强大的能量，我们都能感受到。"我也问他是不是相信精灵，这个 1988 年生的年轻冰岛人给我的答案是："我相信精灵，但我也相信，在绝大多数情况下，亲朋好友在冰原里失踪并不是去和精灵实现爱情理想，他们只是失踪了。与精灵结婚是一剂绝好的安慰剂。"

斯奈菲尔冰川底下埋藏着火山，就和世界各地的火山附近总有神秘事件发生一样，这里也有迷人的传说。据说 14 世纪时，这里生活着一个叫鲍达尔（Bárðr Snæfellsás）的人，他的母亲是人类，父亲是巨人，他被一位山民收养长大。他在和自己恶魔般的同母异父的兄弟斗争数次、最终取得胜利之后，就消失在斯奈菲尔冰川中了。鲍达尔不是他的本名，而是人们给他的称号，意为"守护精灵"。生活在半岛的人们依然会在遇到困难时呼唤他的帮助，甚至有人看到过他现身帮忙。时至今日，冰岛人也还相信他仍旧生活在冰川深处，保护着旅人和当地人。

我在海岸线上的渔村阿尔纳斯塔皮（Arnarstapi）的小木屋里约见了欧莉娜（Ólína），渔村就在斯奈菲尔山脚下，是许多游客攀登冰川的入口，凡尔纳笔下的地心距离这里只有 15 分钟车程。过去，渔民会在这栋小屋子里集会，这样的聚会场所在冰岛语中叫作 Samkomuhúsið。现在聚会已经很少了，但屋子依然由欧莉娜和她先生一同照料，事实上，这里看上去更像个图书室。欧莉娜是个民俗学者，我到这儿也是想听听她对这个地区的学术见解，以及，冰岛人到底有没有所谓的精灵信仰。

"我没有看到外星人，也无法感受到来自斯奈菲尔火山的能量，"她坦言，"或许是因为我在这里生活了一辈子，觉得世界理应如此。但我知道有好多想移居这里的人认为能量太大以至无法承受，最终又搬走了。不过，这力量与精灵没有直接关联。"

"我们这儿的人，都能分辨什么是真实的，什么是童话故事。"据欧莉娜的说法，在冰岛流传甚广的巨人故事多半都是以人为原型的童话，是编造的，还有许多怪力乱神之事同样如此。但精灵一说不一样。

"我祖母的姐姐就与这些精灵一同生活，她可以看见他们，也和他们常有联系。"她平淡地用并不流利的英语告诉我。

精灵是生活中的一部分，是现实的一部分。"不是信仰，也不是迷信。"她说，"所以对冰岛人来说用'相信'这个词并不合适，至少对我这个年纪的人以及祖辈来说是这样。精灵们就在这儿，这不是一个信不信的问题。就像是，此刻，我面前坐着一个记者，这不是一件我相信的事，事实就是这样。……我的阿姨们也都能看到精灵，当她们谈论起精灵时，是在交流聊天，谈谈我们都认识的邻居，并没有在互相讲故事。"

欧莉娜是在质疑声中选择学习民俗学的，因为"有些人看不到精灵，认为我们总是在讲故事"。这样的声音在欧莉娜的成长过程中逐渐多起来之后，她也开始质疑自己。直到成为一名民俗学者，她"才开始学习像一个外人那样去看待本来觉得理所应当的现象，理解一些

'本来就是生活中一部分'的事"。

"以前有个瘸腿诗人，"欧莉娜告诉我，"他听说海边的山洞里住着精灵，可以治好他的腿。千辛万苦，他终于走到海边并找到了精灵，说服其为他治病。可是，正当精灵要帮助他时却被游客的到来打断了。精灵从此再也不肯出山。功亏一篑的诗人气急败坏，便作了首诗诅咒那些游客，可想而知，那些游客都没什么好下场，不是得了怪病，就是死了。"

"那个诗人呢？"我真的觉得自己是在听故事。

"当然还是老样子，瘸腿，写诗。"欧莉娜平静地说。我意识到，当你和像欧莉娜这样的冰岛人交流，听他们讲到某块岩石是精灵的居所或者诗人找精灵治腿疾等事时，你必须褪去自负、联想和固有经验才能真正领悟他们自然流露的说法。

告别欧莉娜后，我决定去凡尔纳笔下的"地心"探险、感受一番，克里斯蒂安有点卖关子："这里是凡尔纳的地心，但你要知道，这里远不止如此。"深入地心的全程我几乎都在克服自己的幽闭恐惧症，对我来说这里当然像个异世界，但得说明的是，深入冰川地洞的旅途并不艰难，戴好安全帽，拿上手电筒，就能在专业向导的带领下，从一个设施完好的洞口走进地下，楼梯毫无摇摇欲坠之感，一开始，这里和普通溶洞并无太大差别。向导少言寡语，只是带着我们往洞更深处走，在一片黑暗和沉默之中，手机早已失去了信号，我专心地看着脚下湿滑的路，有那么一段时间，像是做梦一般忘了外面的世界，幽闭恐惧也压抑不了我，那些现实生活里棘手的问题和抉择全都消失了，身体一轻。

不知这么走了多久，向导停了下来，表示我们能安全行走的通道到此为止。他讲述了凡尔纳的故事后请所有人把手电筒、手机、头灯全部熄灭。我们照做了。地表以下的低温和湿度能够引起神经波动，加上重新回来的幽闭恐惧的焦灼感，岩石与水珠交融在一起的气味清晰可辨，眼前一片漆黑，空气凝固、滞重。大家都在黑暗中伫立，呼吸声被墙体吸走，眼前什么都没有，只有耳边偶尔传来水滴声。慢慢地，水声变得越来越大，能听见的细节变得越来越多，它奔腾着、撞击着，水和水之间的融合、碎裂……仿佛在某个遥远的地方，大河奔流着。

感觉好像是很久以后，向导的声音传来："世界伊始、天地之初，世间就是这般混沌。"

又过了好像无限长的时间，他打开了头灯，仍旧是沉默着领我们走出地心。

我直到走出地洞才回过神来。在黑暗之中感受到的是恐惧还是所谓的能量、生命力、天地万物合一之感，还是精灵的灵气？仿佛都有，仿佛也都不是。我只记得"一身轻"的瞬间，有一种神秘的魔力牵引着你，让你想要沉迷其中，从而忘记现实世界的种种。我回过头看着洞口，向导突然说，如果我们在里边时门被大风吹关上了，要出来就难了。我心下一颤，幽闭恐惧感可还没有完全消散。但他微妙地笑了笑——老天，冰岛人的幽默。

正想着久久地在虚无之中永葆绝对的轻松之感，搜索到信号的手机振动起来，一万公里以外的现实回到眼前。然而令人难以置信的是，方才还觉得渴望永远的轻松，收到信息的此刻却又觉得平静踏实，生活中的抉择和犹豫或许仍旧没有答案，但它们才是生命不能承受之轻。

我想这也是斯奈菲尔冰川带来的启示和力量。它彻底地满足你内心深处似有若无的渴望，把你镇住，然后又在不经意间，让你回到现实世界里的温情和人性中，找到解脱。

生而为人，逃避之心人人有，但也总有牵绊叫你回头。

当我来到斯奈山半岛最北端的小镇斯蒂基斯霍尔米（Stykkishólmur）时，冰岛人冷幽默与温情共存的形象在我心中更加坚不可摧了。这个渔村里吹的风大到让人能感受到脑神经的震动，但这依然无法动摇它的美。斯蒂斯基霍尔米镇位于布雷扎峡湾（Breiðafjörður）沿岸。冰岛语中，Breiðafjörður 的意思是"千岛之岸"。从这里的港口出发能前往无数个离岛，至于到底有多少个，当地人自己都无法说清，"上千个吧"，当地渔民多半这样回答我。

冰岛并没有真正的极夜，虽然这个国名让许多旅行者都对它产生误解，它的纬度甚至比挪威、芬兰的拉普兰地区都要低。在斯蒂基斯霍尔米镇，纬度的变换能让人有明显的感受，尽管此地距离雷克雅未克只有 3 小时车程。这儿冬季天黑得更早，夏季处于极昼时则比首都更为明亮。这些与众不同的自然变化都造就了这个地区渔民的不同世界观。他们大多捕鱼为生，风不是太大的话，也会愿意带着外国游客们出海转转，赚取一些额外收入。"他们大多是英国人，渔民悄悄告诉我，幽默感和我们很像。"再一次，我不知道是不是应该笑一笑。冰岛人则会熟门熟路地去码头自己租艘船，享受大海给予假期生活的自由和刺激。

和这些渔民聊天是极大的乐趣，他们是讲故事的高手。传说中的巨人和探险家在他们口中属于同一级别——都是奇特的陌生人，也都是故事的主人公。克里斯蒂安拒绝了我在大风中出海跳岛游的请求，答应带我去这里的"故事集散中心"。那是镇里一栋建于19世纪中叶的老建筑，经过主人格蕾塔·西于尔扎多蒂（Greta Sigurðardóttir）的修缮，成为渔民交换大海故事和游客们社交的重要交集场所。

他们津津乐道这样一个故事：在北部渔村有一个传奇渔场，那里有位渔夫能看到居住在悬崖中的精灵，精灵也是渔夫，常常跟人类一起打鱼。有一回他出海时没有遇见精灵，预感不祥，就把这个消息告诉了其他渔人。第二天，他们胆战心惊地沿着海岸线打鱼，不敢走远，到了午后，暴风雨突然来袭，好在他们离岸边足够近，顺利脱险。恶劣天气整整持续了两天。后来，每当这位渔夫出海时没有碰到精灵朋友，渔场就会取消打鱼作业，恶劣天气也次次来袭。在这位渔夫工作的1920年至1955年间，那里是冰岛唯一一个没有渔夫死于海难的渔场。

格蕾塔喜欢写故事、讲故事以及那些与她志同道合的人，所以，这里也是个欢迎贫穷作家来写作、听八卦找灵感的地方。她甚至专门为创作的人们开辟一个安静的空间。只要你有一个好故事——这个故事可以是口述的、文字的，也可以是一幅画或者任何一种能起到讲故事作用的艺术作品——就能根据主人判断的质量换取食宿。我对这个故事本身着迷不已，听起来，这里就和美丽时代的巴黎或者嬉皮时代的纽约一样。

我被大风吹得头疼，实在想不出什么好故事来换取住宿，就和克里斯蒂安一起坐在客厅——这里也是早餐室——喝上一杯热茶。不一会儿，他就开始给我讲冰岛人的旅行故事了。

大多数冰岛人的度假时光依然是在自己的岛屿上度过的，他告诉我："热衷于国内游其实并不是由于经济危机、破产之类的原因，而是我们都狂热地爱着大自然，其他地方并没有我们所追求的那种自然间的纯粹。"

对于他所说的"自然间的纯粹"，我自然不会罢休，必须追问下去，深入自然你们要付出些什么代价，你们是怎么理解荒原、冰川的，等等。他的回答很实在："在冰岛，从首都出发驱车随便走走就能消失在一片荒原之中，只要你有足够的生存技能，一般来说，这是冰岛人与生俱来的，你就能在这里搭起一个帐篷享受无人打扰又有极光的几个夜晚了。"他相当正经地看着我，以至于差点让我觉得这可能是一个笑话。但这并不是笑话，这是事实。

"我儿子不到 1 岁，每当我带他去无人之地的冰原，我就能从他的眼神里看到充满某种归属感的激动之情。"他继续说着，我认真地点点头，打算记下来，但他却笑了，"这是个冰岛式笑话，我根本顾不上去注意他的激动之情。他成天闹出让人又好气又好笑的麻烦。"碍于礼节，我忍住了没有哇哇大叫"你坏了我的一个好故事"。他接着说："我们冰岛人的幽默有些英式，挺冷的，所以在外国人面前常常装正经，怕人们听不懂我们的笑话气氛会更冷。"

这回，我们都笑了。

不知怎么的，我忍不住想到，离开冰岛后，我很可能不会再见到克里斯蒂安了，但我止住了这个念头。我们留下一张合照，我也有些私心，想证明这个亲切友好的冰岛人和我一样，生而为人。

马格努斯·斯卡菲丁森（Magnus Skarphedinsson）研究精灵已有将近30年，他甚至在雷克雅未克建立了一所精灵研究院，尽管整个学院看起来更像是吸引游客的存在，任何人都能入院学习一些关于精灵的传说故事，并参加一场精灵主题的城市漫游，但马格努斯研究精灵信仰是一丝不苟的。"现在只有灵媒能看到精灵，"他直截了当地说，"这就是为什么有些人能看见而另一些人不能。"他认为精灵是另一维度世界的存在，科学已经证明，宇宙中有无数维度。"坦白说，我本人不是灵媒，也没有亲眼见过精灵，我只有用科学方法来确认自己记录下的每个故事都是真实的，由此相信这些人见过的精灵也真实存在。"马格努斯说，为此他学习了人类学和民族学课程。他会隔三五年或更久去拜访同一个人，也会重访许多次，请其讲述相同的事，一再追问事发细节。就这样他记录了数百个故事，每每细节都能吻合，以至于很难让人怀疑其真实性。

马格努斯解释了为何生活在冰岛的精灵比其他地方来得多，他认为，其实精灵在世界各个角落都存在，冰岛人之所以依然那么相信精灵，能感受到他们的存在，多半是地理位置偏远的原因。在17世纪，路德教派在北欧其他地区扑灭异教的运动对冰岛几乎没有影响；当地人依旧维持着古维京人的思维、遵循他们神话中的指示与教义；冰岛语在历史长河中经历演变，但在书写方式上依然与古维京语十分相似，任何一个懂得读写冰岛语的人都能轻松阅读古维京语写成的书中至少八成的内容。语言对冰岛人来说亦是非常厉害的武器，有许多人仍旧相信，如果你有能力控制语言，特定的词以特定的顺序脱口而出时，会拥有一定的力量。因此可以说冰岛人在精神、信仰等方面依然维持在最原初的层面，很少改变。

研究巫术的冰岛学者西古尔·阿特拉森（Sigurður Atlason）更为直白："因为我们生活在另一个时代。"现在，全球化的影响在冰岛显而易见，这也就是为什么越来越多年轻人无法看到、感受到精灵了。"等这股思潮扫荡冰岛之后，精灵对冰岛人来说也就不存在了吧。"马格努斯说。

而我自从冰岛西部的游历后，每当听到关于精灵的传说或研究，想起的从来不是精灵本身，而是史蒂芬给我最后的拥抱并说"你以后也再不会见到我了"。还有和克里斯蒂安的告别——我们各自的车同行一段时间后，在一个高速公路的岔口背道而驰，我们向左转，他向右。大家摇下窗户，把手伸出窗外高高摇摆，我在后视镜里久久看着他挥手，我想他一定也注视着后视镜里的我。一直到再一个温柔的弯道，他的车消失在山峦后，我们才都收起手来。

不过或许，我想起的也是精灵本身。

斐济

信基督的传统乐土

这里充斥着原住民的传统表演，演出之后，他们才显出真正传统的笃定、温和。当他们与你告别时，轻声哼唱起特有的离歌，会带来一种惆怅——你将把这些岛民抛下，而他们没有怨言，可你为何可以做到如此狠心。

左图
斐济人索罗和他的孩子们

下图
传统盛宴 lovo

斐济是澳大利亚人和新西兰人的度假胜地，拥有330余座岛屿，各自疏离又彼此相依。我在雨季的尾声前往斐济，行期因岛上灾难性的台风推迟了将近两个月，行程都被打乱了，但我不想继续拖延，便搭乘最早通航的航班，朝着国际日期变更线的方向飞去。变更线穿过斐济的塔韦乌尼岛（Taveuni），使它成为世界上第一个看到日出的地方。清晨时分，我透过舷窗看到这个世界上的第一缕曙光，仿佛看到人类大地上的第一道希望。舷窗下方是波澜不惊的南太平洋，很快，航班就将在斐济楠迪国际机场降落。

维提岛（Viti Levu）是斐济的主岛，最大，国际机场也坐落于此。这里大厅阴暗，老式电风扇沉闷地吹着，没有空调。斐济是散落在南太平洋上的群岛，属于美拉尼西亚群岛（Melanesia），与波利尼西亚群岛（Polynesia）相邻，因此能看到两种文化相交融的一面，换言之，它既属于此也属于彼，却又自成一派。

楠迪国际机场还在扩建，这些年来络绎不绝的游客使得斐济经济迅速增长的同时，服务业承受着相当大的压力和考验——这当然是遥远大陆上的游客看法。斐济人自己并不在意，就像所有南方岛民一样，他们怡然自得，永远缓慢。机场弥漫的湿气简直能发酵，入境口的队伍拖得很长，海关人员依然用极慢的速度翻阅护照、盖章。

这个场景很能解释所谓的"斐济时间"——缓慢、不准时，没人琢磨得透它的法则，只能在等待中适应。我后来发现，造成"斐济时间"的原因并不是岛民懒，也不是太悠闲，而是他们的时间感与我们不同。在一次进入内陆的旅途中，我问司机到目的地所需时长，他很确定地告诉我，15分钟。结果是在最正常的路况条件下，以最正常的时速，开了足足一个半小时，然后他说："你看，我说吧，很快的。"

我的行程被台风打乱后，就没了章法，许多小岛仍旧陷在灾情之中，加上"斐济时间"，一时半会儿很难恢复。一阵捶胸顿足后，我平复心情，决定好好在主岛兜兜转转一番，毕竟，许多离岛已经都是度假酒店了，是蜜月胜地，而维提岛则仍旧是一座还没完全被游客占领的大岛——到斐济度假的游客往往直接从机场转机前往岛屿酒店，因而这里反倒保持着良好的"岛上传统城市生活"。我知道，这个词有点拗口。而且在维提岛内陆深处，还有仍旧自给自足的部落村庄，那里是我的最终目的地。

我的向导玛尼（Mani）来自"距离这里很远的小岛上"，不过在维提岛生活多年。我听说斐济不同岛屿上的习俗略有不同，便向他打听起他的家乡。

"到底有多远？"

"坐慢船需要三天三夜。"

在斐济，我总是得到这个答案，永远都是三天三夜的船期，仿佛每座岛屿相隔的距离都是一样的，后来我才明白，这不过是形容距离遥远而已，就像他们形容很快就能抵达目的地时会说，大约还有 15 分钟的路程。

玛尼带我到楠迪镇中心，这是个充满生机的地方，斐济原住民、印度人、等待飞往离岛的游客混在一起。150 年前来到这里的印度人如今占斐济总人口的 49%，他们和斐济原住民的冲突似乎已经过去，甚至开始通婚了。镇上只有一条主干道，四处可见幽暗、残破、让人生畏的旅馆。几个街口有打着中文招牌的广东餐厅，看上去有些油腻。我请玛尼带我去镇中集市寻找卡瓦胡椒（kava），一种胡椒科灌木，斐济人称其为"阳高那"（yaqona），在南太平洋的许多岛屿上，人们都用这种植物的根茎制作饮品，叫它"卡瓦"（kava）。

把卡瓦叫作饮品显得有点失敬。它在斐济的地位很重要，虽然不含酒精，却有麻痹作用，不过它最多是麻痹舌尖上的神经，当然，如果整夜畅饮就是另一回事了。喝卡瓦有点像喝酒，或者说酗卡瓦如同酗酒。以前原住民的卡瓦仪式用于和祖先沟通、疗愈等神秘事务，喜事丧事中也不可或缺。去斐济前我就知道，想进这里的任何部落村庄，一定要记得向酋长（对，这里每个村落都有酋长）献上一捆扎好的卡瓦根；另外，女性要穿类似纱笼的当地苏禄裙（sulu）。我的向导已经为我准备了后者，我只需在楠迪镇的集市上，置办一束卡瓦根即可。

集市有两个厅，蔬菜和海鲜共享前厅，后厅全部是卡瓦摊位。农民把自己晒干了的卡瓦根摊在这里卖，但并不积极兜售，三五成群地在角落里自顾自喝着卡瓦。当时是下午，如果把卡瓦比作酒的话，开席实在有些早。

我在这里第一次看到现场制作卡瓦：摊主先将卡瓦根捣碎，包入棉布中，在塑料盆里加入饮用水，在水中不断揉搓这块包着碎根的红白方格棉布，将卡瓦的精髓挤入水中。卡瓦根是土黄色的，混上水、沾上棉布，配的又是个粉红色的塑料脸盆，看上去就像在浑水中搓脏抹布。这么重复倒腾一阵后，老农用椰子壳从中舀上一瓢，微笑着递给我，让人有些措手不及，好在玛尼替我婉言谢绝了。老农并不介意，转身将卡瓦递给身后的弟兄朋友，后者一饮而尽，递还，老农又舀一瓢，给下一位，这场景有点让人肃然起敬。

在过去，斐济人并不用棉布挤压揉搓卡瓦根，而是靠处女咀嚼，她们专心将植物根茎嚼至一种不可言传的程度，再吐到碗里。据说这样做出来的卡瓦麻痹性最强、最具能量。美国旅行作家保罗·索鲁（Paul Theroux）在他著名的旅行文学作品《大洋洲的逍遥列岛》（*The Happy Isles of Oceania*）中就有记载。不过亲耳听说这个故事时，我还是感谢起工业社会来了——我对自己饮下一杯处女咀嚼而成的卡瓦饮料完全没有信心。

我暗自庆幸现代斐济已经找不到这样的制法。据说如今在偏远部落村庄，人们使用雕刻精美的卡瓦盆而非塑料脸盆，坐在椰树皮编制的草席上，唱着歌，用棉布揉搓卡瓦根茎。

楠迪集市上出售用报纸捆扎好的卡瓦根。一切置办妥当，我准备向内陆村落进发。

我打算从辛加托卡（Sigatoka）河谷溯流而上，拜访沿岸村落。辛加托卡河是斐济维提岛上最长的河流，全长120公里，一共有54个村落散落在河边。要进入这个村落群只有走水路，从辛加托卡镇搭车前往河口，再坐快艇。该镇距离楠迪约一个半小时车程，距首都苏瓦两个半小时。我先在辛加托卡镇附近的海岸上择处下榻。

斐济所有已开发的岛屿，海岸线都是景区，许多地方已经开发过度。不论条件如何，下榻之地都叫"度假村"。我选的这一段海边充斥着背包客栈，住客多是前来潜水、找刺激的澳大利亚和新西兰穷学生。我在一家由斐济原住民经营、条件尚可的度假村过夜，准备在这里打探些村落的消息。

酒店当班经理佩德罗（Petero）一看就是个距离现代社会不远的原住民。我在晚餐时跟他聊起斐济传统文化习俗，并未抱太大希望。我只想从他那儿了解些官方信息，没想到他对岛上的神秘文化也很熟。"斐济人都是基督徒，他们早就没有自己的原生传统了。——这样的评价在斐济群岛上是站不住脚的。"他断言。

"说几件我自己经历过的事吧。小时候，有一回去亲戚家做客，我被开水烫了，烫伤面积非常大。离岛就医不方便，而且西医手段一定会留下伤痕。村里正好有个贝卡岛[1]岛民，贝卡岛人很神秘，在燃烧的木炭上行走的本领已经广为人知，许多酒店里还有表演，但人们很少知道他们拥有疗愈烧伤、烫伤等伤病的能力。当时她把手放在我的伤处半个小时左右，仅此而已。一般情况下，触碰烫伤的部位会疼痛，奇怪的是她的触碰却有缓解之效。她每天都来这么做，三周后我就痊愈了，一点疤痕都没留下，意外仿佛不曾发生。

"还有一回，我在酒店当班，有个小男孩严重晒伤。我们正打算送他去医院，一位来自贝卡岛的工作人员说，他或许可以帮忙。于是我又见到贝卡岛人把手放在伤处那样治疗，三天后孩子的晒伤就全好了。"

贝卡岛是一个浪漫的度假岛，那里的岛民则游走在群岛之间向人们展示赤脚走火炭的惊人技艺，但不会多谈自己的疗愈能力，仅在紧要时刻出手相助，且分文不取。他们知道自己有这天赋，是天赋的守护者，帮助他人即是回报、守护这种天赋的方式。

斐济原住民热情、温和、乐于助人，与此同时，他们对神圣机密往往守口如瓶。"我们知道自己生来拥有某种力量，"佩德罗告诉我，"但我们同样懂得天机不可泄露。到处炫耀或者用这种天赋赚钱谋生都是不对的。"

需要保守秘密的不仅是自身的力量，还有仪式里的许多细枝末节（和澳大利亚原住民的观念很像），当我和佩德罗谈论起他的成年礼时，他就显得相当神秘，王顾左右而言他地岔开话题。或许是见我有些失

---

[1] 贝卡岛（Beqa），位于维提岛以南 10 公里。

落，他向我保证，他还能告诉我另一些故事，它们有我所能接受、承受的力量。知道些不该知道的事对我这个听众和作为讲述者的他双方来说都没好处。

就这样，他说起在斐济不同的岛屿，人们拥有不同的能力，贝卡岛人懂得与火相关的疗法，在更遥远的坎达武岛[1]上则有唤龟人。

海龟在斐济人的精神生活中扮演着重要角色，许多装饰物包括卡瓦盆中都能见到海龟图案。我在楠迪镇里见到过一些用当地塔帕树皮制作的斐济地图，上面也套用了海龟纹样。问其原因，岛民都会言简意赅地告诉你："海龟能带来好运。"其实海龟不仅意味着好运，也是他们的守护者。

传说很久以前，斐济群岛上还有食人习俗。坎达武岛上有个祥和的部落叫那姆阿纳（Namuana）。一天酋长的妻子和独生女出海捕鱼，被敌对的那布克勒夫部落（Nabukelevu）的渔民绑架了。海神看不过去，在他们的归途中降下大雨，电闪雷鸣，巨浪几乎要掀翻独木舟。那布克勒夫岛民忙着与大海搏斗，等他们回过神来，发现两位女子居然变成了巨型海龟。他们意识到自己激怒了天神，为了保命，立刻将海龟放入海中，风浪就此停息。二人以海龟之身活了下来，受到神明的祝福永久守护自己的部落，她们的后人因此对海龟心生敬重。

如今那姆阿纳部落还传承着唤龟仪式，据说很灵验。女人们穿上传统丧服，拿着特制的击鼓棒来到悬崖边唱唤龟的曲调，随着歌声，

---

[1]　坎达武岛（Kadavu），斐济第四大岛，位于维提岛以南约88公里。

海龟就会在下面的汪洋中缓缓浮出水面。场面想必十分美妙。

外来者要特别留意，避免触犯禁忌，当海龟出现时不可拍摄，也不可指指点点。

"唤龟的传统在更远的科罗岛[1]上也有，"佩德罗告诉我，"传说坎达武岛的天神与科罗岛有联姻，因此唤龟的能力也流传到那儿。与坎达武岛不同的是，这里的唤龟人都是男性。"有人问过科罗岛唤龟人瓦罗西奥（Walosio）是如何获得这种能力的，他一脸茫然地回答："我就是知道自己有。"可曾怀疑某次会无法唤来海龟？"从未有过。"

"当然，斐济人是虔诚的基督徒，这些疗愈师、唤龟人在星期天都会去教堂。我也是。"佩德罗这样结束我们的谈话。

关于辛加托卡村落群的"传说"数不胜数。比如说，某个村子有人精通治疗跌打损伤。有小道消息称，新西兰橄榄球国家队中有位斐济球员在某年世界杯前夕受伤，医生宣布他完全没可能参赛了。想不到他回斐济找到那位疗愈师，不久就全好了，恰好赶上世界杯。

带我从辛加托卡镇深入其中的向导克莱尔（Clare）从小在沿河村落长大，现在就职于一家漂流旅游公司。这家公司由澳大利亚白人杰伊·怀特（Jay Whyte）和原住民皮塔·马塔扫（Pita Matasau）共同创立，他们带领乐意深入拜访传统村落的游人看看自己的家园。不过漂流公司和所有村落达成协议，每个村都有一段时间打开家门迎接游客，

---

[1]　科罗岛（Koro），位于维提岛以东约 168 公里。

轮到哪个就探访哪个，其他村子继续过平常日子，这避免了让某一个或某几个村成为"民族村"，村民均等地多了件新鲜事，增加了收入。漂流公司也将经营所得用于帮助生活在偏远村子里的原住民，像是这次台风过后，正是在漂流公司的帮助下，被摧毁的村落得以快速恢复相对正常的生活。他们还为沿岸的村子配备了医务船。

我抵达辛加托卡镇时，克莱尔又告诉我另一则传闻："曾有个来自澳大利亚的游客，一直困扰于无法怀孕，不知她从哪儿得知有个沿河村子里有草药师能治不孕，就请我带她去。"结果呢？"不知她喝了草药后有无成功受孕。这位草药师倒确实成功帮助过许多当地人。"

听了那么多神秘故事，我倒想看看平常生活，克莱尔决定带我去克融尼萨卡纳村庄（Koronisagana）走走。从辛加托卡河口坐快艇溯流而上需要 40 分钟左右（这次是我的计时）。雨季的末尾，辛加托卡河的水位已经迅速下降，被台风摧残的痕迹依旧可见。河中多处漂着腐木，快艇在几个急转弯后，我已经全身湿透，在迎面而来的狂风中难以呼吸。

船长 J. T. 也是村里人，是个身材健硕，皮肤黑溱溱、亮晶晶的英俊原住民。他体谅地在行程过半后停下船让我正常呼吸，并为我介绍围绕着我们的山谷和部族。河畔村落风景扑面而来，有村民在河边洗衣物，一个女人背着箩筐来河里捕捞鱼虾，白色的马匹在河里沐浴，它肤色黝黑的健壮主人在不远处干着相同的事。风声一止，寂静将我们包围，我听见岸上很远处的人声。"他们只是在正常交流，并没有吵架，"J. T. 见我表情诧异，解释说，"他们说话就是这么大声。这儿的部族语言是斐济最难懂的方言之一。"

这些河谷中的村子是最后改信基督教的，一百多年前食人习俗才结束。传教士们在这里耗费了巨大的精力与代价，最后一位被食人族所杀的传教士托马斯·贝克（Thomas Baker）就丧命于河流最上游的努布淘淘村（Nubutautau）。这里虽然地处斐济大岛，但依然是最偏远、最难抵达的地方之一。在我们的小船停靠地背后的大山中，藏着奈赫赫（Naihehe）岩洞，这是最后一个食人族的藏身之地。在当地语中，Naihehe 的意思是"迷失之地"。

现在，想去探洞依然有路可走，但得找对人。在洞穴最近的扫塔布村（Sautabu），有个老祭司，当地语叫 bete，负责守护山洞，守护地位代代相传。来访者必须先获得他的祝福才能进洞，不然将迷失于洞中，河岸部族都知道这一点。"但台风刚过，可不是探洞的好时候。"克莱尔和 J. T. 不约而同地告诉我，至于原因，他们半推半就地给了个理由：容易被淹。我已经明白该尊重原住民的秘密，便不再多问，回之以肯定的点头。

我们靠岸后，还要走约 30 分钟的山路才能抵达计划到访的村落。酋长穿着传统苏禄裙已在等候，船长献上带来的卡瓦后，他邀请我们一起前往村中长屋，长老们在那儿为我们举行传统的卡瓦欢迎仪式。

不仅长老们在长屋，全村老小都在，他们早就知道今天会有卡瓦仪式了。酋长向长老们敬上卡瓦，用土语解释我们的来意与敬意，长老们回致欢迎之意。其中一位面前放着一口老旧但雕刻精美的传统卡瓦盆，捣碎的植物根茎包入布中，盆里加水，揉搓棉布。这回我躲不掉了，接过椰子壳先干为敬，舌根一阵酥麻，还好，一瓢并没有让我瘫痪，我也依然记得仪式的正确步骤：喝完、递瓢、击掌三次鸣谢。理论上，第一瓢该由代表我方的男性酋长喝，然后是他的"发言人"，最后才轮到我。现在显然并没有这些人为我挡头阵。

这个村子和辛加托卡河谷中的其他村落一样，90%都是自给自足的。唯一的收入来源是种植卡瓦，晒干后到集市上出售，唯一的支出是电费，每家每个月3斐济币，相当于9.63元人民币。

酋长接着带我参观村落。用于召集全村集会的拉利鼓（Lali）在村子尽头，是把木头挖空作为鼓身，废弃的橡皮轮胎作为底座；食人时期的刑台、长老们的墓地都还是老样子。如今的屋子大多改成了铁皮或者水泥的，只有少数几间依然是茅草的。孩子们跟在身后又蹦又跳，不说话，也不找你拍照，好像尾随着就心满意足了。阳光下，这里显得宁静、祥和、快乐。

斐济很多地方都能看到原住民的卡瓦仪式和传统舞蹈米克舞（meke）的演出，观赏性和戏剧性颇强，和世界上几乎所有民俗演出一样，原生力量在表演中消失殆尽。参与过村中质朴的卡瓦仪式后，这样的演出让人觉得有些勉强。

游客看完节目后离去，演员们留在卡瓦盆边，换上廉价T恤，继续喝着卡瓦，带吉他的人时不时地拨动琴弦，他们一起轻声唱一首悠扬的古老歌谣。

一天我晚餐吃到一半去室外透气，发现他们在很投入地轻声聊天和唱歌。我被歌声打动，又生怕打扰他们，只待在远处观察。不表演传统时，他们反而显得更传统，围坐在卡瓦盆边的样子看着就和书里读到的一样纯粹。

不远处，海浪拍岸。

我看得入迷，没注意其中一位稍年长些的原住民发现了我，并朝我走来，自我介绍叫拉佛（Rafo）。我抓住机会向他询问关于卡瓦的秘密。

"在海岸线这边，卡瓦仪式如今大多是表演了吧？"我问拉佛。

"在过去得进入出神状态才能跳米克。但是不论是哪儿的村庄，卡瓦之夜都是每天晚上的必备项目，要是有其他村的客人来更是能持续到深夜。男孩们围坐在一起喝卡瓦聊天，讲述彼此的见闻，也挑战彼此的卡瓦耐力。"

"关于卡瓦，现在还有什么神秘讲究？"

"卡瓦虽然不含酒精，但喝多了人会麻痹，一起喝卡瓦的弟兄们就会嘲笑你。这时你可以偷偷离席，找个安静角落请求祖先帮助。当你再回到席中继续喝卡瓦时，那感觉就像是喝通了一般，完全没问题了。这就是祖先来帮忙了。之后必须记得回到当时请祖先帮忙的地方感谢他，随后你就感觉祖先从你身上离开了，那时卡瓦的劲头就又都回来了。"

斐济之旅临近尾声，我在海岸上闲逛时认识了索罗（Solo），他42岁，是两个孩子的父亲，正和同伴在沙滩上为某度假村晚上的 lovo 大餐做准备。他面目和善，我喜欢他的名字，不过索罗解释他并不孤独（solo），名字只是继承自曾曾祖父。

lovo 是斐济人的传统盛宴，他们在沙滩上烧一堆火，挖一个大坑，填上烧热的石头。将石斑鱼、鸡、猪肉等用芭蕉叶像编发辫一样包好，放入沙洞，再用芭蕉叶把坑填满，一小时后就熟了。以前，这种盛宴只在重要场合才有，现在当然几乎每个度假村里都有，但是准备宴席的岛民毫不马虎，他们找到一处僻静的沙滩，仍旧毕恭毕敬地准备。我就是在一片椰树林背后的无人沙滩上遇到忙前忙后的索罗的。他告诉我，他们自己做盛宴的话还会做价格相对更便宜的竹筒虾，把鲜虾一个个塞进竹筒，加入辣椒、盐等调味，用椰子叶将筒口塞紧，放到篝火上烤到竹子变黑。

索罗边忙着手上的活儿边和我聊天："我们善于利用椰子树，不浪费任何一部分。"斐济人能轻松地徒手爬上高耸的椰树，摘下绿椰子取其汁水。椰树皮经过几道工序，或制成驱蚊拍（roe），或做成扫帚（sisi），家中装饰或身上配饰、腰带也可用椰树皮编制。

我问他是否来自本岛，他摇摇头，随手一指，说道："在贝卡岛后方的一座小岛上。我来自一个渔民部落，你下次来，我带你去看看。"

距离这里多远？

"乘慢船三天三夜的距离。"

Isa Lei 是斐济传统离歌，要是有客人离开，斐济人在道别时都会唱，许多演出会用夏威夷四弦琴尤克里里伴奏，最传统的则是一种无伴奏合唱，曲调悠扬，男声低沉，女声飘荡其上，仿佛一个在深海，一个在云端，愁绪构成宇宙。也是索罗告诉我，这首歌里包含了悲伤、喜悦、不舍和爱。

　　索罗留下他的联系方式给我，我拿着这个电话号码禁不住想象离开后某天拨通时的场景。他问我："现在你知道 lovo 怎么做了，回家之后会试试吗？"然后轻声唱起 Isa Lei，向我挥挥手。尽管归心似箭，道别依旧很难。但愿索罗会用"斐济时间"来等我再次回到群岛。我同样知道，在离开的时日里，我会常常想念他的岛屿。

法 属 波 利 尼 西 亚

岛 民 与 大 海 的 牵 绊

向南飞往法属波利尼西亚的航班很漫长，事实上，要穿过汪洋的旅途总会让人觉得比在大陆上空的飞行更长。或许是因为潜意识里认识到离开了熟悉的陆地，即便在一万米高空、它根本不在目力范围内，也有一种心有灵犀的感应。我到南太平洋上的岛屿寻找岛民古老的传统和跟我们这些大陆上的子民不同的价值观——他们的感应源自大海。

山巅眺望库克湾

原住民的传统舷外支架独木舟

独自沉醉于传统火舞的岛民

UPA 和他的刺鳐伙伴

"我在 eBay 上买的火舞用具等我回到伦敦时应该也到了，"乔纳森（Jonathan）兴奋地告诉我，明天他就要结束在上海的旅程回伦敦了，"想想我那些矜持的家人看到它们时的表情就觉得非常带劲，我得学学南太平洋岛民耍它们的模样。"

当我告诉乔纳森过几天我将启程前往塔希提岛（又称"大溪地"，Tahiti）——法属波利尼西亚最大的岛屿时，他真切地为我感到高兴。

"不知道能不能看到岛民演示真正的火舞。"我喝完最后一口马天尼后说，是时候各自启程了，"等上了岛，我就能喝上当地的酒了。"

"你该试试塔希提啤酒，口感清爽，专治那里刺眼的阳光和滞重的湿热。"常在南半球做考古工作的乔纳森给出专业建议，"群岛上的红酒大多是法国的，你也知道，这些娇贵的佳酿其实没有多少忍受长途旅行的能耐。"

事实证明，他说得一点没错。

"还得去看看岛民赤脚踏上烧得滚烫的碳石，步态那么冷静优雅，连一点手舞足蹈的意思都没有，"乔纳森说，"就算很多时候他们是给游客表演，但这要比草裙舞来得有魔力得多。"他熟悉南半球，那里明媚的阳光和岛民的习俗在这个伦敦考古学家口中闪烁着温暖的光辉，他在席间还讲了库克船长（Captain Cook）的事。"岛民看到海平线上出现自己从未见过的、样貌怪异的巨型船只，都相信那是神明来访，也害怕神明会来要了他们的命。"他说，"真是奇怪，世界上许多地方的原住民见到探险家时总认为他们是神，后者却总是不把原住民当人看。当然，岛民的想法一定程度上是对的，这些'神'是来要人命的。"

我的旅行计划里也包括到塔希提岛亲眼看看那个库克湾（Cook's Bay）。乔纳森为我推荐了市面上轻便好用的 360 度相机，还有防蚊措施，尽管我知道新加坡产的一款万金油似乎对世界各地凶猛的蚊子多多少少有点管用，我还是有滋有味地听他说着——他认为这款万金油对法属波利尼西亚的蚊子毫无用处，应对它们得用轻薄透气的麻质长袖衣裤把自己包裹严实，睡前则不能忘记放下蚊帐。

我的法属波利尼西亚旅程其实就是从这时开始的。一直以来，我都相信所有旅程的起点不是飞机或火车发动的那一刻，也不是抵达时分，而是出发的心意已决、功课做得七七八八，旅行者在脑海里看到目的地的时候。我就是在和乔纳森的最后一顿晚餐时，在他的描述中，清清楚楚地看到了塔希提。

"天色亮了，塔希提岛出现在视野中，它是每个南太平洋航行者心中永远的经典。远观，其样貌并不吸引人，浓密的植被尚见不到，云层散开，岛中心最荒凉、最险峻的山峰显现出来。"——查尔斯·达尔文（Charles Darwin）在《小猎犬号之旅》（*The Voyage of the Beagle*）中11月15日的日记里写道，而我也是在经历了漫长的穿越汪洋之旅后，黎明时分在塔希提岛降落的。

塔希提岛位于波利尼西亚大三角[1]中心，一百万年前，海底火山越出海平面，经过风雨洗礼和空气浸润，这些崎岖的岩石最终成为充满绿意的岛屿。正是从这里出发，古老的波利尼西亚航行者得以往北找到夏威夷，向东抵达复活节岛，向西南到达遥远的新西兰。

塔希提岛的最高点海拔2 100米，山壁陡峭，空气清新微凉，几乎每个下午都有一场降水，也让这里成了世界上最潮湿的地方之一。

一下飞机我就被滞重的潮湿空气撼住了，即便是旅程结束后很久，当我一想起塔希提，潮湿仍旧是领头的记忆。运气很好，这个时不时来一场大雨的地方迎接我的是万里晴空，但极高的湿度让人一下子缓慢了下来，像是被某种自然力拖住了。和其他太平洋上的岛屿国家（对的，我说的就是斐济）不同，塔希提的入境口充满生命力，有弹着尤克里里的、专门迎接游客的业余演奏队投入地演出，他们之所以讨人喜欢，倒不是因为音乐有多出色，而是乐手洋溢的好客之情。他们似乎一点都没有被热气打败，卖力地弹唱着欢快的、充满群岛风情的

---

[1] 波利尼西亚大三角（Polynesian Triangle），北抵夏威夷、东至复活节岛、西南达新西兰构成的一个大三角地带。波利尼西亚大三角地带的居民语言同根、血液同源，祖先是海洋上伟大的开拓者。

歌，不厌其烦地冲每一位来访者露出的大大笑容——他们得多有耐心和毅力啊，我心想，毕竟塔希提是旅游胜地，每天到访的游客不计其数，而他们的笑容全都真心实意，绝无疲倦和表演。

从塔希提开始，我一路以飞机转船的方式自由选择岛屿，看看这里蕴藏着的波利尼西亚秘密。

波利尼西亚的任何事物——它的传统，甚至神秘主义，用隐秘来形容似乎过于夸张，在经历了传统文化被压抑的传教士时期后，波利尼西亚人乐于将一切放到台面上。考古学家们热爱这片土地，遗址同样让岛民们兴奋不已，他们和学者们肩并肩回到这些圣地，乐见将埋葬的传统一并出土。

我听从了保罗·高更（Paul Gauguin）的建议没有在塔希提岛久留——"这里惊人地法式，我像是回到了我要逃离的地方。"他在第一次到访塔希提的日记中写道。

距离塔希提最近的岛屿之一是莫雷阿岛（Moorea），还有一种译名是"茉莉雅岛"（我的老天，这座岛屿和茉莉毫无关系！）。搭船的码头是个大凉棚，空气依然湿热，但至少在阴凉处，让人勉强能够忍受，可这里没什么生命力，连贩售饮料的小卖部都关着，如果想喝点东西，就得在炙热的大太阳底下走 5 分钟左右去一个朴素的杂货店。为了让自己看起来更像个旅人而不是一个懒惰地瘫坐在码头座椅中、已经被天气击垮的无聊度假客，我戴好草帽毅然决然地向杂货店进军。正午太阳下的 5 分钟和 50 分钟一样漫长，但我没有被它打败，我是迈着坚定的步伐走进杂货店的，却没有任何气力先缓缓地观察一番店里是否像高更提到的那般"法式",我急不可耐地寻找一瓶气泡水。

收银台后的老太太和蔼可亲,我不知道她到底见过多少像我这样因为炎热口渴而失去自制力的人,反正她大度地包容着我急切的结账心情。惹得我心急的还有另一个原因,5分钟的路程因为炎热导致步子缓慢,被我走成了10分钟,而我还得花同样的时间走回去,前往莫雷阿岛的船很快就要开了,我可不想因为错过这一班再继续在酷暑中枯坐半小时。

当海风吹拂脸庞送来清凉的气息,心也逐渐舒展开。两个岛民孩子站在船头甲板上,海风把他们的衣服吹得鼓鼓的,我入迷地看着这对兄妹,攀谈下得知他俩在塔希提岛上学,每天都坐船通勤。最后我的视线越过他们,看到逐渐靠近的莫雷阿岛。船行很快,30分钟左右的航程后我们就靠岸了。

我下榻的度假村主人太了解岛上的湿热会给从大陆来的旅人带来的微妙心思,她带着群岛特有的鲜美色拉——酸橙和椰子拌生金枪鱼——为我洗去漫长旅途的倦意。

来岛上度假的日本游客很多,所以当我第一次吃这道生鱼色拉时,是盛放在一种日式便当盒里的,选用的也是日本人熟悉的金枪鱼。在之后的旅途中,这道清爽的开胃菜一再出现,在更偏远一点的小岛上,当天捕获的我叫不上名字的鱼被剁成大块,加上洋葱碎,将岛上的香草榨成汁后混合椰奶拌匀,有时就直接盛放在椰子壳里。如果追求更刺激的口感,可以再挤上些绿柠檬汁,撒上盐和胡椒,即可过瘾地大口吃,要是有可能,就再喝上一大口塔希提啤酒,要是没有,总能就地取材，开只新鲜的椰子。

这种生鱼片的吃法和口感都和日本料理不同，通常，当我们吃着不必担心因贪吃而患上什么毛病的刺身时，大多在精致的餐厅里，不论如何，都得端好一些架子，小心翼翼地面对这些美食。但在各个岛屿上大可不必，一勺一勺像挖冰激凌一样吃生鱼色拉能让人想起在厨房里偷吃的快感。这当然也是我在日后才学会的，一开始，长途旅行导致的脆弱肠胃可让人不敢这么放肆。

岛民会根据当天捕获的鱼来制作这道色拉，因为每天捕到的鱼不尽相同，所以根本无法在吃之前事先想象出色拉的口感，过去的饮食经验彻底无用，于是有了点小小的刺激。另外，或许是岛民为了鼓励旅人带点冒险精神，又或许仅是语言原因，他们绝大多数时候都说那是金枪鱼色拉，或者新鲜的鱼。

沁人的生鱼色拉有振奋人心的力量，我每吃一次就更坚信不疑，冰凉的鱼肉里自带的鲜甜加上洋葱里的另一种刺激的甜丝丝的滋味混合着酸，有种幽默友善的挑逗意味。有几天，我在炎热的中午被生鱼色拉拯救后，就决定在太阳逐渐变得温柔时深入大山散步，找找散落在岛上的考古遗址。

我在山中遇到面善的当地人，他们似乎都能轻而易举地告诉我考古遗址所在地。"沿着这条步道前行，穿过一个菠萝田。你知道，菠萝是库克船长第二次环航时带来的，他就在山脚下登陆。"岛民们个个健谈，有时甚至有点絮叨，但总是叫人愉快。"穿过菠萝田再走一段上坡路，尽头就是一个考古遗址，是个圣地。"

至于那儿的传说，指路人表示得问遗址所在的那个山谷的居民，"只有当地人知道"。"不过这山间有一个小遗址，以前是专门献祭男性的神庙。"他语气平淡，毫无卖弄之意。对岛民来说，这样的考古地或者圣地太多了，是生活中的一部分，"有许多故事，但没什么稀奇"。

　　我找到的小遗址不知是否就是岛民所说的那个，但的确是个献祭男性的神庙。在遮天蔽日的森林深处，一长条用石头围起来的神庙地基静默着。建筑本身已经不复存在，只剩下这些遗存证明过去。这里的树和生长在山间小路附近的不同，它们见证了更漫长的历史。我想起星野道夫描述的他在夏洛特皇后群岛（Queen Charlotte Islands）见到的古老森林，它们守护着那里的原住民海达人（Haida）和特林吉特人（Tlingit）的神圣、神秘的图腾柱，那些雕刻精美的柱子按照原住民的意愿在森林中被逐渐风化，那里所有的树和我眼前的一样，无不长满苔藓，悠悠地为空气染上一层绿色。它们都是经历过时间的古老神话的象征，也是一代又一代原住民生命的总和。

　　一天下午大雨过后，我在黄昏时分登上莫雷阿岛制高点眺望因库克船长登陆而得名的库克湾，想起乔纳森克制着激动之情向我描述过的另一处遗址："塔希提岛西边的赖阿特阿岛（Ra'iātea）的塔普塔普阿泰（Taputapuātea）遗址位于圣山下，它名字的意思是'最神圣也最令人恐惧的地方'。那里立着四根柱子，是过去献祭四个活人的地方。"

　　后来，当我乘坐班机从莫雷阿岛向西飞往波拉波拉岛（Bora Bora）时，透过舷窗看到了赖阿特阿岛。我想，或许下次吧。

波拉波拉岛的岁数比塔希提岛和莫雷阿岛都大。年深月久，这座火山岛海平面以下的火山灰不断流失，岛屿的海拔随之降低，流失的火山灰滋养了珊瑚，珊瑚围绕陆地不断生长，最终露出海面形成小岛，主岛和环绕着的大大小小的珊瑚岛之间是一汪潟湖。这些小岛在当地语中被称为 Motu，机场坐落于其中一个，酒店则占据着其他 Motu。

尽管在抵达波拉波拉岛前，我已经预设了自己的思维和期待——这里是成熟的度假地，想要找到岛上民俗文化怕是很难，但不论如何，总得看看岛民是如何和度假村、游客共存的。

当我走进位于环礁岛上的迷你机场，面对坐拥海景的行李提取架，最后看到由游艇取代豪车的机场外接驳码头时，还是吃了一惊。不过有一件事还是在意料之中的，那就是海岛嘛，一岛一酒店的格局。

不仅电影摄制团队喜欢来这些热带珊瑚岛取景，好莱坞明星们也喜欢带着伴侣来这儿度过浪漫假期。岛上瑞吉酒店（St. Regis）被称为"追随好莱坞明星脚步"的世界最佳酒店之一。我到这儿来的一个重要原因是得到消息，酒店里收藏着一套极为传统的部落盛装。从机场乘游艇到酒店大约需要 20 分钟，看到实物后不免有些失望，套装是根据老物新制的，如果你支付足够高的价格，就可以穿上它举行婚礼。

不过话说回来，我仍旧打心眼里喜欢这家贵得惊人的酒店，它似乎是在以自己的方式回应美国美食作家 M. F. K. 费雪（M. F. K. Fisher）所说的人性中最重要的部分——我们的饥饿感。除了字面意思，在我看来"饥饿感"也指许多复杂情绪，包括藏在期待背后的对落空的恐惧、时时存在的不安全感、求而不得的焦虑等，这些都是漫长旅途中常见的"情绪老朋友"了。在这里，被满足的"饥饿感"是对遥远海岛的幻想、对纯粹浪漫的追求以及随之而来的盼望，当然也有口腹之欲。

光是餐厅就有四家，还有两家酒吧，晚餐厅是米其林三星厨师让-乔治（Jean-Georges）在水上屋里打造的。一长条玻璃地板在晚间折射着幽暗的海洋之光，餐厅明亮的灯光吸引着斑斓鱼群，餐桌上是融入了南太平洋当地食材的法式融合菜，显尽异国浪漫情调。这里也有生鱼色拉，不过是升级版：米果脆皮金枪鱼佐柑橘汁和泰式甜辣酱。

不得不说的另一点是，在蚊子肆虐的海岛——我已经完全明白乔纳森的忠告了——尽管我听从了他的建议，一直以来坚持穿着麻质衬衫和宽松长裤，但并没有严格执行"把自己包裹严实"的操作，结果就是，任何没裹紧的地方都是蚊子叮咬的印记，而且肿块奇痒，间歇性发作，甚至到我旅行结束后，回到上海的书桌前，它们还会时不时地一阵闹腾，把人带回南太平洋湿热的空气里。但在瑞吉所在的三个珊瑚岛上，我从未遇见任何一只蚊子。这也是它在用另一种方式满足我们的"饥饿感"——一种干净、踏实、舒服的安全感。除此以外的其他各个岛屿上，我几乎一直被蚊子包围。

波拉波拉岛的特色当然不止度假酒店，这里还是寻找魔鬼鱼的好去处。对波利尼西亚人来说，魔鬼鱼并不只是潜水爱好者的心头好，它是传统文身中重要的纹样之一。

文身在波利尼西亚占有重要地位，传教士时期，波利尼西亚的文身传统受到重创。一份1850年代的报道中记载："这种艺术形式基本上已经因传教士的禁令而失传了，文身背后的意义、不同的分类、象征全都无从追寻。"1853 年，法国海军随行外科医生莫里斯·贝尔雄（Maurice Berchon）的观察笔记印证了这个说法："我们很难找到在库克时期令塔希提妇女尤为骄傲的臀部以及从腰际一直延伸到肋骨的拱形文身了。"

直到 1981 年左右文身传统才在群岛复兴。传统文身的技术原本是从塔希提传到萨摩亚的，那时，塔希提的文化复兴者最终又在萨摩亚文身师的帮助下重拾手艺、学习图案背后的深意。

出生于 1920 年的塔瓦纳·萨尔门（Tavana Salmon）母亲是岛民，父亲是美国人，正是他将文身带回了群岛。童年时期的塔瓦纳与父亲生活在夏威夷，他在书本中看到了波利尼西亚文身，深受吸引，甚至在自己皮肤上尝试。1960 年代，塔瓦纳开始时常在梦中看到古老的塔希提文身图样，1980 年代到萨摩亚学习，并在 1982 年征得萨摩亚国王同意，带着一名传统文身师回到塔希提岛上的首府城市帕皮提（Pape'ete）为岛民文身，也由此开始传授传统文身技能及其背后的意义。

今天，年轻的岛民们几乎个个拥有文身，也深知其意义。尽管一些古老含义不可避免地遗失了，哦不，用岛民的话说，是还在追寻之中。这番繁荣振奋人心，我每到一座新岛屿就会打听如何在岛上获得一枚文身，但获得的答案都一样——由于节日临近，岛上的手艺人全被预约满档了。

象征家族的文身在岛民身上最为常见，其次就是魔鬼鱼的纹样了，常见于岛民的背上或手臂上。

魔鬼鱼是极为平和的物种，优雅、轻盈，但受到攻击时却是强悍的对手。魔鬼鱼也是捕猎能手，藏在海底细沙中，能轻易骗过敌人。对波利尼西亚人来说，魔鬼鱼代表适应力、生命力，它敏捷、智慧又有些狡猾，几乎就是人性的印证。它也是力量、保护者和成就的象征。

尽管无法得到一枚魔鬼鱼文身，我还是想要去看看活物，不过我乘船出海寻找魔鬼鱼的旅程让人有些焦虑。当天，船长厦克（Shaq）驾着小船如约在码头等候，但前夜岛上已刮起猛烈的季风，我无数次在睡梦中被风打椰林的震耳沙沙声吵醒（当然还有蚊子），以为天降暴雨，得赶忙起身收拾晾在院子里的衣物。此时天气依然阴晴不定，季风将云朵推到一起就是一场猛烈的暴雨，吹散了就是一片骄阳。波利尼西亚人自己对下雨倒并不在意，总说"不过是水而已"。

我还指望在碧海中看一看魔鬼鱼呢，狂风暴雨中这么干可不是好主意。"对天气无能为力"是一句当地常用语，我与向导杰妮（Jenny）和厦克一同感叹一番后出海，内心盼望魔鬼鱼别在雨云附近出没。

厦克驾驶的是波利尼西亚传统舷外支架独木舟，唯一不传统的是装了马达，如今波利尼西亚人懂得保留传统，对外来事物也敞开胸怀，"那是基于对自身传统的信心"，多数人都这样表示。

与文身习俗一样，波利尼西亚古老的航海术也曾被打断，在 14 世纪一度失传。夏威夷人颇费周折地试图证明自己的祖先自塔希提岛方向来，一些航海家对托尔·海尔达尔（Thor Heyerdahl）的理论——认为波利尼西亚人是依靠信风从东而来——感到不满。他们依照从塔希提西边的胡阿希内岛（Huahine）出土的考古遗物、库克船长第二次远航留下的版画以及科学研究成果，重新制造了一艘传统独木舟，取名"大角星号"。

1976 年，"大角星号"从夏威夷首航，目的地就是塔希提岛。这次航行采用波利尼西亚古老的领航传统，仅仅依靠领航员对星空、海水温度、风向等的感知来判断航向，不借助任何现代仪器。这位名叫马乌·皮艾鲁格（Mau Piailug）的领航员来自密克罗尼西亚，是当时最后几位依然掌握古航海知识的岛民之一。

最终他们航行 33 天，跨越超过 2 500 英里（约 4 023 公里）抵达塔希堤岛的帕皮提。1.7 万人来到港口迎接"大角星号"，这次成功唤醒了波利尼西亚群岛岛民内心深处的航海之心，他们在"大角星号"团队核心成员帮助下，重新建造独木舟，学习观测星空，杰出的领航人渐渐多起来，自那时起，岛民再也没忘记出海。

我们在潟湖中快速前进，一离开码头，厦克就仿佛回归家园般自在，唱起了欢快的波利尼西亚歌谣。

运气不错，我们在空旷海域遇见了厦克的朋友 UPA，他手臂上文着一条黑色魔鬼鱼。打过招呼后，他很快跃入水中，黑色文身浸在荡漾的碧海中，看久了仿佛真是望着一条神圣刺鳐。

这片水域多刺鳐，它们和魔鬼鱼属于一家，但体型小很多。不知刺鳐是认出了文身还是因为与 UPA 相识，服服帖帖地被这支有刺青的结实手臂抱在怀中。

我们入迷地欣赏了一番刺鳐，觉得心满意足，但启程前往另一座岛屿的旅途却不那么顺利，独木舟闯过一片暴雨云，才最终驶进一片似火的艳阳天。好在厦克能在让人难以呼吸的豪雨中准确辨认方向，几乎可以说是轻而易举地将我们带到这座岛屿。

千百年来，波利尼西亚伟大的航行者和领航员认得星空，了解海水温度的细微变化，拥有与我们不同的对色声香味的感知，还懂得如何穿梭在未知之间，明白"舟船即是岛屿，内心就是家园"。他们航向遥远的大海尽头，就是回家。波利尼西亚人曾预言过自己的"末日"：不带舷外支架的船只出现之时。也就是白人的船驶入海湾的那天。

1979年11月，首位复兴波利尼西亚巡航传统的奈诺亚·汤普森（Nainoa Thompson）和他的原住民导师马乌去瞭望台观天。由奈诺亚领航的从夏威夷前往塔希提的航行即将启航，奈诺亚心事重重，有点恐惧。马乌问他："你能指出塔希提的方向吗？"他指了指。马乌又问："你能看见那座岛吗？"当然看不见，它远在2 200英里（约3 541公里）之外。可这是一个严肃的问题，最后奈诺亚说："我看不见它，但我心里有它的模样。"马乌说："好！别忘记它的样子，否则你会迷失。"这是最后一课：只要心中一直存有目的地的形象，就必能到达那里。

我想起和乔纳森的最后一顿晚餐上，在脑海中看到塔希提的时刻。他也曾亲自拜访过"大角星号"。"我乘着它出海了。从影像或者照片来看，它显得不大吧，"他骄傲又有点卖关子似的告诉过我，"但它简直可以用巨大来形容，有两个餐厅的宽度。"他以餐室的大小为参照比画着。这真是令人难以想象，不过一切人造之物在大自然中显得渺小仿佛天经地义，而且据他说，"大角星号"没有看起来那么稳。我们当时借着一点酒劲，收获了一点舒舒服服的摇晃感。

"空气里充满着玛那（mana），你感受到了吗？被玛那包围了。"杰妮打断了我的畅想，我们坐在环礁岛的沙滩上享受用树叶包着的午餐时，她这么感叹，并向我解释，"玛那"是个波利尼西亚地区甚至整个大洋洲各语系都通用的词，意思是一切人、非人等拥有的力量，一种超自然的神秘力量，它可以通过自然力（水、火等）或物件（石头、头骨等）起作用，可以附在人或物体上，也能被获得、遗传、转移、消耗或丢失。

我们把湿外衣铺在船上晾晒，皮肤被冷雨打得生疼的感觉隐约还在。这座没有名字的小岛上仅有一户人家，岛民老妈妈宰了只走地鸡给我们当午餐。当地主食永远是芋头、米饭和烤香蕉，水果是取之不尽的菠萝，至于椰子，对波利尼西亚人来说它是衣食住行的依靠，取其汁水、食其果肉，粗糙厚实的椰子皮则是渔民制作下海捕鱼时要穿的特殊海底鞋履的可靠材料——足够坚韧，能对付水下锋利的珊瑚。但今天岛上没有捕鱼的年轻人，恐怕吃不到生鱼色拉了。

小狗在椰林里奔跑，亲昵地望着我，尽管不远处的狗屋上挂着告示牌——"小心恶犬"。

站在沙滩上，望着远处散落的岛屿，云聚云散，暴雨磅礴而至又骤然而歇，一切仿佛一目了然。如果连天地都如此，世上还有什么需要猜测呢？或许正是抱着这样的心态，波利尼西亚人，以及此时此地的我，都认为自己已准备好面对世界。研究波利尼西亚岛民的民族志学者还曾发现，他们的词汇中没有"悲伤"一词，甚至对悲伤没有概念，他们有所失去时看上去最多只是了无生气而已。

大溪地航空的班机在群岛间兜兜转转，和长途大巴差不多，飞行高度并不比直升机高多少。稍大些的岛屿都有朴素的小机场和面朝大海的行李提取柜台。通常情况下，游客下了飞机就地搭船继续旅程。

提克豪环礁岛（Tikehau）位于塔希提岛东北方，属土阿莫土群岛[1]，它比波拉波拉岛还要年迈，火山灰流失殆尽，只剩一圈珊瑚，是个卵状环形岛，沙滩因珊瑚而呈现一种独特的粉色，仔细看，沙子泛着温暖的橙色，在不同光线下折射出不同的光芒，颜色也就有所不同。

飞机降落后，手机很难再收到信号。没有推送新闻，什么都没有，大陆被真正抛在了脑后。如今的偏远不在于地理位置，没有网络就是身处化外。

安妮（Anne）在码头等我，她是岛上唯一的下榻之地的经理人，掌管着这里的传统茅草屋群落。

"你要是早三天到可就惨了。"安妮是越南和法国混血，在岛上生活了多年，已经被岛民同化了，和他们一样热情健谈。或许就是因为与大陆隔绝，这儿的居民才那么爱说话。"那会儿我们已经有三周没见到物资船了，两个净水系统坏了一个。还算幸运的，紧要关头我可以花钱从塔希提岛空运点东西来，更远的小岛有一个多月没见到物资船，拿着些家里还剩的食物来这儿换啤酒……"安妮一个劲儿地说，我喜

---

[1] 整个法属波利尼西亚群岛由四组群岛组成：社会群岛（Archipel de la Société）、土阿莫土群岛（Archipel des Tuamotu）、马克萨斯群岛（Archipel des Marquises）以及南方群岛（Archipel des Australes）。

欢这些故事。

"你们岛上一共有多少人，物资船不来，食物靠海钓吗？"

"岛上总共 500 多人，海钓跟物资船没有太大关系，不管怎样总得出海捕鱼，这儿的渔产十分丰富，我总说，要是没打到鱼那可真得是运气极差才行。正如电影导演罗伯特·弗拉哈迪（Robert Flaherty）说的：'南太平洋的海水如空气般温暖，大海如土地一样慷慨。'但其他肉类、饮料、日用品可就都得靠船运。那个净水系统是彻底坏了，得从法国重新订购，8 月才能送来……"

"要是船一直不来呢？"

"总会来的。在这儿，仅凭耐心和运气，就能获得神明的眷顾。这里充满着玛那。"

安妮领我走到海滩尽头的茅草屋，这栋奢侈的波利尼西亚景观房现在是我的了。"墙面是用椰子树皮织的，"安妮解释，"屋顶是椰子皮。村里到现在还有专门以'编织房子'为生的老手艺人，他们可是村里最骄傲的人了，我也为他们感到骄傲。就是波利尼西亚人这种对自身传统手艺和根基的骄傲感，使我最终留了下来。此前我四处旅行，完全不知停留的意义……"

这种屋子有挑高的屋顶，墙体和屋顶间有宽敞的空间利于通风。屋子并不直接建在地上，四角由结实的珊瑚石垫起 20 厘米左右，使之可以安然度过南太平洋潮湿的雨季，"房子的寿命和人的一生一样长"，波利尼西亚人这么认为。

利于通风的弊端则是方便蚊子出入。我真是受够了波利尼西亚的蚊子，简单来说，它们是一支庞大、贪婪的敢死队，无时无刻不追着你，不仅任何驱蚊水和万金油都无效，它们好像也不去操心人类的巴掌。最后压制住它们的是当地柠檬草制成的一种喷雾剂，当地人会随身携带，顺便还能解救像我这样的外来者。

住下之后，我计划去村里转转，然后在多云的当天看一场南太平洋上的落日。

对波利尼西亚人来说，日出象征未来，日落连接着古老过去，指向其来处——波利尼西亚航海者从西边远航而来，抵达此地。如果你问岛民，他们的祖先到底来自何方，他们都无一例外地指向西边："如热带海鸟一样，自风中而生，来自海平线外，遥远的不可见之地。"

一位岛民自告奋勇，愿意驾船带我去一个隐秘之处欣赏日落。提克豪岛上的绝大部分陆地被茂密的椰林覆盖，绵长的沙滩被巨大锋利的礁石打断，靠岸后，我们步行穿过一条礁石组成的迷宫般的通道，来到一片仅能站几个人的小沙滩上。西边的天空上，飘浮的云朵缓缓遮住太阳，温柔的金光投射入海，汪洋深蓝色的光泽又反射到云层上，海浪拍击着沙滩，季风吹拂着椰林发出沙沙响。贴心的向导居然带着自家制作的生鱼色拉，还有塔希提啤酒，此时，他不知从何处拿出这些惊喜，打开啤酒时我简直乐坏了，想着："空气里充满着玛那，你感受到了吗？被玛那包围了。"

这位岛民告诉我，传说以前有一位女神明常常躲在黑色岩礁下沐浴，离开时则用神力让海水淹没此处；直到有一次她被人发现，就再也没有回来。如今海水依然会在涨潮时淹没这一小块沙滩，礁石形成的迷宫也会被淹没在海水中。千百年来，大自然依旧在等候神明归来。"对波利尼西亚人来说，神明、性灵与人类共享着这个世界，这里也是当地人心目中的圣地。"他说。

"被玛那包围着。"我回应道。

我们在暮色中返航，茅草屋透出灯光，在靛蓝色的天空下显得分外温馨，我几乎体验着远航水手的归家之感。说"几乎"，是因为我想起的是属于我的岛屿——遥远的大陆。

这会儿，我的岛民船长问我："你们用不带舷外支架的船，不相信玛那，那你们相信什么？"

"耐心和运气。"我用安妮的话回答他。

入夜，安妮问我晚餐想吃些什么，她用极为巧妙、谦逊又带着一丝自豪的方式告诉我，我能吃到经典的法式晚餐。我认为这和变戏法没有什么区别，就不怀恶意地恶作剧似的告诉她，我要一份烤羔羊腿，而不是任何鱼类。她似乎露出一个狡黠的笑容，答应了我，"配土豆泥可以吗？"她问。我不可置信地点了点头。最后，我在烛光掩映的户外餐桌边真的得到了这道法国菜，还有淋上了意大利醋和橄榄油的芦笋尖。前菜仍旧是波利尼西亚式的，生鱼色拉，装盘精致。

我带着惊讶之情向安妮举杯致意，她显然对此相当满意。当晚，在海浪声的陪伴下，我们说着遥远的陆地、翻滚的大海、蚊子，或许还有存在主义。但我不记得手中佳酿的香气和任何复杂的口感——我们喝的是经不起车马劳顿的法国酒。可这无关紧要，我们在遥远的海岛上，感受到真切的满足感。

我回到莫雷阿岛度过返航前的最后时光。还是在这里，我突然意识到群岛给我的嗅觉留下了不一样的印象。

19 世纪末，高更在法国跳上了远航塔希提的帆船，逃离欧洲，经过长达 63 天的航程，终于抵达这片岛群。在他的散记《诺阿诺阿》（*Noa Noa*）里，这位画家记录下岛上花卉的夜香："南纬 17 度，夜夜都是诺阿诺阿[1]。"

岛上弥漫的浪漫气息是能打动所有人的，高更来到南太平洋后不久就娶了岛上少女。从太太那里，画家了解了岛上传说、故事、美景背后的意义，而从自己的眼中，他看透岛上的色彩、光线的变化，还有"大大方方盯着你看的野蛮人"，最终，一切成画，画家在这里度过了一段他一生中难得的快乐光阴。

英国作家威廉·萨默塞特·毛姆（William Somerset Maugham）以高更的故事为原型写下著名作品《月亮和六便士》（*The Moon and Sixpence*），小说以南太平洋为背景，他提出："做自己最想做的事，生活在自己喜爱的环境里，淡泊宁静、与世无争，这难道是糟蹋自己吗？"[2]——当然不是，人生的终极烂漫或许就该如此。

整趟旅途中，我都刻意避免一些游客活动，像是看一场草裙舞演出，当然这终究是躲不过的，这种充满景点性质的表演无处不在。另

---

[1] 诺阿诺阿，当地土话，意为芳香。

[2] 《月亮和六便士》，毛姆著，傅惟慈译，上海译文出版社，2006 年，第 222 页。

外，我还躲着表演性质的火舞，生怕失望破坏听乔纳森描述时所激起的异域、刺激又充满人性力量的画面，毕竟舞动的火种代表的是人类繁衍生息的起点。

一天，在黄昏时分的岛上，天上的蓝色逐渐变深，晚霞从绚烂走向平静，空气诺阿诺阿，我见到了火舞。一个岛民独自一人在沙滩上挥舞起手上的火种。我怔怔地站在他面前，出神地看着，他是在表演，又不完全是。突然，我情不自禁地大笑起来，摇着头。好在这位舞者太过沉醉于自己，没有误以为我这个奇怪的观众是在嘲笑他。我确实没有，我是在脑海里看到了乔纳森在伦敦明亮的公寓里笨拙地耍起还没有点火的舞具。眼前这位岛民矮小精悍、动作流畅，而乔纳森是那么高大，不过他即便失误也不会流露出任何尴尬之情，他骨子里就没有做作的部分，他会大笑着摇头，像我现在这样。

我的手机没有那么出色的夜景拍摄模式，岛上的信号飘忽不定，但我还是拍下了一些片段，确信它是我和乔纳森那份心意相通的、旅人之间才有的友情的证明。

返航那天，瓢泼大雨，没有人演奏尤克里里为离开者送行，可能岛民更中意迎客而不喜欢送别。航班在雨云中久久颠簸，让人错觉穿过这一片云或许就是熟悉的大陆了。

美 国 印 第 安 保 留 区

能 放 下 的 与 绝 不 放 手 的

在亚利桑那州府城市凤凰城感受到的第一缕清风是我尤其喜欢的那一种，干燥、微凉、清爽。时值午后，阳光照在脸上，几乎有振奋人心的力量。当时，我尚未尝过大峡谷噬人的风如刀子般在脚踝割开一道道口子的滋味，也还没有在霍皮人（Hopi）残破的村子里领略风雪交加的苦寒，那寒意的来源绝不仅仅是天气……而沙漠中的各个原住民保留区也如这里的风一样不尽相同，各有各的命运。

鲜少为外人所知的峡谷，晴天时才通路，碰到雨雪天，生活在这儿的原住民就无法出山了

大峡谷附近，原住民壁画元素的使用非常普遍

亚利桑那印第安庆典，致力于推动印第安部落消除彼此间隔阂、呼吁年轻一代继承传统

皮马人（Pima）和马里科帕人（Maricopa）一同生活在位于凤凰城附近的印第安希拉河保留区（Gila River Reservation）和盐河保留区（Salt River Reservation）里，这里距离城区不过半小时车程。

希拉河在保留区已经干涸，每当皮马人谈起这片土地上的过往，总要说："很久很久以前，这里有土地也有河流。"现在，人们只能依靠"河流"这个词去联想。保留区内是一派干旱之景，荒漠蔓延，一些低矮的平房点缀其间，高大的仙人掌骄傲地站立着，如同卫兵。地平线由连绵不绝的群山组成——如果不是这些红岩山阻挡了视线，我甚至可以相信站在保留区内就能直视世界尽头。

皮马人自称 Akimel O'otham，"大河之民"，他们是这里真正的原住民。1840 年代，马里科帕人从东部移居至此，他们本是尤马人（Yuma）的一支，内斗失利被迫沿科罗拉多河流亡，皮马人慷慨地接纳了他们。

皮马人沿河而居，村子散落在河谷中，他们的祖先霍霍刚人（Huhugam）是天才的水利工程师，不仅依靠希拉河和盐河的滋养，还用木头和石器建造了800多公里长、16公里深、将近50米宽的运河，把领土中的一些小型沟渠连起来，灌溉成千上万亩农田，从地理上看，这条运河甚至成功地让水往上游流了30多公里。每个村子齐心协力，维护一部分河道，把沙漠变成了良田。

我在一个炎热的午后探访运河考古遗址，这里似乎还能感受到遥远的清凉和人类工程带来的恢宏震撼。皮马人会在愈疗仪式中使用一种石盘，那是他们在更早生活于此的人类先民——也就是霍霍刚人——的遗址中找到的，认为这种石盘具有力量。于是我也抱着幻想在砂石中寻找奇迹。但遗址其实除了一些看不出规则的土堆围成的一个个类似井口的残破方形，什么都不剩了，只是你得爬上高墙才能真正看到它们，跟着土方口向前，又可以走很远很远。这段遗址虽然总的来说是笔直前行，但又有很多岔路，从空中看应该一目了然，走在土路上却常常感觉像是身处迷宫，叫人头晕目眩。

遗址附近的朴素展览馆里用文字解释着一切，我很感恩它能引领我理解这里的广袤，并接纳我的无知。1150年至1450年是霍霍刚部族的鼎盛期，有五六万人口，建有大型公共、宗教场所。1450年后，他们突然放弃了这一切，消失了。考古学家在亚利桑那多地发现霍霍刚人的遗址，但他们到底为何突然消亡仍然是谜，有研究认为是当时为时过长的干旱和来自阿帕奇部落（Apache）的威胁双重压力所致，但皮马人不接受这个说法，他们认为自己就是霍霍刚人的后代，"人不会凭空消失，祖先占据着我们的灵魂"。我后来遇到生活在盐河保留区的布莱欣（Blessing），和她说起这些时，她给出的回答不带丝毫迟疑。

事实上，和皮马人的接触确实使得遥想霍霍刚人的辉煌时代变得简单多了。

1988年，美国国会通过《印第安博彩管理法案》（Indian Gaming Regulatory Act），使传统印第安部落有资格运营赌场，皮马人和马里科帕人是受益者。

今天的希拉河保留区和盐河保留区似乎和现代社会没太大不同，完全是发达地区的样子，只有赌场、酒店、餐厅里的原住民物品陈设透露出大地的归属。

我在保留区里闲逛的那个下午太阳高照，紫外线极强，即便气温不高，还是可以感受到体内水分很快流失。阵风吹来，粉尘像雾气般弥漫着，让人觉得好像可以看到空气，又很迷离，一切仿佛蒙着纱，但它是实实在在的细沙。这片辽阔之地上刮的风也多了些野性，没了凤凰城的温柔。

目力所及，保留区里的一切看上去都染着赭红的暖色调，皮马人建的酒店建筑是红土的，样子既传统又现代，竖立着巨大的木桩加固立面，我想，刮强风时，这确实是必要的做法。土木相结合原生又美观，黄色的木窗、绿色的高大仙人掌伫立一边，这个画面里有凡·高（Van Gogh）般浓郁的色彩。不远处还有个马场，马棚孤零零地立在一片红色之中，马匹显得有些寂寥，带着斑点的白马漫不经心地甩着尾巴，拍打着空气里的粉尘。不过它的皮马主人为自己的马感到骄傲，和所有的"马语者"一样，尽管拥有的马数量不多，但他了解每一匹马的性格。"它有点小脾气啊。"这位马夫一边给斑点马加些饲料一边说，既像是自言自语又像是在和我交谈，在旷野和孤寂中，我决定沉默地看着人和马的互动。白马站在红土地上，它的主人轻轻拍打着它安抚它的情绪，或许也是用这种轻柔来教会它在漫无边际的红土地上的必要技能——除了飞奔，它得和人一样，懂得忍耐和克制。

绵延无尽的旷野让人觉得这里有的是地方，同时也让人觉得有的是时间。保留区里的每一场壮阔、漫长的落日越发加强这种感受，而且总是充满了激动人心的转折。天空先是逐渐变暗，蓝色和橙色交织，然后，总有那么一段时间，天光更亮了，落日使出全部力气散发光耀，与此同时，天色还在逐渐变得深沉。最后太阳"回光返照"结束，沉入地平线。云彩不断变色，粉色、紫色、橙粉色，接着逐渐变成淡蓝色，和天空融为一体，再逐渐转为深蓝。

我想象皮马人骑着马在这样的夕阳下回家，突然明白了他们对土地的眷恋，这种深情并不仅仅是因为他们执着于土生土长，还因为这片景观能赋予他们力量。就像美国自然作家玛丽·奥斯汀（Mary Austin）在《星星和印第安人的土地》（*The Land of Little Rain*）中写的那样，他们的家"并不是那些棚屋，而是大地、风、山麓和溪流"，他们的家里还有仅属于此的黄昏，"这是任何装修铺子都复制不了的"。[1]也正是因此，那些被迫离开自己的土地的印第安人很可能至死都无法

---

[1] 《星星和印第安人的土地》，玛丽·奥斯汀著，范培文、曹柠译、王全智校，上海译文出版社，2020年，第127页。

摆脱思乡之情——不论哪一块陌生土地上的风、沙土、地平线、山峦都无法和家乡的媲美。

我在位于希拉河保留区里的高档餐厅里见到了保留区新闻负责人——皮马人琼恩（June）。"在和原住民交流前，一切看上去确实如此，"听到我的观感后她说，"一旦深入保留区，和我们打上交道，你就会感受到我们独特的运作方式。"

刚一见面，琼恩就做了长长的包括自己的世界观、梦想和对未来期许的自我介绍，然后问我是否可以"介绍下你自己"——"你的梦想是什么？"我被问得有些措手不及，她解释这是皮马人认识新朋友的惯常方式，答案能让彼此了解对方真正来自何方、到底是谁。

琼恩懂得如何跟我这样的外来者交流，"懂得现代社会的语言"不表示她已经被同化，她仍然有自己的土地和羊群，"我有 300 头羊，知道每一头的名字，从小就数过太多遍了"。

"我们是可以在两个世界中游走的人，懂得选择，明白哪些可以放下，哪些不能。"她说，"牛羊、土地和河流属于后者。"

皮马人和马里科帕人或许天性如此。历史上传教士试图让原住民改信罗马天主教，也带来了新的农作物、牛、马、绵羊、山羊以及新技术，皮马人和马里科帕人很快就接受了这些新事物——在不改变传统生活方式的前提下。今天，他们绝大多数的发展都在高速路旁展开，保留区腹地依然完全是"可以放羊"的处女地，而且"我们有自己的法律，实现了自主，由部落理事会中的 17 名成员确保族人在发展和保护传统之间得到平衡"。

皮马人和马里科帕人的族群中，数量占比最大的是 30 岁以下的人，可见未来充满希望。1990 年代开始，酒店等经济活动在这里发展起来，赌场带来了更多工作机会，挣来的钱也回流到部落中。"我们用第一笔收入建起传统墓园。现在大多数收益用于医疗和教育。我们鼓励孩子们了解外面的世界，也确保他们学习自己的语言。"琼恩说。

皮马-马里科帕人绝非"需要抢救"的部族，但能有今天并不容易。他们不论谈论什么话题总会不知不觉说起历史，对过去了如指掌，就像对未来成竹在胸。"1848 年，加州淘金热吸引了成千上万人横越美洲去实现发财梦，亚利桑那南部皮马-马里科帕人的土地是必经路之一。"琼恩讲起这段历史。

1849 年至 1851 年，约 6 万疯狂的淘金者走到这里时已不成人形，饥饿、脱水、伤痕累累，不少人甚至濒死。他们受到东边的阿帕奇部落和西边的尤马部落狙击。皮马-马里科帕人友善、和平，完全接纳了这些可怜人，给他们丰富的食物——这里多样的农产包括小麦、玉米、豆类、南瓜、西瓜、西葫芦等。

1854 年，亚利桑那南部正式成为美国领土。1859 年希拉河建立美国第一个印第安保留区，有 37.2 万英亩（约 1 505.4 平方公里）。然而，1870 年代至 1880 年代，一些淘金者在希拉河上游定居下来，建起边疆城镇，建水坝改变了河道，最终完全切断了皮马-马里科帕人的水源，造成绝大多数农田被毁。

"前不久我孙子还问我，当初为什么要帮助这些以恶报恩的人？"琼恩笑着说，"他已经问了很多次，但我答不上来，只能说，我们就是那样友善、乐意帮助他人的人啊。"

1880 年代至 1920 年代，皮马-马里科帕人发生严重饥荒，美国政府发放罐头等加工食品，突然的饮食变化让肥胖、1 型糖尿病患者人数飙升，健康问题直到今天依然是对他们极大的挑战。

当时保留区里基本没有工作机会，原住民又失去了赖以生存和交易的农作物，很快陷入贫困。不仅如此，他们还失去了基于河流、农耕的文化，遗失诸多传统，酗酒问题随之而来。这是皮马-马里科帕人漫长历史上的至暗时刻。

"然而我们是坚韧的部族，"琼恩继续说，"熬过数年后，情况终于在 1930 年代有所好转。1928 年美国政府在希拉河上游建成柯立芝水坝（Coolidge Dam），这项工程中包括把运河和水管引进保留区，让我们得以恢复一部分农业。这是我们爬出贫困漫长征程的第一步。男人们开始到保留区外寻找工作，小型经济活动也慢慢在保留区出现。汽车的出现让亚利桑那南部不再遥远，将外来的人事物带到这里。学校、医院、新的房屋也建了起来。"

水坝带来的水依然不足以让皮马-马里科帕人真正重建农耕传统，他们开始了漫长的争夺水源之路。河流是他们"绝不能失去的东西，是身份证明"。原住民直到 1988 年才真正夺回希拉河水源权。"2018 年我们庆祝了 30 周年，"琼恩说，"我们计划建立可以灌溉 14.6 万英亩（约 590.8 平方公里）土地的新灌溉系统，试图再次听到祖先们听过的激流之声。"

对于邻居亚瓦帕人（Yavapai）来说，皮马人是强盗。

亚瓦帕人的麦克道尔堡保留区（Fort McDowell Reservation）位于凤凰城以东 37 公里。今天，亚瓦帕人仅剩 900 人，生活在保留区的大约有 600 名。他们都津津乐道于一个名叫卡洛斯·蒙特祖玛（Carlos Montezuma）的生活在 19 世纪末的男子，他的亚瓦帕名字是瓦萨亚（Wassaja），他是族人的英雄，"是唯一站在我们和灾难之间、可以力挽狂澜、让我们留在这里的人"。

麦克道尔堡保留区的长者拉斐尔（Raphael）详尽地告诉了我瓦萨亚的故事。

1866 年，亚瓦帕人不仅生活在美军的威胁中，危机还来自临近部落皮马人。美军的到来加剧了两个部落间的冲突，他们不得不争夺仅有的资源。瓦萨亚就出生在这一年。1871 年 10 月，瓦萨亚 5 岁，他们一家在铁山（Iron Mountain）附近扎营。皮马人突袭了他们的营地，劫走包括瓦萨亚和他姐妹在内的 13 个孩子。皮马人带着瓦萨亚来到边陲城市亚当斯维尔（Adamsville），那里是希拉河上游，由淘金者组成的城市。恰巧在那时，意大利摄影师卡罗·詹蒂莱（Carlo Gentile）也在城中，他受亚利桑那印第安人和壮阔的自然景观吸引到这里采风拍摄。看到一副担惊受怕样子的瓦萨亚，卡罗就把身上所有的钱——30 个银币都给了两个试图出售瓦萨亚的皮马战士。

卡罗正式收养了瓦萨亚，给他洗礼，并取名卡洛斯·蒙特祖玛。两人带着照相设备周游亚利桑那，瓦萨亚给摄影师打下手，帮忙冲洗照片。记录那个时期的照片极少，因而这些作品非常珍贵。我还在詹蒂莱的摄影馆藏中找到了他拍摄的拐走瓦萨亚的皮马战士的照片。

离开了保留区的瓦萨亚也避开了这里的血腥和暴力。1872年，美国政府宣布亚利桑那地区所有不入住保留区的原住民都被视为敌对分子。同年12月，200多个不愿入住保留区的亚瓦帕人在盐河峡谷（Salt River Canyon）的一处山洞中扎营躲避美军，士兵们花了好几周寻找他们但一无所获。一天，洞里的酋长要一个男孩出去寻找附近的族人，但是他被抓住了，被迫说出山洞的位置。美军把山洞包围后直接朝里开枪。他们声称这是一场战争，但就是屠杀。之后亚瓦帕人口持续降低，直至濒临灭绝。

这个山洞后来被称为"尸骨洞"（Skeleton Cave）。瓦萨亚的父母在皮马人的突袭中幸存下来，但为失去孩子而心碎，他们向美军投降，搬进了保留区。瓦萨亚的母亲听说孩子还活着，就请求美军让她去寻子，但被拒绝，她没有放弃，骑马走出保留区时被从背后一枪射杀。

詹蒂莱和瓦萨亚在亚利桑那游历几个月后来到芝加哥，想在东部大城市中卖掉照片。在那里定居的时光让瓦萨亚有机会去上学、交朋友，他喜欢学校。詹蒂莱有出色的摄影技术，却没人买他的照片。他无法负担瓦萨亚的学费，就向教会救助，后者为孩子找了一个寄养家庭。

新家为瓦萨亚找来家庭教师补习，那里的另外5个孩子也都和他称兄道弟。1880年，14岁的瓦萨亚被伊利诺伊大学录取了，主修化学，童年时期为摄影师冲洗照片的经历让他对化学有点基础。瓦萨亚学业非常出色，班上同学不多，全是白人，都是第一次见到印第安人，对他非常友善。

瓦萨亚在学校里演讲，讲述印第安人在白人到来前的故事，还有他们在几乎没有胜算的情况下保卫家园的勇气。他为校报写稿，加入学生辩论团，非常有主见，不怕提出反对意见，赢得了同学们的认同、赞誉、尊重。

1884年毕业后他到芝加哥医学院学医，开始致力于"促进印第安人进步"的事业，呼吁印第安人放弃传统生活方式。他想通过自己的事业和生活告诉世人，印第安人完全可以获得成功。1889年毕业时，他是美国第一批印第安医生之一。

但是瓦萨亚的故事远不止于此，尽管当时他融入了白人社会。美国史密森尼学会人类学家切萨雷·马里诺（Cesare Marino）的看法是，在那时，"他为自己身为印第安人而骄傲，但他认为这只是一个身份，并不是一种生活方式"。"印第安人应该丢下自己编织的毛毯，走进主流社会。"

此时，印第安人和白人之间的斗争愈演愈烈。美国陆军军官乔治·阿姆斯特朗·卡斯特（George Armstrong Custer）和印第安酋长坐牛（Sitting Bull）打响了小大角战役（Battle of Little Bighorn），然而印第安人的这场胜利却是他们惨败的开始。此后15年，印第安人继续被驱赶和杀害。白人一直把印第安人描述为野蛮人，直到1890年伤膝河大屠杀（Wounded Knee Massacre）后，人们才开始反思这些宣传，尝试把他们教化为文明人、基督徒，成为和白人一样的市民。政府决定换一个方式解决"印第安问题"。1879年，他们在宾夕法尼亚的卡莱尔

（Carlisle）建立第一所印第安寄宿学校，由理查德·普拉特（Richard Pratt）将军直接管理。这是一场影响了几代人的文化大屠杀，但当时的人们认为这是一件正确的事。

虐待在这些原住民寄宿学校非常常见，心理上和心智上的折磨、体罚时有发生，学生大多都挨过打，还有的曾被拴在自己床上；对那些敢讲土语的学生，处罚则是针刺舌头。虐待，加之学校糟糕的卫生状况、人数过多、食物和医疗缺乏，最终造成惊人的死亡率。

除了健康问题、严厉的处罚、被教员甚至其他学生威胁，孩子们还持续遭到侮辱、强暴、性侵。当然，根据孩子们的回忆，有一些管理学校的牧师和修女尽可能为他们提供较好的环境，但就算是这些"好的"经验也是建立在抹杀原住民文化、对其加以同化的基础上的。

寄宿制教育强制孩子离开家，在相当一段时间内与原生文化隔绝，他们被禁止说母语，即便绝大多数孩子除土语外完全不懂其他语言。原住民寄宿学校的教育与其他学校教育完全不同，女孩子学家务、女红、做饭，男孩子做木工、制铁、农耕。这些学校因为严重缺乏资金，许多学生要为学校做苦工，他们并非自愿且没有薪资，校方还托称此举是学校训练学生的一部分，事实上要是没有孩子们工作的话，许多寄宿学校根本无法保证日常运行。

学生每天上课时间之少使这些孩子往往到了 18 岁却只有五年级的水平。学生成年后必须离开学校，他们也被劝说不要再继续修学。

原住民父母不愿让孩子离家，学校向政府索要资助则是按校内人数而定。许多教员前往部落抓小孩，甚至使用武力。一些"自愿"将孩子送去学校的父母则是因为受到印第安事务管理机构官员或牧师威胁，只得顺从。

"瓦萨亚是我们亚瓦帕人，但他在那个时期非常认同寄宿学校的理念，认为受教育、融入白人社会是印第安人发展的关键。"拉斐尔告诉我，"瓦萨亚给普拉特写信，告诉他自己就是这样成长起来的，两人后来成了一生挚友。"在普拉特的鼓励下，瓦萨亚向印第安事务局（Bureau of Indian Affairs）申请工作，就在伤膝河大屠杀一年后，他到了达科他，成为当地寄宿学校的校医。

这段经历让他的人生再次出现拐点，他看到那里的腐败、官僚主义，根本没人在意印第安人。当时保留区的条件和环境非常恶劣，而且只有保留区保持贫困状态，印第安事务局才有理由继续存在。瓦萨亚一次又一次写信要求更多食物和医疗用品，全都被无视。三年后，他受够了。普拉特让瓦萨亚到卡莱尔印第安寄宿学校做校医，和橄榄球队一同出征。

1900 年 1 月，卡莱尔印第安寄宿学校的橄榄球队乘火车穿过美国西南部，他们将应战全美最好的大学球队。这些人身材健硕、一头短发、一身西式服装，对许多人来说，他们代表着印第安人的未来。

火车抵达亚利桑那时，瓦萨亚和家人团聚了。尽管他离开了很久，族人并没有忘记这个孩子。再次看到弗德河（Verde River）和四峰山（Four Peaks），他被沙漠美景震撼的同时也知道这里已是一片创伤。他的表弟迈克·伯恩斯（Mike Burns）向他讲述了尸骨洞大屠杀，迈克就是当年那个被美军抓住不得不出卖自己家人的男孩，他目睹了家人被害。他带瓦萨亚来到洞穴，石壁上的血迹依然清晰可见。瓦萨亚崩溃了。

从这时候起，他意识到血缘、家庭、传统至关重要，是未来的基石。他逐渐成为印第安人权益的斗士，对亚瓦帕人保卫自己的土地起到至关重要的作用。

我在麦克道尔堡见到了瓦萨亚的后代伯娜汀（Bernadine），和她一起坐在保留区一片修剪整洁得如高尔夫球场的草地上聊天。"我们依然能够生活于此都是因为他。"她现在也是亚瓦帕人的首领，"他认为自己有责任帮助族人对抗外来世界。"

1903 年，总统西奥多·罗斯福（Theodore Roosevelt）把亚瓦帕人祖先的 40 英亩（约 16 万平方米）土地划为他们的保留区，但随着凤凰城的扩张，开拓者渴望进入保留区，让政府把亚瓦帕人迁往盐河保留区。亚瓦帕长者向印第安事务局申诉，后者充耳不闻。他们求助了瓦萨亚。

当亚瓦帕人最需要英雄的时候，他真的成了那个人。

瓦萨亚为自己的族人奔走，一路来到华盛顿，所受的教育成了他捍卫族人的武器，在大学辩论团练就的本领在这里发挥了极大作用，他知道怎么陈述自己的观点，也知道怎样适时威吓他人。开发者最终退缩了。"如果迁走，我不知道我们是否真的还能重新来过，那太艰难了。"伯娜汀说。

在那以后，瓦萨亚又呼吁全美印第安人联合起来成立一个组织，实现自治。他为此奔走十年，与查尔斯·伊士曼（Charles Eastman）等印第安知识分子共同成立了第一个由印第安人发起的组织——美国印第安人协会（Society of American Indians）。第一次世界大战期间印第安人还不是美国公民，没有选举权，他提出印第安人因此不该被迫从军。

1923 年，瓦萨亚得了肺结核，长居芝加哥的他决定最后一次前往家乡麦克道尔堡保留区。"他生病回来后，族人为他搭了一个传统茅草棚 Wikap，我的祖母照料他，给他草药。"瓦萨亚的另一位后代玛莎（Martha）回忆道。他最后一次带人来到尸骨洞，把 50 年前葬身于此的族人尸骨带到保留区墓地安葬。不久，他也长眠在这些族人的身边。

今天亚瓦帕人的收入很大一部分来自保留区里的赌场，他们还有一个世界顶级高尔夫球场。"我们最近做了一个应用程序，让孩子们可以重新学习自己的语言。"拉斐尔骄傲地告诉我。他和几个族人敲着鼓，唱起了传统歌谣，他指着鼓说："这就是个普通塑料桶，桶口缠上了牛皮。"传统乐器不是这样的，但他们"懂得抛开外在的，保留核心"。

我想，和我们待在一起的亚瓦帕孩童再过几年也将学会流利地运用亚瓦帕语了。

纳瓦霍人（Navajo）是美国人数最多的原住民部族，有 30.6 万人左右，大约一半生活在跨亚利桑那州、新墨西哥州和犹他州的保留区里，其中高达 75% 的人仍依循着传统信仰。

在亚利桑那，人们称凤凰城为"山谷"，纳瓦霍人的保留地在海拔 2 000 米的高地。从山谷上山来到他们的保留地不过两小时车程，但两地之间的气候天差地别。凤凰城的夏天是个闷热的火炉,"据说那里飞机都无法降落,因为轮子落地有融化的风险。"住在高地的纳瓦霍人半开玩笑地告诉我。冬天,生活在凤凰城里的人就舒服多了,纳瓦霍人则没那么走运,气温可低至零下 30 摄氏度,加上寒风,体感非常惨烈。

我在深入纳瓦霍人保留区的沙漠前做足了心理建设。尽管我喜欢沙漠和那些高大威严的仙人掌,还随身带着捕梦网,但我仍旧不希望碰到沙漠中的蜥蜴。我对它们几乎是有本能的恐惧,这和纳瓦霍人的想法全然相悖,美国行为生态学家、作家马蒂·克伦普(Marty Crump)曾在《两栖爬行动物的神话与传说》(*Eye of Newt and Toe of Frog, Adder's Fork and Lizard's Leg*)中写道:

> 纳瓦霍人相信角蜥——权力、力量和智慧的象征,是他们的始祖。传统的做法是,一个人将一条角蜥捧在胸前,一边祈祷保佑,一边抚摩它四次。亚利桑那州和新墨西哥州的纳瓦霍孩子仍然会把角蜥捧在胸前,低声说"Yáat'ééh shi che"(你好,我的始祖)。为了感谢这种恭敬的问候,角蜥会赐予孩子们力量。角蜥凭借其力量和智慧成了纳瓦霍人的神圣动物,他们用角蜥为战士举行仪式,相信角蜥会保护战士免受身心伤害。[1]

---

[1] 《两栖爬行动物的神话与传说》,马蒂·克伦普著,黎茵译,贵州人民出版社,2020 年,第 181 页,译文略有改动。

但我打心眼里不希望看到这样的场面。还有一个传统的纳瓦霍禁忌不得触犯，角蜥是族人的祖先，杀死它们会让你肚子痛、身体浮肿或者心脏病发作——我相信最后一个说法。

纳瓦霍人视吉拉毒蜥为第一位医者，能够诊断出疾病的本质并治愈。吉拉毒蜥凭借其神秘的力量看到并了解一切，纳瓦霍疗愈师开始治疗仪式时，会向四个方向撒上神圣的玉米花粉，向吉拉毒蜥神灵吟唱特别的祈祷词，请求祂帮助诊断疾病并赐予治疗方法。

我的捕梦网则是一份礼物，出自纳瓦霍老人之手，收到已有多年，正是它让我相信自己终有一天会深入这片土地。其实，北美印第安人的捕梦网在现代人中颇为流行，大家都知道把它挂在床头能过滤噩梦，只留美梦，但捕梦网到底从何而来却鲜有人知。原住民作家、历史学家特里·鲁斯提（Terry Lusty）在原住民多媒体社群（Aboriginal Multi-Media Society）中发表了一个相对完整的捕梦网的传说：

> 第一个制作捕梦网的是蜘蛛神，是给孩子们的，这些网挂在摇篮上方。后来越来越多的人希望蜘蛛神为孩子织网，祂分身乏术，就把这门技艺传给了身为姑姑、阿姨、祖母和母亲的女人们。

捕梦网是用柳条编的，网眼可以让好梦穿过，进入孩子的梦乡，人们相信孩子的梦境是生命的另一个维度。捕梦网的关键是网上有几个结，在最初的传说中有 8 个，象征蜘蛛的 8 条腿。有些印第安人会做 7 个结，象征他们的 7 个创世祖父或 7 个预言；还有一些人做 5 个，象征传说中的五重天；另有用 13 个结象征月亮的阴晴圆缺，用 28 个结象征印第安人的阴历月份，等等。我从未真正数明白自己的捕梦网上有几个结，至少我不太自信自己数对了。我的网中还串着一小块绿松石，纳瓦霍人相信它能辟邪、带来好运。挂在捕梦网上的传统羽毛数量不可考，只挂 1 根的话象征智慧，我的则有 3 根。一般捕梦网的直径应该在 3.5 英寸至 5 英寸（约 8.9 厘米至 12.7 厘米）之间，更大就会失去捕梦的力量。

时至今日，捕梦网的样式仍在变化，印第安人继续为它加上属于自己部族的独特意义，他们认为可以在网上增加任何希望与能量，只要你有那本事。但有一点不能改变，那就是在收集做网的柳条前，制作者必须为性灵世界献祭烟草或棉花，不然做成的网不会有用。

但一切和我想的完全不同，初入原住民保留区，最先看到的绝不是这些，而是赌场。许多原住民有时厌倦外来者对保留区的偏见——那里除了赌场，就是荒漠和贫困。不得不说的是，赌场确实是保留区的门面。对原住民来说，在保留区里开设赌场有利有弊，初衷是吸引外来客营利，但如果客流大多数是原住民本身的话，就是另一回事了。

从高速公路上下来不久，就能进入纳瓦霍人的保留地，最先映入眼帘、让人印象深刻的人造景观，就是插在水泥地里的两根巨大的印第安箭。这里就是双箭赌场（Twin Arrows）的所在地，纳瓦霍保留区开始的地方。

纳瓦霍人杰拉尔丁（Geraldine）带我拜访了这个她最喜欢的赌场，她的副业是给媒体写稿，所以我们很快就熟络了起来。双箭赌场位于保留区东南角，"因为地理位置的关系，这里 70% 的客人都不是纳瓦霍、霍皮或其他当地部落的人。"杰拉尔丁说，"赌场就在亚利桑那主要高速 40 号州际公路附近，距离弗拉格斯塔夫市只有 50 分钟车程，它不仅是座旅游城市，也生活着各种各样的人，所以赌客也是多种多样，有生活在附近的人，有游客，包括自驾穿越美国的人，从得克萨斯州、加利福尼亚州甚至纽约开车来的，还有穿梭在这条高速公路上运送大型货物的卡车司机。"

我确实没看到几个原住民，面带倦容的卡车司机倒有不少，氛围和摩纳哥或拉斯维加斯不同，有一种别样的沉默，人们多少都拼上了仅有的运气，因而带点绝望气息，至少这里和盐河保护区里的赌场都是如此。

这里的装潢用了许多纳瓦霍人的传统元素，像是他们对比度极大的配色方案、纹样等，但这一切被硬生生地强行拼合在一起，大堂里还挂着一盏有些廉价感的巨型水晶吊灯。站在这里，我总有种诡异的感觉，仿佛所有的景观和人都在强颜欢笑，都在以乐景衬哀情。[1]

"也有当地原住民来赌，但不多，其他赌场就完全相反，在新墨西哥州盖洛普市纳瓦霍保留区的赌场里，原住民的比例高达 90% 甚至更高，因为所处的位置。"杰拉尔丁毫不避讳，"赌场对好赌之徒永远是个问题，不论是亚利桑那、新墨西哥，还是纽约、加州，总有人沦陷

---

[1] 2020 年 3 月，我收到赌场发来的新闻信，好几位在赌桌上工作的纳瓦霍人感染了新冠肺炎，他们是第一批感染的人。从那以后，纳瓦霍保留区里的情况每况愈下，最终，纳瓦霍人成了美国原住民中受新冠肺炎折磨极严重的部族之一。

其中。赌场造成的社会问题到哪儿都一样。在弗拉格斯塔夫市和周边地区，除了这个车程 50 分钟的双箭赌场外，还有车程 40 分钟的悬崖城堡赌场（Cliff Castle），这里的人了解赌场是怎么回事。生活在保留区里的原住民收入本来就很低，一年也就两三万美金，不会全都赌完，他们是非常低级别的玩家。"

不管怎么说，赌场为原住民提供了工作机会，利润也用于医疗，引入牙科等这些过去很难接触到的服务，但赌场赚到的钱对维护保留区来说还远远不够。"保留区 60% 的地方依然没有自来水和电，取暖靠烧柴，而且道路状况糟糕，全靠生活在附近的原住民维护土路，冬天碰上大雪可能被困在家里好几天。"杰拉尔丁小时候就是这样生活的，现在她在弗拉格斯塔夫市安家，有不错的收入，为多个原住民权益组织工作。

"我是在纪念碑谷附近的布莱克山保留区（Black Mesa Reservation）长大的，小时候用水全靠肩挑，离水源地有 15 公里至 30 公里，"杰拉尔丁对童年的记忆依然历历在目，"如果找到的第一口井没有水就得继续前进，直到找到为止。有的人家只有一只桶，所以水非常珍贵，只用来饮用、炊煮和清洗餐具。食物都是自己种的谷物、豆类、西瓜和羊。保留区里没有杂货店，我们不可能说：'嘿，我去买个苹果吃。'"

尽管贫困是由于缺乏水、电和基础设施造成的，但生活在保留区里的纳瓦霍人对这样的情况非常满意。杰拉尔丁说："我理解不愿'发展'的长者们的想法，我们不认为自己生活艰难，我小时候也如此，在家里、保留区里非常有安全感，也觉得很快乐。家人爱我、支持我，其他东西都不重要。年长的人知道如何在这样的环境下生存、收获快乐。印第安人是生存高手，而且外面世界的繁杂让人难以接受。我们只想平静地和大地母亲一起过自己的日子。"

布莱克山保留区曾经面对的不仅仅是没有基础设施的问题，这里还是纳瓦霍人和霍皮人的争议之地，杰拉尔丁一家就是亲历者。"1974年我12岁，生活的那片保留区突然成了霍皮人的土地，纳瓦霍人、霍皮人和美国政府之间达成协议，更改了保留区的划分，我被告知我的家乡不再是我的家乡，这里成了其他部落的地盘，最终导致上千户纳瓦霍家庭重新安置，我就是在那个时候来到弗拉格斯塔夫市，成为一个城市纳瓦霍人的。"——城市纳瓦霍人，指那些不再生活在保留区里的纳瓦霍人。

争夺的原因是，这块土地下有一大片煤矿，所有原住民部落都得想办法挣钱，纳瓦霍人靠赌场，霍皮人有了矿。

事实上，根据英国原住民保护组织"文化生存"（Cultural Survival）的分析，纳瓦霍人和霍皮人的土地冲突至少要追溯到1800年代中期甚至更早。当时双方在土地划分问题上签订的协议没能缓解争执，白人的西进使人口持续增长的纳瓦霍人向霍皮人的土地大面积扩张，过农耕生活的霍皮人不得不搬往山巅，丧失了山下的大部分土地。

美国政府在1882年划定霍皮保留区，但纳瓦霍人并不在意这些法定边界线，他们人口增长、羊群数目变大，依然需要更多土地，因而步步紧逼，霍皮人继续退却，直到只剩下几个山头。

1958 年，霍皮人忍无可忍，把纳瓦霍人告上法庭，要求归还被侵占的土地，在最终判决中霍皮人只赢回一小部分，大部分变为双方共有。之所以如此判决，很大原因是法庭认为纳瓦霍人和霍皮人有许多相似的文化传统，就像白人曾经认为所有印第安人都一样。

1974 年，纳瓦霍人和霍皮人的土地争议因煤矿之利再次升级，闹到了国会，后者证明了那是他们祖先的土地，得到了所有权，法庭也再次划分两个部落的领地，通过《纳瓦霍－霍皮安置法案》(Navajo-Hopi Land Settlement Act)，要求生活在霍皮土地上的纳瓦霍人搬到自己的地盘，生活在纳瓦霍土地上的霍皮人同样如此。这也就是杰拉尔丁一家遇到的状况。

"但事实上霍皮人从来没在那里生活过，在那里过日子的是纳瓦霍人。人们争抢的是土地之下的东西，生活本身并不重要。"杰拉尔丁对此有自己的看法，"所有人都必须离开，但我祖父母和曾祖辈不愿走，被称为'抵抗者'。最终霍皮部落给了他们土地使用权，让他们在那里度过余生。所以我现在依然有长辈生活在那里，但我只能去拜访或者和他们一起度过一个夏季，不能永远生活在那儿。我祖父母还养着牲畜，我得常回去给他们搭把手。他们没水没电没暖气，但生活愉快，这样的日子让他们觉得平静。"

杰拉尔丁的祖辈仍然健在，所以她能畅所欲言地说起他们，她也真心爱着他们。"纳瓦霍人在人死后的一年里不会提到逝者的名字，一年后也极少说起。这会让我非常难过。"我们还是不可避免地谈论起了人类终极问题之一——死亡。

大多数北美印第安部落都相信，人死后会成为灵性力量的一部分，影响着在世人生活的各个方面。丧葬习俗是为了帮助已故亲友在亡灵世界能过上好生活。一些部落在墓中或是墓边留些食物和财产，过去有些地方举行活人祭，现在更多的则是妻子、家人剪下头发作为给死者到另一世界的陪伴。不过也有印第安人非常惧怕亡灵，纳瓦霍人就是如此，认为亡灵嫉恨活人，因此他们非常惧怕人死后的灵魂。杰拉尔丁的祖先会在如今霍皮人的土地过世，亡灵是否会更加妒忌曾一度驱逐自己的活人呢？杰拉尔丁认为这是无稽之谈，他们现在和邻居们都相处得很好，都用自己的伤痛理解了对方，达成和解。

杰拉尔丁的英语和纳瓦霍语一样流利，但她这样的人并非大多数。"我很幸运，可以在两个世界里都过得自在。刚到弗拉格斯塔夫市时，我不会说英语，父母就让我去私立学校学，按照我的节奏、习惯慢慢来，一切都转换得非常好。语言没有障碍后，我才通过入学考试进入公立学校三年级读书。我的母语永远是纳瓦霍语，但我这一代甚至上一代，有太多族人都已经不会讲纳瓦霍语了。我父母那一代人失去传统文化是寄宿学校造成的，当时仍有很多人被迫前往那种地方，被打、受罚、被强迫忘记所有传统文化，不能用自己的语言，只能讲英语。我父亲就被迫去了位于犹他州的寄宿学校。"

1950年代，这场文化大清洗的失败已经再清楚不过，即使经历了这样破坏性的打击，原住民文化还是活了下来。越来越多的人意识到寄宿学校所造成的破坏性后果，并认为原住民孩子需要原生的生活经验。1951年，这种"半工半读"的学制被废除。原住民孩子获允与家人一同生活，学校也开始聘请更有资历的老师。与此同时，政府开始鼓励原住民学生进入公共学校。

寄宿学校最终瓦解其实也是由它自己造成的深重影响导致的。到了1960年代，上两代受寄宿学校教育的原住民成了家，但寄宿学校严重破坏了他们的认知，瓦解了对原住民来说极为重要的家庭纽带。他们远离亲人，在没有亲情的环境下成长，甚至不了解家人，没有家庭意识，也不知如何支撑、扶持、维系一个家庭。他们的童年没有关爱，只有暴力和虐待，在成年后也通常有暴力倾向。

在美国，大型印第安寄宿学校大多在1980年代关门，但直到2007年在少数偏远地区依然有约9 500名印第安学生住在寄宿学校里。

不过杰拉尔丁认为寄宿学校对她父亲产生的创伤和影响要比越战小："他会告诉我们一些战争中可怕的事，用来解释自己无故暴怒的原因。到战场和去寄宿学校有许多相似之处——前往陌生的地方、和一群陌生人一起生活、有很严格的规章和教条，当然还有恐惧。参加越战对他们来说就像再经历一遍寄宿学校，也更可怕。"她坦言："年轻一代人中有许多人想要帮助自己的长辈，但寄宿学校和战争让这些人无法接受帮助和爱。这也令他们的家人精疲力竭。"

寄宿学校留下的后遗症在霍皮人身上还要明显。我在前往霍皮保留区前，向导詹姆斯（James）发来两个提示：进保留区前做好所有需要通过网络完成的事，区内没有信号；在霍皮村内禁止拍照、摄像、记笔记、画插图等一切形式的记录，在特定人家获得许可后除外。

詹姆斯是土生土长的霍皮人，在亚利桑那大学完成计算机系的学业后重新回到保留区，希望可以建起传统保守的族人和外来世界的桥梁。他建了一条"霍皮艺术之路"旅行路线，带旅行者进村看霍皮人的手工艺，卖掉一些工艺品的话就能帮族人得到一些收入。

霍皮保留区被纳瓦霍保留区包围着，有 12 个村，位于 3 个山头：一号山（First Mesa）、二号山（Second Mesa）和三号山（Third Mesa），海拔都在 1 800 米左右。保留区西南是亚利桑那的最高峰汉弗莱斯峰（Humphreys Peak），也是霍皮人的圣山，他们相信这里是至高神明卡奇纳（Kachina）的灵魂住所。

霍皮人的文化是美洲大陆原住民持续时间最长、不曾间断过的文化，他们认为展现慷慨、喜悦和希望的最好方式是走进玉米田，把种子植入大地——他们生活的土地贫瘠、干旱，想在这里实现农耕几乎不可能，但他们依然这么做了，确信玉米一定会茁壮成长。正是这确信幻化出奇迹，玉米破土而出是对霍皮人信仰的回应。

抵达霍皮保留区那天天气依然阴沉，用上海话说，是个"要作雪"的日子，灰暗、冷漠、压抑。山野中的残雪更让景观加上几分阴郁气质。一路上已经和几个霍皮人擦肩而过，但不论是从车窗里看到他们还是试图打招呼，他们都显得闷闷不乐、沉默不语，只有一两个回复以几声咕哝。

和詹姆斯约定的碰头地点是"霍皮人文化中心"，这里有几分古驿站的味道，有一家餐厅，完全美式，还有几间客房。

等待詹姆斯时，我试图和文化中心的负责人米兰德（Milland）攀谈，这一次居然成功了，这位霍皮老人一开口就让人感觉仿佛来自另一个时空，他的语速很慢很慢。"你来得正是时候，"他说，"最近是我们举行准备耕种仪式的时期。冬天我们要照料大地，这样它就会给我们丰收。每个村子的祈福仪式时间略有不同，等到祈福结束后，我们就该举行照料神祇卡奇纳的仪式了，接着是耕种仪式……"霍皮人的传统日历上排满了各种仪式，几乎就是以此来计算日子的，而且对他们来说，每个日常举动都是神圣仪式的一部分，不论是耕种、照料大地、跑步、炊煮还是祈雨。

老人很健谈，他慢慢地告诉我："霍皮人认为世界是一个有机的生命体，一切相连成圈。人们总说我们的智慧没有文字记录，但在这里周边，到处都能看到岩画，它们都有深意。大地是我们的书。我们尊重父母、大地、仪式，这就是霍皮人——简单、谦逊的人。"

霍皮人和纳瓦霍人一样有水源问题。"在过去，霍皮人常常要到很远的地方去取水，我们有专门打前站的人跑去找水源，跑步正是这样成为我们日常生活中极为重要的一部分的。人们在各个霍皮村子间跑步往来，交换信息。在长达几天的仪式中，跑步同样是其中一部分。为了给族人祈福，求雨、求丰收，这样也就能有长寿、美好的一生，仪式跑手和体育竞赛中的运动员不同，他们并不是为自己而跑，是为自己族人的福祉而跑。"

许多人认为霍皮人不让拍照是因为他们生活中每个举动的神圣性，就像"你不能闯进教堂随意拍摄正在祷告的人"。还有一种解释是"拍照是偷取了他们的灵魂"，但为什么不能做笔记，这件事仍然无解。

一见面我就向詹姆斯求解，他说："历史上，各种方式的记录都给霍皮人带来很大伤害，最主要的原因是 19 世纪末 20 世纪初，有摄影师到霍皮人的土地上来拍照，还有白人和印第安警察在这儿问东问西做了详尽的笔记，之后不久美军就来了，强迫不愿意送孩子去寄宿学校的人家交出小孩，他们甚至竖起两门大炮对着村子并朝天鸣炮，霍皮人不得不接受和孩子分离。"

1986 年这里才有了霍皮高中，在那之前霍皮孩子依然要去印第安寄宿学校，所以对大多数人来说，记忆依然鲜活。霍皮人直到 2018 年 5 月才接受在保留区开赌场（但直到 2023 年都没开建），也是因为不想和外界接触，对外来世界缺乏信任。

美国纪录片导演帕特·费雷罗（Pat Ferrero）是少数说服霍皮人获许在这里拍摄的外来者之一。"我也遇到过抵制，"她说，"花了四年半时间才完成纪录片《第四个世界里的霍皮歌谣》（*Hopi: Songs of the Fourth World*），为了拍摄去了六次，在这之前又有许多趟采风考察之旅，建立起一张友谊网。我只和那些愿意看到这部纪录片成形的霍皮人家一起工作。我也尊重他们的想法，所有的仪式都没有拍摄，而是采用老照片。"纪录片从生活和艺术的角度展现了霍皮人深刻的灵性信念。事实上，在费雷罗看来，这些霍皮朋友为了帮她完成纪录片付出得更多，他们得向自己的邻居解释为何这个摄制组可以在他们家里拍摄。

霍皮人一度是许多摄影师趋之若鹜的对象，找到老照片并不难，"你甚至可以在一些照片中看到霍皮人的小广场上到处都是三脚架"。

费雷罗也提到白人强迫霍皮孩子去往寄宿学校前，有人到各个村子记录每家每户有几个孩子，随后强行把他们带走接受同化教育，对几代霍皮人都造成了严重的心理阴影。"我不想呈现霍皮人面对的严峻考验和困难，但也不想回避西方文化在他们现在生活中的角色。"费雷罗表示，在纪录片中，霍皮女人在摆满电器的厨房里编织传统竹篮，电视机上播放着肥皂剧，霍皮人也开车、穿 T 恤。

"他们并不在意文化差异，"她说，"霍皮人的文化之所以能发展至今，正是因为他们适应性极强，也懂得在不同的文化中取舍，从西班牙人那里学会了使用铁制的种植杆，后来又学会了开车，等等。"

传统文化的力量使得年轻人有底气面对不同的世界而不被同化，他们会说两种语言，拥有两种文化，本身就体现了丰富的文化多样性。"我们的文化几乎是瘫痪的，"费雷罗认为我们看到的并不是原住民有多坚韧，而是自己有多脆弱，"没有任何工具、办法应对变化。但霍皮人始终在用自己特有的方式应对着，这也是我们应该从原住民身上学习的。"

她的这些洞见在外来者中并不多见。

"族人对你的做法怎么看？"我在前往霍皮人村子的路上忍不住问詹姆斯。

"拒绝正面冲突是霍皮人的天性。当然有长者不认同我的做法，但他们选择闭口不谈，我也不会去打扰他们。我认为我们需要在保留传统和打开自己之间找到平衡，所以一有机会就向族人解释现在来拜访我们的不再是那些想抢夺土地或孩子的人了。这需要一个过程。"

尽管有人不认同，但据詹姆斯介绍，他带外来者进村这项事业是经大多数霍皮长者批准的，和他一起工作的族人向导都由霍皮人类学家米卡·洛马奥姆瓦亚（Micah Loma'omvaya）专门指导培训。"有不少霍皮人已经意识到，向外人展现自己并没有坏处，销售手工艺品是他们的主要收入之一，我也不想让这里成为'大峡谷'那样的景点，只不过是带上几个朋友，看一看自己的家，但请记得家有家规。"

霍皮人伊娃（Iva）为我们打开了家门，她的家在二号山头，既是家，也是一个银饰手工艺品商店和保留区里唯一的杂货铺。说是商铺，其实除了一排货柜，完全是普通人家的样子，伊娃不是每天开店，营业时间是"除仪式时间外"。

我在进入二号山头的霍皮人村时是浑然不觉的，这里和任何显得有些衰败的村落没有很大区别，就连建筑物也看不出什么特色。但和探访任何一个保留区一样，只要走得足够深入，有足够的时间，总能发现在这些平淡无奇的破落背后，仍旧藏有深厚的力量和信念。

伊娃的家就是一个例子，要我说这里也算得上是一个关于"保留区得深入才有发现"的影射。杂货铺的屋后还有另一间屋子，那里既储藏过冬农作物，也是伊娃制作传统薄饼 Piki 的地方。要前往后室得穿过伊娃的屋后小花园，那里放着一辆废弃的车——不，根本不能称之为车，而是个只有车顶和后窗的废弃物，放在橙红色的石堆上，车窗上写着"祈福 疗愈 奔跑"（Prayer Healing Run）。我不由想起霍皮文化中心里的老人的话来。

伊娃一进屋又不由自主地继续做起 Piki 来，好像只要有机会就再去做几个。她一边麻利地捣鼓着，一边解释 Piki 的做法：先在烧热的炉子上涂一层羊脑和油的混合物，再一层层摊上豆泥待它成形，将两张薄饼卷在一起就成了，空口吃起来又脆又香。霍皮人的吃法是把饼撕碎后泡在羊蝎子和豆子一起煮成的汤里。

这个屋子里黑乎乎的，从室外步入其中，眼睛甚至需要一些时间来适应。慢慢地，室内景象才展现出来，门口是一个制作 Piki 的烤炉，砖砌的、烧木柴、冒着热气，黑色的烟囱就在近旁。这里是屋子里唯一能有些光线的地方，再往里就堆着各种各样过冬的食物，房顶上挂着一串串玉米，还有一把传统的弓，上面有两根羽毛作为简单的装饰。看上去，它很久没用了，羽毛奄拉着。但至少它是某种古老传统曾经存在的证明，它和食物挂在一起仿佛也意味着一种守护。Piki 其实是霍皮人在仪式上吃的食物。"我喜欢在这里做薄饼，安静、没人打扰，让我有时间思考。过去两周我天天都在做，"伊娃告诉我，"我们之前举行了准备耕种仪式，我儿子今年获得了加入的资格。"

折腾了一早上，我可饿坏了，伊娃为我们准备了丰盛的传统午餐，我们围坐在西式餐桌旁，把 Piki 泡进羊蝎子汤里。看到羊蝎子汤根本就是看到了家。我克制住迫切，一边尽量礼貌地认真听着伊娃的故事，一边舀上一大勺塞进嘴里。但我万万没想到的是，羊蝎子汤完全没有调味。我这才想起曾在由美国印第安人自发组成的原住民健康组织"文化健康"（Well For Culture）编写的传统食物标准中读到过，真正的传统烹饪方式是不加调味品的。

应该是为了我这个外人的口味着想，桌上放着一瓶粉色的调料，詹姆斯告诉我，那是肉桂。我放弃了对咸味的渴求，请伊娃不要被我打断，继续说说霍皮人的生活。

伊娃是霍皮自治政府的成员，也有出色的编织手艺，出自其手的霍皮篮子是收藏级别的。"并不是所有人都可以编织，"伊娃说，"我在编织前向族中长者寻求许可，他们问我，你编织的目的是什么？我过了好一阵才意识到自己的答案，告诉他们：看看我们的世界所发生的令人绝望的变化，族人不再像从前那样如家人一样团结了，我希望通过编织把大家重新绑到一起。"

已故的霍皮长者托马斯·班亚西亚（Thomas Banyacya Sr.）和伊娃有相同的担忧，他曾告诫自己的族人："不要再做错事，让我们的生活重新变得美好、干净。当你歌唱、舞蹈，好雨就会降临，草木、花朵生长，鸟兽也会快乐。这个世界上或许还有许多好人，我们净化这片土地、大海、河流、湖泊，让生活重新变好。加入歌唱、祈祷、禁食、冥想的原住民吧，让从前的世界回到身边。"

霍皮长者们为伊娃举行了"入行"仪式。判断霍皮女人的编织手艺是否出色，关键看织物中是否有缝隙，编得越紧越好。"我每拉紧一根枝条，就想着这是系紧一位族人。而且我改变了传统编织纹样，并不是所有人都同意我的做法，但是有德高望重的长者站在了我这一边，每只篮子完成后，她们都会举行特殊仪式。"

伊娃的亲切热情不能代表所有霍皮人，詹姆斯带我进入他们最古老的村子奥赖比（Oraibi，有时也写作 Oraivi）时，完全是另一番体验。

奥赖比已经有一千多年历史了。村子的一边已是废墟，地上散落着破碎的陶片。"我们从小就被教导不要捡碎陶片，"詹姆斯说，"更不能把它带回家，你不知道自己带回去的是什么，它从前的主人会来找你。"

他的声音在冷风中飘荡。

霍皮人的创世神话里提到，当他们来到这个世界时问地球守护者马萨乌（Maasaw）自己是否可以生活于此。守护者答应了，给了他们一袋种子、一个水瓢和一根种植棒，并解释说，这个世界的生活会很艰难，但是他给予的生活方式将让霍皮人拥有长寿、美好的一生。时至今日，生活在这个村里的150位霍皮人依然不用自来水和电。他们不用自来水，是因为祖先告诉他们，不要开凿大地母亲，运用已经浮出地面的东西，地下的东西不属于他们，是属于之前的世界的；不用电是因为祖先说穿过家园的东西会带来不好的东西。简单的生活才会长久。当霍皮人在田地里种下些什么时，这些农作物就成了他们的孩子，是自身的一部分。长辈们教导他们，首先照看自己的孩子、家人。传统的霍皮人正是这么做的，爱村子里的孩子，也爱田地里的"孩子"，他们深信只有这样才能强盛。

我们到访时，户户家门紧闭，只有两位老人拿着自己的画作和雕刻从屋里走出来，问"是否愿意看看"。他们一点都不强求，没人买就拿着作品回去屋里。

两条瘦狗在村子里彼此撕咬着四处奔跑，见了人就往人身上跳，讨吃的，一点不怕生。"小心你的手指，"詹姆斯提醒我，"它们实在饿坏了。"——这才是不怕生的原因。

詹姆斯站在一处废墟高处讲述古村漫长的历史,后来我从一张老照片上看到,两个世纪前,他脚下的废墟还是片漂亮的建筑群。全是石头砌的古老房屋,不高,这些传统建筑的入口在屋顶,所以家家户户的房子边上都架着直上直下的梯子。女人们梳着两个圆盘形的辫子。在这片空地上,霍皮人举行仪式,聚在一起跳驱魔治病的舞、举办婚礼与丧事、庆祝收获、照料神祇……但是很长一段时间以来,他们没有办法再这么做了,古老的仪式在白人的残暴面前失去了一切可能的用武之地,神秘的力量消失了,霍皮人从这种消亡中感受到死一般的绝望。

我们站在那里眺望,试图看透时间、创伤和未来,我发现不远处有霍皮人推开门——一看到我们就又退了回去,关上大门。后来又有另一位也是同样反应。

"他们不欢迎我们来吗?"我问詹姆斯。

"霍皮人安静腼腆,不喜欢正面相迎。"这是我得到的回答。

离开村子时,村口有个孩子独自拿着木棍戏耍,"在玩什么呀?"我问。"枪。"他头也没抬,毫无生气地回答,令人不寒而栗。

2015 年,美国记者约翰·巴特勒(John Butler)曾到这里采访,霍皮人告诉他的是:"这个村子对外人是无法解释的,祖先告诉我们,要遵循霍皮人的方式生活。"

他费尽心思采访到了村民,但在村里严禁以任何方式记录,一个名叫克林顿(Clinton)的霍皮年轻男人就在村外的土路边用极为缓慢的语速，告诉巴特勒自己曾离家出走，最终又回到家园，再不离开。他的父亲是越南老兵。"我父亲把战争带回了家，那是场我永远都无法理解的白人的战争，他对我们异常严格，我实在受不了就离家出走了，去看看外面世界的生活。我到城里读了大学，但发现那里的速度太快了，逐渐意识到自己在失去语言、生活方式，越来越迷茫，不知自己的归属到底在哪里。我明白，找回自己的唯一方式就是回家。"

"你的意思是说和土地重新联系到一起？"巴特勒问，但克林顿的回应是："并不存在'重新'，联系一直都在。"

值得一提的是，霍皮人的说法和认识或许不能完全按照现代社会的时间观和价值观来理解，早在20世纪30年代，美国语言学家本杰明·李·沃尔夫（Benjamin Lee Whorf）就通过自己的研究提醒人们，霍皮人对时间从过去延续至今这一理念感到困惑不解。他认为这主要是因为霍皮人的语言和时间概念都和我们不同，他们的语言里时态、名词非常有限，动词非常丰富，而且对时间和空间不完全加以区分，因此他们的语言和思维所展现的世界从根本上和我们不同，很难像我们一样理解历史。

不过詹姆斯向我保证，不论是完全拒绝现代发展的奥赖比村民，还是已经想向世界打开自己的霍皮人，也不管他们的世界观、时空感是否有变化，霍皮人都遵从相同的法则，它也被完整记录在霍皮基金会（The Hopi Foundation）的网页上：

　　尊重是首要的，尊重彼此、尊重生命、尊重母亲，只有这样大地才会给予人们好的生活，不然它将把我们吞噬。

用一生的时间通过祈祷获得力量和智慧，参透日常和灵性生活。

绝不打破自然法则。

共同协作、彼此互利、信守承诺，主动帮助他人不求回报。

照料有需要的人、事、物，即便无人知道自己的付出。

把族人的利益放在个人利益之前。

懂得实现梦想光靠祈祷是不够的，还要全情投入付出，直到达成目标。

深谙造物主已经给予一切生命体所需之物，人类完全可以获得快乐、健康、自给自足的一生。

参加集体劳作，为族人付出才是得到至高成就感和满足感的方式。

不得不承认的是，我深爱在大自然和原住民部落中吸取养分，需要他们的广博、静谧、深远的力量，但时间一长就又渴望城市中的人情、声色，毕竟不论现代文明有时让人多么绝望愤怒，它仍旧还是属于我的文化，城市是我所属的部落。

我浸润在大自然和印第安文化中一段时间后，暗自为通向另一片自然圣地的道路因天气情况关闭而感到窃喜。这真是一个应当受到鄙视的心态。但亚利桑那高地的风如刀子一般，我裹了好几层，几天吹下来，腿上还是被吹出了"刀口"。临时起意，我准备去杰拉尔丁如今安家的地方——66号公路旁的小城弗拉格斯塔夫转转，至少能买杯像样的连锁店咖啡。

海拔 2 130 米的弗拉格斯塔夫老城区被老旧的火车站和跟 66 号公路平行的铁轨分割成南北两部分，游客中心也坐落在火车站里，因为著名的 66 号公路而常常游人如织。两位老人闲坐在站台上抽着烟，对零下 15 摄氏度的气温和强烈的紫外线毫不在意。

步入老城区真是走进美好人世间了，我有个陋习，就是每当重新返回城市生活的那一刻会忍不住模仿 BBC 主持人西蒙·沙玛（Simon Schama）在纪录片里的语气感叹 "Civilization!"（文明！）。而且弗拉格斯塔夫没有一般公路城镇的了无生趣、无所事事之感，反倒充满生命力。"这要归功于北亚利桑那大学，"在凤凰城生活、工作的金（Kim）告诉我，也是她提议可以到弗拉格斯塔夫老城喘口气，她还认为这里是 66 号公路上唯一一座颇具嬉皮风格的城市，"大学生给这座小城带来了创意和年轻的力量，因为海拔的关系，这里也是运动员和航天员的训练基地，阿波罗 11 号的航天员全都在这里训练，还有许多去国家公园和公路旅行的游客，城中人有很强的多样性。"

我熟悉弥漫着这种多元氛围的城市，某种程度上来说，上海是这样，柏林也是如此，我还总会想到法国小城蒙彼利埃，尽管从未在那儿生活过，但首次拜访时被城中年轻、多样、充满活力的友好氛围深深打动，多年过去我仍对这份触动记忆犹新。

熟悉感带来安全感。换句话说，就是我回到自己的舒适圈了。探访原住民文化的旅途充满未知，它不断训练着头脑放下预期、固有思维乃至习惯——这是个消耗心力的活儿，尽管由此而来的深刻经验让一切值回票价，但不代表它没有挑战。事实正相反。

在城市生活时，对他者文化的好奇和渴望会慢慢加重，待到出发之时爆发。同样的，在其他文化中时间长了，就不由想念属于自己的，我认为这是一种"归心"。在归心和远走之间寻找平衡是件微妙又让人上瘾的事。

在弗拉格斯塔夫市的老城区闲逛很能舒缓我在保留区里积攒起来不安情绪。遗产广场（Heritage Square）浸润在祥和之中，电子招牌上显示着实时气温，这里还有一处小门通向老城商店（Old Town Shop），有各种当下流行的时髦元素：工业感、裸露的水泥墙面、破旧的木盒子和过时的冰激凌冷藏柜——里边陈列着独立设计师的新款服装，还有一个花两美元就能使用的老式电子秤。你能在这里买到荧光色的帽子、花衬衫，还有文具，包括那种提醒你每年都得写一封信给未来男朋友的小本子。我几乎是满心欢喜地在心中"抱怨"：这可真幼稚。

不远处的欧菲姆剧院（Orpheum Theater）即便是在白天也颇有看头——外立面满墙的街头艺术画作视觉冲击力非常强，剧院的招牌则还是旧时代的。这样的新旧融合其实早就不是什么新鲜事了，甚至可说是时髦又俗套。但毋庸置疑，我喜欢它。简单看看剧目信息，它们应该也都前卫、大胆。

建于 1927 年的蒙特维斯塔酒店（Hotel Monte Vista）是电影《卡萨布兰卡》（Casablanca）的取景地，也是出了名的闹鬼酒店。不少在这儿工作的清洁工自述有和鬼魂相遇的故事，酒店不怕这些来自其他世界的灵魂，甚至鼓励下榻者寻找与之相遇的独特体验。有不少住户曾提到听见服务生敲门说"客房服务"，但开门后却空无一人。美国著名演员约翰·韦恩（John Wayne）在这里下榻时也好几次遇到这个情况。他说鬼魂看上去颇为友好，而且自己并不觉得受到威胁。还有人说那是个穿着有黄铜纽扣的旧式红外套的年轻男孩。另一则关于鬼魂且不太过瘆人的故事发生在酒吧，据说1970年时，酒店隔壁的银行发生抢劫案，一个劫犯被银行保安射伤。但是这个伤员还是和自己的同伙一起到酒店酒吧喝酒，在他喝最后一杯酒时，失血过多而亡。从那以后，酒吧主人和员工都曾听到有人说"早上好"但是不见人影，也有人说见过吧台椅和酒自己移动。类似这样的故事酒店有不少，当然也有令人脊背发凉的，不论是在大厅、酒吧、电梯还是客房，这些鬼魂仿佛时时出没，和人类一样，其中有让人觉得善意的，也有颇具威胁的。

人鬼共处让人联想起世界各地原住民的生活见地，人与非人终归同在。

从印第安世界回到属于我的现实生活，首先踏足的是弗拉格斯塔夫这样的城市多少是一种奢侈。这里感人的生命力让人忘了一开始想要逃离城市的理由——拥挤的交通、气候危机、琐碎的麻烦事、日常的担忧、过去的创伤、未来的迷茫，如此种种在这里统统消融了，而且你还不用像在大自然里那样以牺牲舒适生活为代价。

大自然的魅力在弗拉格斯塔夫城市的背景中若隐若现，或许它也是个屏障，生活和命运中的各种问题没法穿过美国西部广袤的荒野到这座城中找到你。

那个下午，我最终坐进一家看得见铁轨的独立咖啡馆消磨时光。雪后湿漉漉的街道，一些冰凌滴着水，路上行人不多，大学生、远足者、游客，一个牵着被截肢的狗逛街的女人买了一个热腾腾的汉堡，赌徒、醉醺醺但没有恶意的清洁工，一对同性恋人牵着狗在弗拉格斯塔夫年代悠久的铁道前等一列货车开过……

太阳底下，别无他求。我想起记录印第安文化的美国作家肯特·纳尔本（Kent Nerburn）说的：“只有立足自己的文化，才能真正坦然地跨越分歧的鸿沟，揽住对方（各个原住民部族）互相拥抱。”

我重新做好了深入异文化的准备。

根据各个部落的习俗以及所有信得过的证据来看，生活在这儿的印第安部族都是一个个伟大的民族，但他们之间绝非没有怨恨，霍皮人和纳瓦霍人的有些宿仇旧恨至今未消，他们也学会了白人的做法，把彼此告上法庭。皮马人和他们的邻居部族亦有些不那么愉快的过去，毕竟他们的孩子曾被后者偷去卖给白人换钱。不论如何，印第安人的古老智慧教导他们要为七个世代的族人着想，今天，他们要面对主流社会的压力、传统文化和语言的消亡、气候危机等，一再对立绝不是可持续的做法。于是不约而同地，他们不消多言就达成了一种共识——不同的部落得化解过去的仇视，相拥而立。纳瓦霍人多诺万（Donovan）带我见证了这个事实。

多诺万尽管是个纳瓦霍人，但他谁都认识。他带我参加了在凤凰城举行的亚利桑那印第安庆典（Arizona Indian Festival）。与其说他是策划人，不如说他是联络人，呼朋唤友找来各个部族。"这场庆典的意义在于，只要可能，我们就选择让部落中的年轻一代展现自己，让他们跳起传统舞蹈，展示传统工艺，等等。"

庆典现场是一个大草坪，不华丽，四处可见穿着传统服装的原住民孩子，他们四处奔走戏耍，也不见家长跟在身后。事实上，他们的家人很可能正忙着自己的事务。庆典上还有个市集，不同部族的原住民手工艺人都带着自己最出色的作品前来出摊。在北美西南部，由印第安手工艺人负责制作护身符等神器，而不是萨满、巫师等，他们会在木料上雕刻出蛇、蟾蜍和鸟的形状，除了木雕，还有以贝壳（工匠在上面做酸蚀刻）、陶、蜡、石等为材料的雕刻。市集上的手艺人大多年纪不大，有些人安安静静地坐在自己的摊位后继续编织或者打磨未完成的手作，有些人和像我这样的来访者交谈着。那些古老的手艺在这里看起来全然没有要消失的样子。雕刻神明卡奇纳塑像的霍皮人不是在保留地里遇到的那种冷漠阴郁模样，他们大大方方地交谈着，认为神明的力量和价值根本不是一个价格可以标明的——言外之意是，你们外来者别老是觉得这些雕刻太贵。

"有许多事我们不会和外来者分享，因此他们轻易认为部落就要消失了，传统要抢救。我们确实有自己的难处，但年轻人重拾传统、学习语言，转变来得不早，却也为时未晚。"多诺万显得很骄傲。

部落间的隔阂在这里消失了，"其实我们早就联手了，过去彼此间的争斗在现在面临的许多困境面前都不值一提。"多诺万不再谈论今天的困境，他乐于看到希望，而且在庆典现场，这确实是主旋律。除了市集，还有好几位不同部族的原住民老人坐在草地上织布，传统纹样在他们手里逐渐成形。另有带来代表自己部族美食的原住民，他们热情地为我掰开一种不知名的浆果，里面满是诱人的汁水。

多诺万不知从哪儿为我拿来一个霍皮薄饼，我们在草地上坐下来等待一场新的仪式开始。在庆典现场，时不时地，各个部族会毫无预兆地开始自己的仪式，有时他们唱起歌谣，挽起其他族人的手臂跳舞，有时兀自上演一场惊人的呼啦圈舞。我一直没逮到一场完整的，最终我发现，想要从头开始参与只能耐心等待，到底是哪个部族、何时发起，全凭他们的感觉而定。多诺万在此时谈起自己的过去，他大学毕业后因为工作的关系到世界各地出差、旅行，"离开自己的土地家园前，我根本不知道焦虑是什么"，后来他决定回到美国西部，不仅重新学习纳瓦霍的传统，还向其他部族的长老学习，尤其是广泛流传于印第安各个部族中的"七世代哲学"（seven generations philosophy），它是北美原住民普遍共有的处事方式和原则，也是地球上最古老的法则之一。它的一般意思是：一代人所做的每一个决定、举动，都将影响之后七代人，他们因此必须为这些后代负起责任。

不过多诺万也发现，不同部落对七世代哲学的理解略有不同，他向我解释了纳瓦霍人的见解和执行方式："原住民发展经济或者做文化项目时都会考虑这么做对后几代人将产生怎样的影响。纳瓦霍人对七世代哲学有两种理解，也就形成了两种处事方式。一种，我们会为之后七代人做计划，今天的计划能利于七代人，就是好计划，因而我们从来不会做过度开发这样的事；另一种，我们会从前三代人的错误中吸取教训，纠正他们的误判，为之后三代人规划未来。"

他继续说："做各项决定前我们不会找人算命，试图事先知道对错，这是纳瓦霍人的禁忌。我们应对未来的传统方式就是在所有计划中留有犯错的余地，随时调整。我们这一代人在做的是试图把传统世界和现代世界交织起来，成为拥有两个世界的人，而不是被挤在两者间的迷失者。"

多诺万一度还成立了自己的旅行公司，带游客看看原住民眼中的广袤西部及其意义，对他来说，"走向世界的方式是把世界带到这里"。也总有一开始不怎么接受游客的原住民长者，"他们有时不理解这些外来者，以为他们想要成为纳瓦霍人，我解释并非如此，他们只是在寻找什么，"多诺万转而谈起自己游走在传统世界和现代社会之间得来的见解，"有许多现代人在自己的信仰体系中找不到有关心灵的直接答案，可能这是因为他们的宗教总有许多种解读吧，所以想到原住民这里找到答案，找到和万物的联系。我们的信仰很直接，不需要所谓的解释。我无法代表其他部族的人说话，但我认为纳瓦霍人的信仰系统更像佛教，我们和飞鸟一起祈祷，为众生祈祷。我们有个说法叫'纳瓦霍时间'。这并不是说印第安人总是迟到，而是指时机成熟，该发生的才会发生。"他在凤凰城惬意的清风里说得坦率笃定。

这时，仪式突然开始了，我们起身，加入舞者，两步向前，一步向后，跟上节奏。我没有问多诺万这个仪式到底属于哪个部族，又有哪些深刻的含义，只是跟着他和其他人一起跳。我们大笑着，速度越来越快，直到累瘫在草地上。喜乐，就是这个仪式的意义。

.

世界大停摆

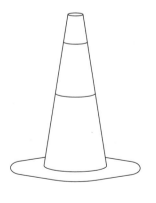

线 上 旅 途

释 梦 、冥 想 与 遥 不 可 及 的 念 头

世界大停摆期间做过很多光怪陆离的梦，曾梦见自己在荒芜的世界尽头，一间朴素乃至简陋的木屋里听见大地的心跳，像是某种深沉的鼓点或者规律地脚踏土地所发出的声响。梦里竟还能清晰地意识到自己给予大地全部信任，这是它的回应。

和特犹纳祭司相聚线上

旅行在脑海里一遍遍发生

梦里见到的迷雾森林正是从拉普兰幻化而来

一直以来，我都认为拜访他者的旅途应该带点刺激，要有对陌生目的地和不同文化的好奇，带点不安，还得有旅途本身的压力，甚至要有由归心、文化差异等引发的疲倦。这么说来，新冠肺炎疫情期间的几趟虚拟旅行也符合这个定义。

　　在全球疫情极严峻时我和来自世界各地的旅行者去了哥伦比亚圣玛尔塔雪山，并在当地原住民的带领下，在自己家的客厅里"蹦了一场野迪"。

　　关于这些山中原住民的事迹有很多，他们依旧保存着神秘的传统仪式和能量。美国博亚基金会（The Boa Foundation）组织了这场与众不同的"旅行"——通过线上视频的方式，带领来自世界各地的好奇者深入圣玛尔塔雪山，在为期两天、每天四小时的直播中，请祭司们（男祭司称为 Mamo，女祭司称为 Zaga）谈谈有关梦境的智慧。

　　如今圣玛尔塔雪山中生活着阿尔瓦科人（Arhuaco）、坎库阿莫人

（Kankuamo）、高基人（Kogi）和维瓦人（Wiwa）四个部族——统称为特犹纳人（Teyuna），他们的传统习俗略有差异，其中三个仍保有灵性传统，坎库阿莫人已经完全被哥伦比亚同化，族中也没有祭司了。

活动开始前，基金会发来的注意事项邮件中，告知需要做的准备工作只有两件："第一，不怀期待地准备四颗珠子——透明的红色和绿色珠子以及不透明的白色和黑色珠子，也可以用这些颜色的小布块代替，把它们放在皮夹里。第二，准备用铅笔记录梦境。"

太平洋时间早上9点（北京时间凌晨1点），视频连线准时开启，圣玛尔塔雪山里的鼓点、笛音出现，沙铃的声响随之传来，祭司们在向自然众神、大地之母传递信息，告知即将开始关于梦的交谈，希望获得认可和帮助。

罗德里戈祭司（Mamo Rodrigo）是维瓦人，是第一位学会西班牙语、能运用网络的祭司，用特犹纳人的话来说，他是一座桥梁，连接外来者和原住民，是共享智慧的人。

"何塞·马里亚·卡考库阿（Jose Maria Kakaokua）是一位传奇祭司，尽管已经过世，但他此刻和我们同在。"罗德里戈祭司告诉我们。

另外八位祭司都是从大山深处跋涉而来，现在坐在凉棚下。男性手持popora——它由两部分组成，一个容器和一根可以插入其中的棍子，里面装着的是由贝壳磨成粉制成的石灰，他们咀嚼古柯叶时会蘸取一点一起食用。女祭司编织的篮子则代表承载我们这两天能量的器物，这些人的神情平静而肃穆。

罗德里戈祭司一一报出他们的名字。然后，他们缓缓地谈起了梦的起源。

"Abutana 是梦神，掌管着梦境。时间之初，梦神并不存在，人类不睡觉也不做梦。等梦神出现时，人类并不能理解为什么要睡觉、为何要做梦，他们向另一位神明请教，回答是：梦神是来给人类传递信息的，关于未来可能发生的事或者关于人类自身。

"人类对这个答案并不满意，依然不希望梦神存在，于是就想：如果一直不听从梦神的指点，久而久之祂就会受不了而离开了。他们的计划是花七天时间，闭上眼装死，逼走梦神。

"然而梦神识破了这些，用强大的能量让所有人都沉沉睡去。就这样，人类睡了整整七天。特犹纳人的祖先气息很长、很缓慢，所谓的七天，就是七次呼吸。

"人类苏醒后，梦神告诉他们：'人类需要梦神，需要睡觉做梦来收取信息。梦神是人类的盟友，当你们睡觉时我就会来到梦中，给予信息、指引解梦、给出建议。这样，第二天你们就知道该怎么做了。'梦神给予的信息通常都和自然相关，指引跟建议则是应该给哪个自然元素——像是石、水、树等——做怎样的献祭、仪式。"

祭司们称这样的自然献祭为 Pagamento，在西班牙语中是"支付"的意思，也就有"偿还地球之母"的意味。这些献祭仪式能让他们跟自然重新保持平衡，治愈妨害内心充盈的身心疾病或打通阻碍通往幸福的障碍。

自时间之初，献祭仪式对特犹纳人来说就非常重要，他们仰赖仪式跟自然、神明连接，也是通过这样的方式告诉自然神明：人类感恩祂们的赐予。

"七天后，人类接受了梦神。有祭司做了梦，梦醒后就会聚集到竹制的圣殿，跟所有祭司分享这个梦和它的意义，然后做出相应的计划。"罗德里戈祭司继续解释，"对人类来说，圣殿是一栋建筑，但对梦神来说，石头就是圣殿。梦神看到的世界跟我们不同，眼睛如显微镜一般能把细小的事物放大，因而一块石头就是巨大的圣殿。所以石头在献祭仪式中扮演重要角色。以后你们会知道的。"

特犹纳人的生活仰赖仪式，他们的仪式则依赖音乐和舞蹈。许多关于山中部族的资料都谈到人类学家、探险家在他们的带领下体验深刻的冥想，也有很多讲述特犹纳人禁欲以及祭司们长达九个月在黑暗洞穴中修行的故事，但很少有资料提到他们的舞步。

此时，祭司们邀请所有参与者手持准备好的四颗珠子，并观想着把金子注入其中，他们会通过音乐把金子献给梦神。祭司们让大家起身跟着他们的演奏一起跳舞，参加这个感恩仪式——向梦神表示谢意，感谢祂参与到人类的生活中，允许并帮助我们今天谈论、学习有关祂的智慧。

站在屏幕前，面对所有参与者的一个个视频小窗口，在家里跟着特犹纳人的音乐一起跳舞可不是一件简单的事，更何况他们毫无旋律的音乐并不适合半夜蹦野迪。然而大家还是都站了起来，跟着鼓点模仿着女祭司们的舞步踏地、转圈。

等到音乐结束，尽管时间不长，但我觉得腿脚已酸，这到底是不是所谓的能量所致，我想很难得到准确答案。"我们的献祭梦神收到了，感觉非常好。"罗德里戈祭司说。

"我们必须先说一说梦的起源，才能继续讲梦的含义。这是必须遵守的顺序。讲述任何智慧，都必须遵循仪轨。"他说，"做梦的时间不同，它的意义也有不同。梦是预示也可能是警示。梦神既可以是女性也可能是男性。男人的梦跟女性面向的梦神相连，女人的梦则跟男性梦神相连。在我们的一生中，总会做到的梦包括在空中飞翔、水边行走或者前往瀑布，也会梦见如厕。这些都不是积极的梦。如厕之梦可能意味着周围的人在你背后说闲话，也可能代表即将有冲突——自己单独和别人产生冲突，或者你所在的群体将和别人发生冲突，又或者和自然产生冲突，你可能在现实中并没有意识到。梦见喝甜饮料也有相似的含义。梦见散步同样预示冲突。"

其他祭司纷纷列举着梦的含义，其中一位说道："如果你梦见自己为开垦土地而推倒一座山丘，这意味着亏欠自然，必须献祭，以免坏事降临到自己或家人身上。曾有人无视这样的梦，后来一棵树倒在了他身上。这种事故并不是随机事件。"事实上，对特犹纳人来说，没有什么是偶然、随机的，一切事故都来自和自然、神明关系的失衡。

"梦见自己在水中或者其他和水有关的梦，对夫妻来说意味着离婚或分居。梦见洗澡意味着和平分手。梦见有毒的动物，像是蝎子、蛇等咬了你，也有相似的含义，但是分得很难看、很艰难。梦见蛇没有积极意义，单身者梦见蛇也意味着有人说闲话。"另一位祭司缓慢、笃定地讲道。

我们所谓的噩梦似乎一点都不会影响他们的情绪："如果梦见跨过

大桥，你必须对这个梦提高警惕，这是个很重要的梦，它代表你有生命危险。如果只是看到桥而没有跨过，则代表做梦者有惊无险。"有一种冷静、平静隐没在这些词句后，让人觉得一切颇具深意。

"梦是要敦促我们向自然献祭，让我们得以有时间、机会通过献祭避免坏事发生。不要害怕梦境，就算是坏梦同样如此，梦神给予信息并不是要让你害怕。"罗德里戈祭司翻译着祭司们的警示。

随后，他们谈论起献祭的方式："早餐前观想这场梦，然后观想金子或者金制的物件，把这些用意念注入两块布，从头顶往下，像擦除身体上的灰尘一样洁身，重复九次。接着呼唤传奇祭司何塞·马里亚·卡考库阿，他是人类和性灵世界的大使，请他帮助把这些能量献给自然之神。最后，把布埋到石头或者古树下，逆时针转一圈后离开，继续平常生活。"

"这就是消除负面梦的方式。"

当天，祭司们建议我们把珠子重新放回皮夹，或者放在枕下。

第二天，圣玛尔塔雪山刮着猛烈的风，我们的英语翻译担心大风吹断山里的信号。"按我所了解的圣玛尔塔雪山，要是断网，一整天都不会恢复。"她不无担忧地说。

特犹纳人没有这样的焦虑，他们以一支风之舞开始，还唱着关于蛇的歌。这是要补偿大自然，平衡各种自然元素。他们久久地跳着舞、转着圈。与此同时，要我们一同观想金制的蛇和鱼，以它们作为献祭。

这天又有两位祭司加入，因为他们的时间观念和我们不同，前一天从山中走来时已是当地时间的晚上，直播结束了。

罗德里戈祭司向我们解释情况后，便开始翻译祭司们讲述的自己负面梦境的经历。然而，我们听到的是猛烈的风声，经过电脑音箱，很快变成恼人的噪声，挑战着耐心。或许这些经历注定无法让人听到，我从一个个视频小窗口里看到同伴和英语翻译跟我一样面露困惑又试图聚精会神地辨别出些什么来。最终，我们在狂风的间隙听到一句警示："当一个人做了负面的梦，自己是会有感觉的，像是起床时感觉很糟。这种梦的意义是提醒做梦者，如果你当天计划要做某事，那最好不要做。"

风声是科技无法克服之事，祭司们决定移步圣殿里继续。他们关上摄像头，让我们在短暂的黑暗中等待。

"特犹纳祭司分正梦者和反梦者，"重新打开摄像头后，罗德里戈祭司翻译其他祭司的话，仿佛从没被打断，"在一个人出生时，梦神就已经决定了你是一个正梦者还是反梦者。但想要知道自己是哪一类，得做一些修习。在成为祭司的漫长训练中，必须关注自己的梦，并在生活中不断验证——如果你计划做某事，梦里梦见如此，第二天去做时却遭到挫败，那就很可能说明你是一个反梦者，反之则是正梦者。"罗德里戈祭司明确了时间和做法："花上九个月不断试验、验证，就能知道了。"说得如此轻而易举。

他自己是一个反梦者："有一次梦见好朋友费尔南多（Fernando）来拜访，这就意味着费尔南多不会来了。也梦见有人来给我很多钱。如果一个反梦者正在治疗他人，梦见患者被治愈的话，就意味着患者无法被治愈。"

罗德里戈祭司喜欢用旅行做例子。"有一回我计划第二天去另一个村子,但当天晚上做了一个和计划相符的梦。"他说,"那意味着我明天不可以去那个村子,否则可能发生意外或者其他不幸的事——必须听从梦神带来的信息。如果你是一个正梦者,计划去一个地方,也梦到了这个计划,那么即便第二天因为种种原因——可能是天气不好或没有足够的经费,也不可以不去,必须想办法把它实现。如果无视梦中的信息,就会有恶果。梦神一般给出的信息是即时的,也就是代表第二天的事,如果你计划下周一去旅行,周日做了这个梦,但周一却没有出发,就算是等到周三出发,这趟旅途也不会有好结果。"

但也有可能给予更远的未来的预示:祭司们本来 2020 年夏天要去美国参加活动。一位高基祭司在 2019 年 12 月梦见了这个计划,而他是个反梦者,一做了这个梦,他们就知道不能成行。果然,后来新冠肺炎取消了一切。

谈话停了下来,罗德里戈祭司解释说,因为换了场地,他们必须在这个圣殿里重新举行祈请仪式才能继续。这个竹制圣殿是他们很久以前建的,曾在这里埋下 Tumas——一种前哥伦布时期的水晶,是他们的祖先留给后人献祭时使用的。这个圣殿正是通过水晶的能量献给青蛙和树神的。他们得再次击鼓、演奏音乐,获得神明的认同和帮助。

这样的仪式没有固定时长,他们只有得到神明明确的信息——自然元素感受到了,觉得愉悦了,才能停下。这种信息是一种直接的身体感觉,祭司们手臂或者腿上会有奇特的感受(不由想起前一天"蹦野迪"没几分钟就腿酸),有时可能在短时间里就感受到了,有时则需要更长时间。这一天，我们看着他们不断击鼓、旋转、踏地，将近10分钟的时间。

"如果我们走进一间屋子，觉得背脊发凉，那是神明 Kwina 发出的信息，告诉我们这里曾发生过什么，能量不好。"罗德里戈祭司在仪式中不忘解释。

特犹纳人认为昆虫没有梦，也不睡觉，哺乳动物则有梦的能力，但人类和其他哺乳动物最大的不同在于只有人类能解梦。普通人找祭司解梦，有时祭司需要向大地之母献祭特殊的东西才能解梦，有时献祭的可能是念头本身，充满智慧的言语同样可以是祭品。

"可以向梦神提问，请袘在梦中为我们解答疑惑。"罗德里戈祭司说，但他很快被其他祭司制止往更深处说了，因为"在梦中得到的信息错综复杂，如果对梦的智慧没有完整的理解，就无法准确地自行解梦"。

祭司们还是给出了一个简单可行的做法："如果面对的是一件非黑即白的事，可以用是或否来作答，像是'你和我们一起去旅行吗?'，如果你并不确定答案，想要求助梦神，就可以先这样回答对方:'我今天不知道，但明天可以告诉你答案。'这句话如同召唤梦神，袘会在当天夜里告诉你。第二天不需要复杂的解梦，只要确定一个感觉，昨晚的梦是好还是不好，如果感觉不好，那就应该给别人一个否定的答案。"

谈论灵性话题会积攒能量，话题进行到一半，特犹纳人就觉得承载的能量已经太重，不得不再次举行仪式，把每个参与者投入于此的能量都献给大地之母。如果他们现在不打断谈话做仪式的话，之后就要击鼓、跳舞长达一小时才能完全消化这些能量，把它们献给地球母亲、树之神、动物王国的神灵和梦神。

"这是一场积极的献祭仪式，地球母亲知道我们拥有纯净的内心，但是我们要通过仪式释放这些能量，祂才能收到。"罗德里戈祭司告诉我们。然后，一位女祭司开始击鼓，有节奏的鼓点持续反复数分钟后她缓缓转起圈来，手上仍旧敲个不停。接着另一位女祭司加入转圈，并示意一位男祭司准备沙铃。随后他加入其中。三人组成的圈子很小，他们不紧不慢地转着、转着，沙铃声应和着鼓声。最终，笛声响了起来，旋律以及它和打击乐器的关系都十分扑朔迷离，令人费解，但三人随之打破了转圈模式，舞步自由了起来。几分钟后，沙铃声、鼓声、舞步止歇，笛声兀自继续一小节后，仪式结束了。

"梦神一直都守护着地球和所有生灵。地球跟我们一样也是一个生命体。"罗德里戈祭司总能在仪式结束后无缝衔接，"做了不同的梦，就要做不同的献祭给地球和自然王国，梦神是通过促使我们献祭来保护地球的。当西班牙人来到这里时，解梦者是一群特定的人，他们有关于梦的全部智慧，当时在山中解梦有很大风险。西班牙人带来了天主教，解梦的人受到迫害。许多有智慧的人、长者很害怕帮人解梦，慢慢地会解梦的人就越来越少了。当时的祭司们曾质问传教士，你们为什么对梦神这么反感呢？你们肯定也会做梦啊。梦神在晚上拜访所有人，并不只是我们。"

他们没有得到答案。

我们的谈话积累了越来越多的能量，祭司们时不时地演奏音乐、舞蹈起来，把这些能量传送给大地之母。这些仪式音乐也有让我们免于各种灾祸的好处。仪式举行得越发频繁，我猜想，或许是因为当我们谈论智慧时，特犹纳祭司得先用土语讲一遍，罗德里戈祭司再翻译成西语，最终我们的英语翻译用英语讲给我们听，能量就在翻译的过程中增强了两倍，我们为翻译过程付出的耐心也是额外的能量。

最后，祭司们再次喊大家一同站起来舞蹈。这一次，一位祭司吹起一支独特的笛子，kuisi，向神明表达谢意和敬意，感谢祂们跟我们分享神圣的智慧。能够做到和大家分享，这就是值得感恩的——毕竟，连大风都没有吹断网络。

这次的音乐和舞蹈相当漫长，也让人在这个过程中意识到，应该是和祭司们说再见的时候了。他们没有说要我们观想些什么，但我想每个人的念头里都有自己的盼望。我的观想更多的是：有一天我们可以真正踏上特犹纳人的土地，会一会这些神奇的祭司，在他们的要求下赤着脚跟着鼓点和笛声一起旋转、跳舞直到筋疲力尽。我们感恩大地母亲的赠予，用那一刻的神圣念想作为献祭。我们收获并带回能量，在现实生活中为一个充满爱、平等、喜悦的美好世界做出一点微小、坦率、绝不动摇的贡献。

我观想自己是一个正梦者，梦见这趟旅途。祭司们或许会同意：观想过的也是实现过的。梦是另一种现实。

一切都充满了内在的肯定。

音乐和舞步最终止歇，特犹纳祭司们表示不能再说更多了，至于那四颗珠子，把它们埋在石头或者树下就好。它们是承载这次解梦之旅能量的器物。

我还参加过一场由美国亚基长老——月行者岚妮（La'ne Saan Moonwalker）带领的新月冥想之旅。她是一位预言者、灵性导师、自然守护者，仍旧记得自己还是孩子时独自坐在科罗拉多州落基山脉的荒野中守夜的情形。这是亚基人的传统仪式，她必须独自一人在漫漫长夜里等待性灵告诉她是否可以成为一位能和祂们沟通的人。答案是肯定的。7月的新月那天，她在新墨西哥州家外的一处圣地，以线上会议的方式和我们讲了讲关于"月亮祖母"的智慧，还对如何在新月时冥想给出指引：

> 我本来以为今天的天空会是标准的、新墨西哥式的清澈蔚蓝——通常，将近日落时分的天色总是如此。今天云层笼罩，但这也代表着季风终于来了，今年的季风来得很晚，它将为我们带来雨水，我们都心存感激。
>
> 我们的身体系统和其他所有的生命都依赖着月亮祖母，还有她和太阳父亲、地球母亲的华尔兹——这或许是一个太欧化的词，我们原住民认为他们的关系就像是舞蹈，三者拥抱着彼此，时而靠近、时而疏离，有自己的节奏，缺一不可。人类和其他一切生命都是他们的孩子，相形之下，我们无比渺小。
>
> 新月时，我们亚基人会冥想，因为新月能帮助我们呼吸。我建

议你现在也这么做，跟随着我的声音和讲述。

岚妮放慢了语速继续轻柔地说下去。

在新月冥想时，放缓呼吸、思想、情感。专注于呼吸，感受它，听到呼吸声，感受你的肺，意识到肺也依赖水（血）。就这样，你和你周围的空气也产生了互动。

亚基人认为血就是身体里的水，两者都是神圣的，是人和自然相连的关键之一。我忠实地记录下岚妮所说的，虽然并不觉得仅靠她的线上指引就能真正进入冥想状态。她继续缓慢地说着：

新月的第一缕银色月光和我们出生时第一次呼吸紧密相连。在每一个新月，我们都有机会找回那一次呼吸。不论生产过程是顺利还是艰难，月亮祖母都是那个助产士。她温柔、充满爱地温柔抚摸着新生儿，为婴儿——也就是当时的你——设定心跳、呼吸。

每个新月，我们都有机会打开自己，接受同样的银色月光，让她拥抱着你，为你展现你的模样——你真正的模样。她展现的是你曾经的纯真，是你出生时第一次呼吸时的模样，也是你第一次看到光、蝴蝶、花朵盛开时的那种纯粹。正是这时，月亮祖母为你找回了最初的稚气。

没错，在经历了一次又一次月盈月亏之后，第一次呼吸时的纯粹感被遗忘了，人都有弱点和不安全感，但月亮祖母在带你回到首次呼吸时，也用银色光芒挪开了或者说照亮了长久以来因为许多个人经验而产生的内在阴影——悲伤、恐惧、愤怒。她用温柔低语将它们去除。

……

随后，岚妮说起如诗一样的冥想引导词，一瞬间击中了我。

让月亮祖母带着你心跳的节奏、水（血）回到温柔的舞蹈中。

让月亮祖母带你走进那弯新月。

银色的新月，

正朝你驶来的方舟，

将航行到天迹。

月亮祖母对待你如新生的婴儿，

让她向你展现，你、

你的核心本我——

从星星那儿来。

让月亮祖母为你传送宇宙的回声，

那是关于你灵魂的新信息，

它充满爱，和星星、宇宙在一起。

吸入这一口新的光辉，

这是可以撼动一切的能量给你的新生。

不能说我进入了冥想状态，实际上我还思绪乱飞。不由想起自己被北极圈里的萨米萨满阿尔米击鼓催眠的经历。这些经验各不相同，却有微妙共性，让人对神秘力量的本质有了惊鸿一瞥。

我真真是耗尽了全部心力依靠线上活动和头脑中的想象前往遥远的土地，由此引发的回忆和期待带来安慰，但回味里总归掺杂着一种无望和无力。

整理书柜时找到一本不知多少年前买了没用的 Moleskine 本子，它早不像查特文那个年代的笔记本那么耐磨可靠了，一翻开，皮面就散了架。本着不浪费的原则，扯了些腰封包上继续，很快，那里就写满了无法企及、难以实现，又能让自己的每个细胞都感到激动的事——全都是脑袋里幻想的旅行，但我那么详尽地描述，仿佛每个细节都决定了至关重要的成败。旅行在脑海里一遍遍发生，然后落入纸上。

有时我会写错年份，比如把"2021 年 1 月 26 日"写成"2022 年 1 月 26 日"，把"2020 年"写成"2021 年"……但几几年几月几日无关紧要。总之，那天我记了一个梦，开车深入格陵兰。或许对现代人来说，走向远方的真谛并不是跨过某条地处遥远的边境线，而是跨过一条看不见摸不着的信号线——越过它，手机信号就消失了，连同它一起被抛在身后的是熟悉的世界。

梦里经历的正是这样一刻。目力所及是茂密的森林，也是奔赴之地。我在日记里写到，看到的风景是芬兰拉普兰和冰岛的混合体，看起来很温柔，尽管地处遥远但没有可怕之气。我一直认为大自然呈现的样貌和感觉并不仅仅因为地貌不同而不同，也因为当地本身的能量，一些地方温和，另一些严酷。

真想知道圣玛尔塔雪山里的祭司们对这个梦会有何解。不管怎么说，真正的 2021 年 1 月 26 日，我并不可能实现这个梦。事实上我可能永远无法实现，毕竟在现实中的格陵兰，主要交通工具绝不是汽车。而它也不可能温和，那里会有面具舞者凑近喷到脸上的气息、捕鲸人带来的崩溃、冰下牡蛎采集者在潮涌淹没冰洞前一刻逃出生天的刺激，或许还有对驯鹿毛的过敏症。

我写着梦想中的远征，还写了想摆的家宴菜单、烹饪细节。

用贵州壮族村子里老婆婆做的五色花米饭做甜点。说是米饭，准确而言是糯米，用不同的植物渲染粉、黄、黑、紫四种颜色，再和白糯米混在一起，真正是五彩缤纷。不过一开始，我其实想象不出它和一般糯米饭除了色彩差异之外还会有什么不同，只能猜到它是喜庆的象征。吃时才发现五色花米饭的植物香气层次更多，彼此也不冲突。

壮族人的做法是蒸熟花米饭后加入适量蜂蜜或蘸白糖吃。村民们发明的另一种吃法是油炸。油烧热后把干米粒倒进锅里翻炒，爆出来的花米饭和炒米一样香脆。

我的做法则是在蒸花米饭时就加入少许糖，吃的时候不再蘸糖。这样做出来的花米饭口感软糯，带有一丝丝香甜，仿佛是糯米自带的，似有若无、若即若离、甜得克制，一切需要细品。

我正是边细嚼慢咽小口品着丝丝甜香，边琢磨着可以用它作为下一次家宴招待四面八方的友人时的甜点，我甚至在日记里写下"越是不可能越是要敢想啊"这样的句子。我也写到自己认为这要比用普通沪上甜点来得更有勇气，也更有异域感、更加广阔。我可能需要把糯米饭捏成一个个小团，这样大家就可以徒手拿来吃，是最合适的亲切愉快吃法。当然还要配上一碟砂糖，更爱甜口的朋友就能肆意一把。在我的想象里，自己会向他们解释，就像常年生活在村寨里的朋友向我解释的那样："糯米为什么要染色呀，就像衣服为什么要绣花，染了好看呀。祭祀时壮族人一定会带染色的饭给祖先。以前的生活很简朴，普通人拿不出特别的东西，但为了体现对先人的尊重，也为了体现过节的气氛以及和平常的不同，就肯定会在一般的食物上弄一些花样，这样才能从日常中跳脱出来，富有仪式感。"

我也仔细写下她告诉我的烹饪要诀：蒸之前先将干米粒倒入冷水中浸泡 20 分钟左右，这是找回花米饭原初味道的关键一步，如果用热水就会让米粒断裂，浸泡时间过长则会使米粒失去韧性，减少风味。泡好的米稍微控水即可上蒸格，蒸至软透。

我几乎不断地写啊写啊，好像写完就是真正发生过一样。不过，这世上似乎真有一种说法，当你细细构思一件事，只要足够努力地想，再加上等待的耐心和一些幸运——我认为最后一样才是决定性的——终有一天，它就会如脑海里发生过的一样真正发生。我在不同的地方读到过这样一句，大意是：所渴望的奇迹总能再度出现。我把这句话也记在了日记里。

云南大理石龙村

猎神守护着的山中人

董宝坤大清早带我去石钟寺石窟，那是我们第一次见面，他应该是从村民那里知道我喜欢听对歌，就在路上悄悄打了一个电话，询问那里一位喜欢弹三弦琴的朋友是否能拜访。我没有拜托他这么做，他事先也没有告诉我，只是默默地为我着想。我离开时他专程来送行。由于语言的原因，我们谈的话不多，但他笑盈盈的沉默总是很暖心。石龙村给我的记忆也正如此。

清晨的水库，缓缓划舟的渔人

午后晒着太阳的白族老人

左图
传习所门口铁制的三弦琴外架，琴弦已被孩子们玩丢了；平常使用的三弦琴是木制的

下图
石龙村本主庙的古戏台，春节时，村里的白戏会在这里上演

2022 年到来时，世界仍旧是停滞的，城市和乡野仿佛都是如此，总有地方在封锁，距离时近时远，焦虑的深浅程度和当地与自己的身心关联成正比。

时间被压缩了，或者说被粘在了一起，让人分不清 2020 与 2021，但又不知怎么的，大家都过了下去，只是记忆和内心都因此生出一种空白。一开始，我很想拒绝喜林苑[1]提出的石龙村驻地计划的邀约，抛开这些众所周知的理由、担心和恐慌，这个位于大理州剑川县沙溪镇的白族村子里真能有我想寻找的传统、古老的艺术和隐秘的力量吗？我那没有根据的猜想里有明摆着的怀疑。但是运气使然吧，我答应了这个邀约，又可能是因为我总在犹豫时记起英国探险家西蒙·里夫在

---

[1] 喜林苑，由林登夫妇——美国人林登（Brian Linden）和华裔妻子关宝玉（Jeanee Linden）——2008 年创立于大理喜洲，集社区营造、教育研学、在地旅行、精品酒店于一体。

各种场合都提及的建议，大意是，在觉得抑郁无望时，答应别人给你的提议，一再地答应。

石龙村是通车的，距离大理 3 小时车程，这里白族人占 92%，还有 8% 的人口由傈僳族和彝族构成。那里高速公路在建，网络通畅，山间靠脚走出来的道路四通八达，且仍在使用。我上山前村民们随手指了几条路给我，"往上走就能到宝相寺，再往上就是金顶寺了"，"沿着这条路一直走就是沙溪古镇"，问他们需时多久，都答"三四小时"。

我到石龙村后的黄昏就到石宝山闲逛，这里的土色泛红，正好呼应天际，云朝西聚合，又逐渐变色，天慢慢暗了下来，陷入阴影中的、山间遍布的松树林随之变为墨绿。我趁着最后一点光线拼命走，想起林茨在《百褶裙》里描述彝人末代土司王国最后的盛景：

> 日光透过云空，照射着红色的山峦以及山峦上的城堡。……画面的色度是饱和而单纯的，山脉是裸露的红土与蓝绿色林地锦缎般的交融，城堡的材料是土、石和漆过的木料，它们的色泽和质感均与大地环境的壮美保持着和谐。[1]

附近也有黑彝村子，脚程更远，"全是新房子了"，每每问及都得到这样的答案。不过在日暮山间游走，念头没有边界。

我沿着山间小道往上走，石龙村越缩越小，逐渐留在阴影里。之

---

[1] 《百褶裙》，林茨著，河北教育出版社，第 108 页。

前在村里闲逛时有些出乎意料地发现那里还有不少古朴的房子，在兴建的有一般新农村里更常见的砖混结构房子，但也有传统的夯土房。我在村里就见过正在兴建夯土新房的，透着粉色的土块石块堆在老屋前，总让人觉得带着点粗犷的浪漫，更古旧些的木楞房则和它们比邻而立。

我继续专注于脚下的土地和山林，1月的山间，小野栗木的叶子张牙舞爪，却是种温柔的灰绿色，讨人喜欢。当地人称"水晶草"的草药，长得和水晶其实毫无关系，更像小雏菊和多肉植物的混合体，灰绿色的芯，细窄精巧的叶瓣逐渐向外变色，最外边的呈木色，和松针一样，据村里人说用水晶草煮水喝可以治手脚疼。我希望在最后的日光消失前找到点能带走的山林"野趣"——一些松果、木、石——作为手信。我已经问过村民，石宝山是好地方，这儿的自然之物可以拾取、带走，没有禁忌。

这个宁静祥和之地盛产白芸豆、火腿和土蜂蜜，当时我尚不知自己将被这些俘虏，第一反应是：白芸豆（提取物）能"阻断"碳水吸收，这种酵素卖得可不便宜。除了白芸豆，还出产地参、玉米、土豆，不少农地就在山上，因而在山间小道上会遇到农人。墓地也在山中，会碰到祭祀做仪式的人。"我们这边的人去世，"白族姑娘张益梅后来告诉我，"三年后亲属还会来山上脱孝，就是来山上吃饭，然后把头上戴的白布烧了。吃没什么讲究，就是家常菜。"我和喜林苑创始人布莱恩徒步去金顶寺的路上，就在路边看到些饭后痕迹，还遇上一队头裹白布的阿姐，说刚去了坟里"供鬼"，也就是入葬后连续三个早上去给已故的人送饭。

喜林苑沙溪店就在石龙村，布莱恩当时常驻于此，还在整修村中的传习所，把它打造成一个教育综合体。山间徒步可以说是他在这儿生活的一部分，这条通向金顶寺的古老山道，他熟稔于心，道路有时清晰可辨，有时完全隐没在山林中，走起来不难，越往山上走，从古墓上落下来的雕刻精美的石块越多。

金顶寺所在地海拔2 900米不到，不能算高，至少对我来说，通常上到3 000米后才会对稀薄的空气有所反应，但我站在金顶寺近旁的山路里眺望玉龙雪山白雪覆盖的山顶时，发现自己大口呼吸着冰凉、氧气含量又偏低的空气，仿佛山顶雪的温度也飘到了这儿，我在鼻腔里感受到了它。这里的高能见度玩弄着人对距离的判断。

打理着金顶寺的白族老夫妇是那么热切，见到我们是那么快乐。他们再三留我们午餐，所有确凿的告辞理由在他们的热情面前都显得无力无情。但这里没有什么香火，一切冷冷清清。他们打开大殿殿门，一脸虔诚，可是当我提及关于金顶寺的问题时，两人却几乎一无所知。这种空白让人有些无力。

"我一直以为让人心碎的空白是另一种更常见的情形，"我和布莱恩说，"能说出各式各样的关于一地的历史与传说，但却像背书一样，讲述者和这个地方没有丝毫情感联结。"而我今天看到的是另一种，几乎可以说是它的对立面。"真让人失落。"布莱恩同情地看着我，点了点头，他明白我的说法，并对此感同身受——他也从来没有得到过答案。他告诉老夫妻，很快，他和太太关宝玉就会回来这里，届时一起吃饭。他们不舍地放行，我们强迫自己头也不回地走，试图在美景中说说别的轻松话题。

如果从金顶寺的东边下山，就会路过灵泉庵，它是明朝段暄大将军所建，更不为人知，我问过好些村里人，大家都不知道它。这里因有个泉眼而得名，夏天不会满溢，冬天也不会枯竭，从这儿打水不见变少，放任自流也不会变多。打理着古庵的老人告诉我这是圣泉，泉眼旁供送子观音，泉水里放着许多小物件，算卦求子用的。周边要是有人想求子，就到泉眼中摸物，十分灵验。他领我看了这个小小的、很容易被忽略的泉眼。揭开平常覆盖其上的木板，泉水上漫着发白的油，"是许多人拿家里的锅碗来供造成的。"老人告诉我。离开时他赠我和同在庵中的另几位姑娘各两根红绳及一块布的金符，后者是保平安的。"为什么给两条红绳？"其中一位问。"成双成对。"我听见自己顺溜地接了一嘴。

拿着几样圣物走陡峭的山道下山并不容易，本想把它们揣进口袋，无奈那里放着用过的纸巾，放一起总觉得对圣物不敬。这些念头在步行时像放慢了语速的播放机一样在脑海里打转，然后，手上的东西就都掉地上了。捡起来时发现少了一根红绳，陡峭狭窄的小路上哪儿都见不到它的踪影，只好放弃，继续下山。尽管我自认为从很大程度上都属于当代独立青年，但事后时不时地，仍旧忍不住去琢磨，丢失红绳到底意味着什么。我也总是联想到李安在《十年一觉电影梦》中讲到拍《推手》前打翻辣椒酱，溅得满厨房的红，总觉得有所含义却不知如何参透。

这种无解也在心里留下一种空白，它所代表的未知是无奈的、命运式的，只得通过无为对治。

我后来在《野有蔓草：大理石龙民间故事集》里读到了金顶寺的来历。

和灵泉庵一样，金顶寺也是段峘大将军的作为。传说如今大殿的位置原来有个龙潭，内潜恶龙，段峘命人堵住龙潭，并在那里打上铜柱。竖房子那天狂风大作、风雨如晦，大家抱住龙柱躲过一劫，还费了大力气把龙赶到距离金顶寺一公里的黑龙潭。

石龙村的由来也和它有关。大殿建成后，段峘请人做法事时，一条经幡被风吹走，人们追着找，最终发现它挂在山下水库、如今石龙村东边的树上。大家觉得这是块宝地，经幡也是神圣的指引，就纷纷住到这儿来。

金顶寺的所在地似乎一直是块邪门的地方，至少流传于此的故事如此认为，在金顶寺建立、恶龙作妖以前，这里也是座寺庙，据传叫鸡冠寺，很大，有很多和尚跟尼姑，但他们行为非常不检点。剑川的官员得知此事来调查，他携妻子一起，说是来烧香，两人也住不同房，寺里没人猜到他们的真正意图。晚上，州官在和尚衣服上涂了墨水，第二天检查发现尼姑身上也沾到了墨水，证实了他们的不检点，就下令把鸡冠寺烧了，和尚尼姑也死于其中。但他们阴魂不散，剑川的官员晚上梦见了，请巫师来看，并发愿：每年农历七月二十七到八月初一，允许他们在石宝山你侬我侬。生活在周围村寨的人也来和他们一起热闹热闹，就像为之超度一样。这里著名的石宝山歌会便是由此而来的。

记录这些故事的学者严谨地记下了讲述人的名字——张国用，但他已于2017年4月过世。书里提到，关于石宝山歌会的传说有多个版本，张国用老人的这种说法极少见。村里白族姑娘李银梅找到的资料，是通晓剑川本地文化的董增旭记录的，比较常见：以前石宝山有金鸡守护，人们过着安乐的日子，但大理有条恶龙想夺走这风水宝地，山脚下的沙溪坝子里有十男十女，用从金鸡那儿学会的调子，对着歌帮金鸡一起斗龙，最终降伏了它。金鸡为了答谢这五对善男子善女人，就教他们制三弦琴，也就是唱传统歌谣白曲时的伴奏乐器。龙头作琴头、龙骨作琴身、龙筋作弦、龙爪作拨珠、龙皮蒙琴鼓。为了纪念这场胜利，人们每年都在石宝山上弹三弦琴、举行对歌会。

《野有蔓草》里记录的石龙村人李根繁的版本稍有不同，说明朝时石宝山有黑龙，百姓因它造成的水患饱受折磨，后来来了一只金鸡为村民降伏了龙，许多人赶来助阵。歌会是为了纪念这场金鸡斗龙的胜利。石龙村的版本里，拨珠是用金鸡爪做的。

金鸡伏龙的传说其实在白族神话中时常出现，有学者认为鸡是白族祖先的图腾崇拜，扮演着重要角色，不过我在石龙村里一再询问老人都一无所获。但我发现，尽管一些精神性的总结有时略显空白——对，又是一种空白——不过在我深入探访村子、认识这儿的白族人的过程中慢慢发现，在生活的细枝末节处，在他们习以为常的事里，仍能找到这些图腾和其他文化传统的影子。总结或许没有那么重要，重要的是一切仍在习惯和生活里。

　　石龙村人爱对歌，也在对歌里爱。

　　1966年出生的董宝坤就是在对歌会上找到老婆的，村里人都喜欢这段佳话，好几个都喜滋滋地告诉过我，不过这也一定程度上证明这样的事如今已经不多了。以前这儿的白族人都在对歌会上找爱人。我还得知董宝坤年轻时是猎人，常和傈僳人一起进山。

　　董宝坤带我去石钟山石窟时，我已经能听懂不少带着浓重口音的汉话了。才在山里走了不久，他就主动讲起了故事。他指了指松树林，告诉我自己就是在这些山里一边干活一边对歌，找到了老婆。尽管他说自己年纪大了，"嗓子不行了"，但在我请他唱两句时还是答应了，很自然地走进山林，一手仗着树，就唱，不对，吆喝了起来——第一声，是呼唤在远处干活的妹子。后者大可以不搭理，但要是对上了，两人就一来一去，碰上了棋逢对手的，也就定下了心意。

　　不过董师（云南的习惯尊称）唱了几句就停了下来。"一个人，不好唱，"他摆摆手，"得两个人，我唱过去，她唱过来。比如我唱一句'你很美'，她回'我不美，是你美'。"

　　"我那个时候从下午一两点，对歌到第二天早上六点钟。"他有点腼腆地说，指他对上老婆的那年歌会上，"现在手机群里也唱。"但他岔开了话题。

　　村里的非遗传承人姜伍发带着三弦琴，清晨约了村里出了名的好嗓子董福妹到水库让我开开耳。我了解过云贵这一带其他地方的歌声，像是哈尼人的多声部，据人类学学者焦小芳的信息报道人回忆，"那些外国人听后说像一组巨大的音墙，推过来不可阻挡"，不过有些哈尼人觉得像是梯田一层叠一层。拍摄壮族对歌纪录片《欢墟》的导演杨潇则说："壮族的对歌，是抛出去的爱。"它们都是山里的歌，声音带着响亮爽脆的质地，因此在董福妹开嗓前，我的心理预设也以此为基础。但是那天清晨我走在石龙村的水库边听到董福妹那嘹亮的歌喉时，还是吓了一跳，音色非常明亮通透。紧接着，好像是踩准了节拍，从山那端，回音穿过水库传来。

石龙村人的日常穿着民族特色并不强，姜伍发和董福妹为了增加气氛，往传统路子里打扮了一番。他们唱啊唱，就是变着法子说我爱你。两人不是夫妻，对起歌来却轻松自在又情深，这些在歌声里也在眼神里。这里没人介意对歌时的"互撩"，双方也不会太当真。成婚后夫妻间对歌还有另一种，也是董师告诉我的，"吵架骂人时也唱"，即兴地唱对对方的不满、柴米油盐的琐碎，还有对唠叨的不耐烦，等等，但用唱的，就可以缓和一点情绪。

他们爱时用音乐加强爱，恨时用音乐减弱恨，所以才总是笑嘻嘻地说"你开心就好"，和城里人说这句话时透露的讽刺稳稳地对立着。好几次我感谢董师时，他都这么回应我。当我为姜伍发和董福妹鼓掌到手心生疼并向他们表示谢意时，他们同样也以这话作答。那么真心实意。

我在一个晚上逮到董师，缠着他要听狩猎往事。"十七八岁开始打嘛，"他爽朗地笑说，"一直到四十几岁，就在石宝山，和傈僳族他们。"据董师说，傈僳族还有女猎人，不过他没碰到过，他的师傅也是傈僳族人，已过世多年。拜师不容易，每到中秋、春节等时节，"带上烟、酒去孝敬他，一年得有几次"，董师回忆，"我孝敬了大概有十多次，才收我做徒弟"。

山里"能猎到野猪、兔子、四不像、黑熊"，通常三四人一起去，第一天出发时，"先到山神庙拜一下"，拜的是猎神，"带着猪头、公鸡，有时还有鱼，到庙里吃一顿饭"。还要拜山神庙旁边的土地庙——石龙村的东南西北四个方向各有一座。

打猎时，因为有猎神保护，得以避免碰到鬼。要是进山第二天早上半梦半醒之际梦见了猎神，就说明此行一定大有斩获。"猎神是一个姑娘，"董师告诉我，"要拜祭祂，让祂信任你。"这样祂就会给予猎物。董师二十一二岁时运气特别好，梦见好多次。

在山上打猎，人人喝酒，都是喝"自己'熬'的烈酒，用玉米、大麦，没有化学成分，不伤身"。据我所知，董师现在也"熬"酒，银梅盛赞他的凉王茶酒——得等凉王茶树发芽，春、夏、秋三季都能尝到。

猎人们进了山，四散开来寻找动物脚印或它们在森林里留下的踪迹，然后一路追，这些都是师傅教的，"有时五六天什么动物也没找到"，每个猎人都可能两手空空而回，董师称之为"放空"，不过少见，有所收获的时候更多。"打猎就是开心，放空也开心，几个朋友一起进山，开心嘛。"他们有时会在山里住上四五天，再长十几二十天的也有。

"（唱白曲也是）打猎的时候练出来的，"董师说，"在山上烤火，然后唱歌给猎神。"傈僳族、白族猎人用各自的语言即兴发挥，喝着酒，在篝火边均分各自的猎物，"吃一点，留一点，其他的卖掉"。

不知为何我想起了北极圈里的萨米人，或许也因为是在一个颇为寒冷的夜晚听他们讲起狩猎往事，萨米人在篝火边吟唱他们的传统歌谣，呼唤神明。

"动物个个都是神。"董师说，不论打到大大小小哪种动物，打到一个做一次仪式，"剥皮，生起火做一些烧烤，拜香、念经、把食物首先献给猎神，然后再吃。"

傈僳族人曾经有枪，董师没有，他打猎只拿砍刀和斧子。他也是这样和黑熊决斗的。当时"我二十来岁，我师傅打了黑熊一枪，没打死，它跑过来，我就和它决斗了"。虽然据他所知，几代人以来都没有猎人出过意外。除了在碰到熊时，也不觉得打猎有多危险。董师回忆，那场决斗用了半个多小时，他毫发无损。

时至今日，董师多年不打猎了，但每年除夕还是去拜猎神，"做朋友、不忘本的意思"。他也还会梦到祂。

刚到喜林苑的那天傍晚，是我在石宝山间少数几次用眼睛欣赏这里黄昏不真实的美的时刻。后来都是身体的感知——气温总在此时骤降，而我则会渴望自己铺设着地暖的温馨房间。

我有时会把自己在喜林苑的住处想成是《走出非洲》（*Out of Africa*）里凯伦·布里克森（Karen Blixen）的农庄缩小版，原因是布里克森在书里写到的一段话，大意是她的探险家朋友们都将她的农庄视为一个极富安全感的存在，那里有稳定和熟悉的气息。我每天采访或者徒步回来时，也是同样的心情。

傍晚我会在舒服的小屋里工作一段时间，然后再去用餐。阿姐们都会为我留好饭菜，她们自己吃饭早，我们也不互相迁就，自由得很。然后，我会在那儿待到夜深，和当班的姑娘们聊天，第二天，就缠着她们带我去村里看前一晚说到的村中生活——许多人家都在用柏树叶做香，过年时要用；古戏台最近仪式不多，少了几分热闹，但它是个清幽又让人极有安全感的存在……和益梅、银梅也就这么熟络起来。

益梅是村长的长女，1997 年出生，年轻、漂亮而有主见。他们家是传统的两坊一照壁老建筑，正在装修，除了保留传统结构，厨房也不会"现代化"，因为需要烟熏肉。几天后，我们就一起坐在这些熏肉下的矮凳上烤着火，吃益梅妈妈用柴灶做的白族家宴了。除了地参猪杂汤里肥糯的猪肚，我也没少吃炒得锅气十足的苞谷。以前村里有很多人酿苞谷酒，现在越来越少了，益梅家里也不自酿，但银梅姨妈家里仍然在做，"她家养鱼，要喂鱼酒渣，所以一直酿"。我当然也抓住机会，请她帮忙快递回上海。

石龙村的村口有许多松针堆，我很喜欢它们，像大地艺术作品一样。当我想要独处时，有好几次就找借口去松针堆附近散步，因此见过不同光景下它们的模样。清晨仍旧笼罩在清冷薄暮中的松针堆，背后是新修建但保留老式传统模样的屋舍。一切都像是一幕舞台布景，大幕已经拉开，万事充满期待。到了中午，整个村子里少有活动，只有在深处新建房子的工地上没有停工。村口的松针堆这儿，一切都是静止的。正午阳光直射下的松针堆明晃晃的，也最显寂寥。有时设想，要是此刻音乐出其不意地从松针堆组成的迷宫里响起，人们循声而去，发现村庄深处新的奇迹、人烟，这多美好。但也可能是我遭遇的现实情况：发现的是一个因疫情而显得落寞的午后市集。市集上除了苹果和少数几样蔬菜，还有一个提供牙科服务的摊位，人们口中各式各样的摊点盛况不再。我转身再回到松针堆的阴影里，这里让人感到一种庇护、一点安慰。

布莱恩要比我接地气很多，有回我们一起散步时他告诉我，村民是用这些松针来给猪当保暖地毯的，我还没来得及请他细说，他就描绘起了另一幅画面："还可以用它们来做儿童游乐园。"我确信他已经在自己的脑海里清清楚楚地看到过这场景——孩子们在松针堆间奔跑、捉迷藏，满是嬉笑——一幅非常甜美、浪漫田园风光式的、充满生命力的图景。

和银梅一起进村时她向我解释了这些猪地毯"艺术作品"的用途。冬季松针会有部分掉下来，到11月中旬村民们就去山上收集、背回来，一般每户一堆，堆时有讲究，一层一层往上，压得非常结实，雨水不会渗透到里面。

这些松针是牲畜一年的保暖被，把松针跟牲畜的粪便拌在一起发酵以后就是有机肥。人们也把松针拿到田里改善土质。

最靠村口的一堆正在堆，这户人家搭了木梯把松针背上去，旁边还拴着马。一天清晨，水库上的雾气尚未完全散去，路边还都结着霜，我穿过松针堆组成的蜿蜒路径，看到水上有个渔人，兀自缓缓地划着木船，横穿水库。他划得轻缓，我举起手机拍了很久，他仍旧荡漾在水面上，没有划出镜头。

银梅说现在只有少数村子还有松针堆了，他们附近的村子都没了，有些村子"直接不会堆"，砖砌的畜圈，地面是水泥的，也不再为牲畜保暖。

后来我把松针堆的照片发在社交网站上，一个德国的朋友对它们表示了好奇，事实上，我在松针堆里漫游时想起的演出，他正是策划之一。另外还有一位阿拉斯加农场主也询问我松针堆的做法和用途，银梅详尽的解释让我得以从容地给出令对方心满意足的答复。这种遥远、微妙的连接让人收获了白族人对歌时的确信，那是一种对人性的确定。

银梅已经是两个孩子的母亲，一个5岁一个1岁多。她的汉话非常出色，也是个可靠的伙伴，在我看来，她对传统的了解和老一辈同样丰富。和村里其他有小孩的家庭一样，她家也存着采自松树的松花粉，"可以当消炎药用，小孩红屁股也可以擦"。每次有意无意地说起这样的生活细节都是我认为的聊天高光时刻。我也缠着她问自己的长辈或者村里老人各种传统、记忆和传说。银梅的二叔姜旺和爷爷张定坤都是村里白戏队伍的重要人物。

春节时，村里都会唱白戏，平时是极少唱的，而且得在本主庙[1]里

---

[1]　本主庙，供奉村落保护神（本主）的祭祀场所。

的古戏台上唱，他们觉得其他地方"不洁净"。二叔16岁时就开始唱了，他告诉我这"都是有点讲究的"，唱戏前要杀鸡、喝鸡血酒。农历十二月二十那天开始排练，摆一个老郎神牌位，晚上生起火，"像晚会一样"。传统上从这天开始天天吃素，持续约莫12天，直到年初二上台唱戏为止。也是这一天迎财神，村民们相信唱戏迎财神能转运。"不过每年没有固定的人来负责这个戏，谁想转运谁就唱。"银梅补充。

戏服都是上百年的古董了，很珍贵，过去放在距离遥远但制衣手艺出色的金华镇里。"以前我们第二天要去拿戏服，那里的人能提前知道，"二叔说，"不是我唬你，我们这里的本主和周围的神半夜会去那里通知。"管戏服人家的邻居晚上能听到马蹄声，第二天说起这事，管戏服的人就知道了，"石龙那些人要唱戏，明天，最晚后天，就会来拿戏服"。

现在村里把这些戏服都买了回来，这传说也就慢慢不为人知了。闹新冠肺炎这几年过年都不能唱白戏，就没有排练了，不过大家都期待着重返戏台热闹的那一天。

二叔说，初五下午唱《说观音》，固定不变，其他时候唱的本子可以自己挑。"这一天古戏台下没有观众，专门唱给鬼神的。"我们一边朝本主庙走，银梅一边向我解释白戏传统。初六是送孤魂野鬼，也送财神。听到这里，在高原极高的能见度里，我心里突然落了一拍。没有观众的演出，疫情这几年，所有人都有类似场景的记忆了吧。我想象着戏台上的热闹、高昂的音色、古老艳丽的戏服、夸张的面具，台下空空荡荡，只有寂静、高原呼呼的风声作为回应，它们或许来自另一个时空，不同的维度。现代人无法面对的空洞里，有神和鬼的位置。

石龙村的本主是大黑天，这位密教中的护法神、婆罗门教和印度教中的湿婆化身，在石龙村村民的心里有不同的故事。据说，天神认为地上的人良心不好，就派大黑天下凡把全村人毒死。大黑天在村里遇见一个妇女背着一位老妇，手里牵着个孩子，就问她为什么这么做。她回答："孩子是我自己的，老人是我后妈，如果我背着孩子牵着老人，会被人说的。"大黑天顿时意识到这里的人良心好，不能下毒。可是他却苦于不知如何处理毒药，只好自己喝了，毒死自己换一村人性命。村民得知大黑天救了大家，就供奉祂为本主。石龙村村民碰到大小事都会来本主庙祭拜。

走进本主庙大门，反身就能看到古戏台，历史仅次于最古老的沙溪古戏台，尽管它朴素得多。台前立着两棵古老而苍劲的双生柏，这里的人都认为柏树干净、神圣，祭祀、过年等各种时候烧的香也是用柏树叶做的。

庙两侧是半开放空间，一边是做荤菜的厨房和吃饭的地方，另一侧有三个空间，烧水和专门做素菜的地方在两头，中间是专门供孤魂野鬼的。"我们相信死在村外的人灵魂进不了本主庙，"银梅解释，"所以把它们请来这儿，也可以和大家在一起。"

当天本主庙有些冷清，但益梅说，就算不唱白戏，过年时庙里仍旧很热闹。除夕那天她给我发了一长串庙里的照片——殿里的地上摆满祭品，成排的猪头，香火烧得也旺，蜡烛的亮度过曝了，明晃晃的。

我几乎能透过静态的照片，在脑海里看到本主庙里忙碌、虔诚、热切的场景。

离开前我想给村民们看看拍到的他们的生活。"感谢他们慷慨地接纳了我，向我打开了自己家和亲朋好友家的门，并为我付出时间。"我告诉布莱恩。

"这也太客气了，"他显然要比我了解村民们多了，"不要表达谢意，这种客气会让人觉得很有距离感，你完全可以告诉他们自己的感受。"

城市生活让人习惯表现客气、保持距离、克制情绪，这或许也是城市病的一种，毕竟，不说"我爱你"是害怕得不到回应而自尊心受挫。生活在非洲卡拉哈里沙漠里的布须曼人（Bushman）就不会有这样的担心，他们直率地打招呼："我本来快要死了，看到你来了就又活了过来。"他们说的也可能是真实的情形——渴得要命，来者会慷慨地给他水喝。这些他们都不会怀疑，因为事实和境遇都是如此。又比如生活在亚马孙雨林里的胡恩昆尼人（Huni Kuin），他们常常说："Houch Houch!"（音译），意为"带着许多爱和喜乐"，用这个词开始或结束一次对话。而且他们总是真心实意地这么说，并且会得到对方的回应。不能保证的是，如果他们面对的情况不再如此时，会不会比现代人更三缄其口。不论如何，我都不必有这样的担心，我想起不知哪里看到的表情包上的文字"管它呢，把闷骚留给英国人"，最终决定告诉石龙村人"爱你们"，以此收尾。

我得到的回应不是"我们也爱你"，是一场深情动人的歌会——

我没想到李根繁还带了三弦琴，他是村里出了名的歌王，他拿出琴来，曲曲开唱不久，阿姐们加入进来，只需要简单的交流，有时只是一句"一起来嘛"，对歌就开始了。董师也站了出来，他的歌声和在山林中的一样好听，而这回有很多人应和……我上一次看到这样情不自禁、自发开始的歌唱，还是多年前在匈牙利、斯洛伐克和乌克兰三国边境交界处的吉卜赛村庄，他们也是如此，几乎没有预兆地演奏起乐器、打着响指，不断地唱了起来。

我仍旧说不好，这是因为渴望展示的心促使他们长久地演唱，还是他们好客的本性叫他们一定带琴而来，又或者认为我要寻音，因此总是尽可能想让我看到更多。

李美菊唱了《背盐调》，益梅还专门为我找出老旧的歌词本，男方先唱：东方发白天刚明／阿妹背盐可去呢？／阿妹若是去背盐／相会蕨菜坪／背盐咱去弥沙井／再到鹤庆换物品／就为你我家景贫／不去也不行。女方接：听见雄鸡报天明／哥约我去弥沙井／石宝山上哥等我／妹快赶路程……

接着又唱《心肝票》：小心肝呀小心肝／你到哪里我也到／你去哪里我也去／只得相约好／你到哪里提我名／我到之处思念你／今日我俩偶相遇／分离话不说……

他们唱啊唱啊，不仅不知疲倦，反而越来越热闹，完全放开了去，止也止不住。夜色早就一片漆黑了，人世间星星点点的光里缠绕着歌声，星群闪烁好像是无声的回应。

我悄悄独自走进黑夜中，嘹亮的歌声因距离变得温柔，但都仍然坚定有力。这种从歌里流露的确信让人动情，他们确信歌也确信情。在这个快速变化又充满未知与不确定的时代，我们还对什么能有村民对自己的歌这样的确信之心？

我总觉得，这也是石龙村人心胸宽阔的原因，他们乐于接受新事物，开心起来时，就拿起三弦琴不断地弹啊、唱啊。这种时候，也很容易想象董师的爱情故事，还有他在篝火边和傈僳族伙伴用不同语言唱歌给猎神的场景。

所有这些快乐和歌声都不克制，天地广阔，山川绵长，要容下这些不断流淌的情，轻而易举；何况这里强烈的紫外线还很容易造成错觉——一切触手可及，一切可堪看透。

尽管至今没机会重返石龙村，但和村里始终保持着联系——只要有可能，我就会找益梅买点她家自己熏的火腿和腊肉。我曾坐在这些肉下烤火，火一边熏我，一边熏肉，感情当然不一样。我也是一边买，一边和益梅唠家常。年底我买火腿腊肉时，得知她已经做了妈妈。

我尝试在家里复制在村里吃到的令人满足又治愈的火锅、炒菌子等，虽经益梅再三指导，在上海始终做不出那里的味道。说不好是外因还是内因，有点像从土地里长出的音乐和歌，搬上舞台总显得捉襟见肘。但这不意味着它们不适合舞台，而是需要再加上些创作，做得好，就丰富了作品的层次。

我用类似的思维捯饬火腿，不再执着于在白族村里吃到的味道。

能买到新鲜蚕豆时，用它和火腿煲一锅砂锅饭，秀气又野性。

生米泡发 20 分钟。

蚕豆剥壳、去皮，豆瓣洗净备用。

鸡蛋打散备用。

酱油（煲仔饭酱油和生抽 2：1 混合）、糖和少量水调成汁。

砂锅中融化猪油，煎透火腿，同一个锅里炒鸡蛋（可以增加锅气），加入米饭，焖煮至七分熟。

铺上蚕豆，沿锅边倒入少许酱汁，听它发出滋啦滋啦的声音，焖熟。

上桌后根据个人口味再淋酱汁、拌开。

哆！

我还用火腿做过法式三明治，即 Croque Monsieur。它在巴黎咖啡馆里极常见，是个热的、烤得脆脆的芝士火腿三明治，不是那种面包里夹上芝士和火腿就草草了事的东西。制作方式不做作也不复杂，恰到好处地让它和普通三明治区分开。

法式三明治最简易的做法之一，是法国出生的名厨雅克·佩平（Jacques Pépin）的菜谱：

吐司中夹上芝士、火腿，面包外层涂黄油。

烤至芝士融化、面包金黄香脆。

这种做法对食材的要求极高，但既然有石龙村的火腿，改编这个版本的成功率也很高，关键是把火腿煎透、煎脆。

也适合做高配版：

首先制作白酱（Source Béchamel）：

小火融化黄油，加入面粉搅拌。

少量多次加入热牛奶——这是避免结块的妙招，调至酱汁浓稠。

加盐、豆蔻粉、胡椒调味，再加点黑松露芝士或 / 和松露油也无妨。

然后做三明治：

两片吐司去边，用擀面杖滚过后分别涂上黄油、厚厚一层白酱、第戎芥末（可选）、芝士（通常是格吕耶尔芝士 [Gruyère] 或艾曼塔芝士 [Emmental]），放上事先用黄油煎透的火腿，再在其中一片面包上铺一层芝士后合在一起。

不赶时间的话，包上保鲜膜或是倒扣盘子压紧放入冰箱静置 20 分钟。

热平底锅，融化黄油，放入三明治，压紧煎至芝士融化、面包两面金黄。

烤箱预热，三明治上涂一层白酱，烤至酱汁金黄。

上桌，趁热吃。

我有时做饭时思绪乱飞，发生过的事和渴望发生的事都像回忆般在脑海里循环播放。做三明治时常播的戏码是（也是益梅灌输给我的）：回石龙村做的情景。我想我还会带别的朋友们一起去听听那嘹亮的白曲，我可以气定神闲地在水库边看他们被歌的回音震撼。不管怎么说，石龙烟熏火腿菌菇三明治一年四季都暖心暖胃。一口下去，菌子的山野气息和土蜂蜜的木质香气仿佛直接令人"致幻"，山林扑面而来。

火腿切薄片，干菌片泡发备用。

火腿下热锅，煎到油分几乎尽出后出锅。

挤干菌片水分后下锅，用火腿油煎到两面金黄，炒鸡蛋（如果油不够就再加点，猪油、菜油、黄油都可以）。

烘烤过的切片吐司涂上土蜂蜜——只需薄薄一层，夹入火腿、鸡蛋、菌片。

上桌。

要搞气氛的话，切小份，插上牙签固定，腔调就很足了。

虎年将尽时，我正为年夜饭做准备，益梅发来消息"今年我们村子唱戏，这几天晚上开始排练了"。

　　在我自己的旅途和为"他者others"出产内容的过程中遇到的人类学家、探险家等这些和原住民关系深厚的人，通常和我共享着相同或相似理念。惊喜的是，我也遇到了另外一些领域的人，比如音乐家、画家、作家，甚至是工程师等和原住民领域关系不大的人，他们也都会对原住民、仪式力量、祖先智慧、人与地球的关系等话题有先验的价值认同，也都想在自己的活动中对此有所表达，可能是通过艺术创作，可能是通过在施工中使用更多可循环、更环保的材料，或设计和土地关系更紧密的建筑。

　　各种文化背景下，似乎有越来越多的人对原住民文化好奇、理解和认同。事实上，大家也都发现，在有新的——尤其是精神性的——领悟时，通常都能认出古老的文明。我的合伙人曾这样解释"他者others"的口号"多一种价值观，多一条逃生路"："我们不会说现代文明只有困境，大家应该返回原始丛林。但看到我们的孤立，倾听坚持在丛林里的同类的言说，其实是在倾听我们自己内心深处的记忆。它确实还在我们的深层意识里，这使我们从中获得救济成为可能。"

意识到原住民文化所代表的那种久远而深刻的精神体验容易被我们遗忘，但它始终都是我们乃至万物的核心组成部分，正是它让不同的人、文化、自然、超自然相连。

2019 年秋末，上海国际艺术节开幕前一天，我和开幕歌剧[1]的舞台总监弗雷德里克·韦克-沃克（Frederic Wake-Walker）在黄浦江西岸散步时让我对这一切感到更加确定。

那天，我们谈论的是歌剧和原住民仪式的种种关联以及人类发展带来的神秘变化。他认为艺术在世界各地的传统部族生活里特别接地气，是生活的一部分，那么到底发生了什么，人类走到今天，艺术却和生活分离了？

事实上，我知道很多原住民的语言里甚至没有"音乐"这个词，但他们的歌谣、多声部合唱却相当震撼，"比瓦格纳和威尔第的歌剧还有力量"——澳大利亚原住民如此告诉德国著名导演维尔纳·赫尔佐格。也想起人类学家们常说的，从游牧社会到农耕社会转变的标志之一是人和自然的分离，我们不再是大自然的一部分了。艺术是不是和自然有同样的命运？被我们抛下，乃至背叛了。人类还自以为是地以为离开精神性的滋养，发展得更好了。

弗雷德里克说，现在对大多数人来说去剧院都不是生活的一部分，

---

[1] 那年的开幕歌剧是《假扮园丁的姑娘》（*La finta giardiniera*），莫扎特于 1775 年（即他 18 岁时）完成。

只是小部分人的享受、娱乐，或者陶冶情操。但在原住民的生活里，参与仪式是生活中不可缺少的事。如果今晚要去看部歌剧，就必须郑重其事，要着装打扮、举止得体，等等。

我们也都同意，仪式和歌剧一样不是娱乐，两者都能给予力量，让人变得更好，哪怕是短时间里的一点点改变。

仪式意在把人心带离现实，人类也总在有意识地创造新的仪式。英国人类学家维克多·特纳（Victor Turner）认为，原住民的仪式是戏剧，主流社会的戏剧从仪式中来，也可以是仪式。我和图瓦女伶珊蔻·娜赤娅克（Sainkho Namtchylak）讨论过相似的问题，她也赞同："我们都曾是游牧者，约定好时间在月光下、篝火边团聚起来，萨满的仪式就此开始。西方剧院里的演出，从这个角度来说很大程度上都是由这些古老仪式转变而来。"英国自然作家罗伯特·麦克法伦在北极圈内的挪威罗弗敦群岛的库尔赫拉伦岩洞里经过了萨米人祖先的考验，和岩画中的红色舞者一同经历了仪式，最终和这些古老的艺术家汇合。

我告诉弗雷德里克，自人类文明存在以来，"戏剧"就存在于世界各个角落的土著部落中。舞蹈、歌唱、戴上面具、穿上特定服饰，成为另一个人、动物或神明，上演一个又一个故事，重述伟大的狩猎，再现不同维度、时空中发生的历史。这些戏剧被人类学家称为"仪式"。它们有情节、舞蹈、音乐，舞者、萨满、演员不可分割，常人和神祇在这个过程中成为彼此。

那次步行也让我想起秋末在芬兰北极圈里和雷默的野外徒步——我们中有人熟悉这片土地，知道自己身处何方、目的地又在哪里，另一个报以全部信任，坦然相伴（尽管有很多次是我给弗雷德里克看了导航，但认路的还是他）。一路上，我们交流内心深处的想法、感叹这个世界的神秘，时间和空间变得无关紧要，我们怡然自得，万物相连。

上海秋风轻抚，和我在亚利桑那州吹到的第一缕风也很像，弗雷德里克金色的头发在风中摆动，呼应黄昏时黄浦江面上闪烁的金色涟漪。

印第安保留区里，皮马人干枯的希拉河水逐渐涨满；拉普兰省的塔纳河在温柔的极光下静静流淌。

"哦对了，我和乔雅在极光下播放了披头士。"我们哈哈大笑。

我们在沿江步道的某处停下脚步，感受秋风的滋养，倾听江水流过的声响，也在这里说起未来。我告诉他一个在新墨西哥州的印第安保留区长大的混血儿马丁·普雷彻特尔（Martín Prechtel）的洞见，他在 2001 年的一次访谈中提到："现代社会开始思考如何维系人和人、和祖先、和大自然之间的关系时，社会就会自己发生变化，会发展出新的文明，在新社会里，人类和他们的发明甚至上帝都不再是宇宙的中心，那里将是一片空地，神明、人类可以在那里同喜共悲。"[1] 万物平等。

哥伦比亚圣玛尔塔雪山里的高基族人也有同样的看法。

我和弗雷德里克闲坐后继续步行。以前的多次游走在此时与我们时空重叠、合一：雷默为我捕捉新鲜的淡水鱼，我们在半遮掩的森林

---

[1] 《太阳》杂志（*The Sun*）2001 年 4 月刊文《拯救土著灵魂》（*Saving the Indigenous Souls*），作者为德里克·詹森（Derrick Jensen）。

木屋里品尝萨米人的传统餐点，稍做休整后继续徒步；多诺凡拿来霍皮人的黑玉米卷，我们坐在草地上享用，然后步行前往纳瓦霍人的圣地；法属波利尼西亚的岛民向导拿出金枪鱼色拉和塔希提啤酒，我们一边欣赏南太平洋的落日一边大快朵颐一番后，沿着退潮时才显露的沙中小径步行回到安全的舟船上返航……

我们所有人都对遥远甚至可能是难以理解的文明抱有敬意。这种发现和领悟是抚慰人心的，不，是神圣的——可以让人相信，人类的文明完有可能以美好而优雅的方式大步前行。

至少那天在上海的秋风里，我和弗雷德里克都这么相信，而且我确定，遥远部落社区中的朋友们与我们共享着这个动人的念头。

日暮渐深、路灯亮起。每当这个时刻，我也时常想起唐望的话来：黄昏是世界的间隙。

迁徙中的银鸥倏忽从江边飞起，雷鸟在古老的北极原野里时隐时现。

那年我们告别，尚不知告别的还有一整个昨日世界。

2020 年 4 月，柏林德意志交响乐团上线格奥尔格·弗里德里希·亨德尔（Georg Friedrich Händel）的清唱剧《弥赛亚》（*Messiah*），那是弗雷德里克 2018 年作为舞台总监的版本。我收到链接时正在写关于西非马里的稿子，美国记者约书亚·哈默（Joshua Hammer）的《廷巴克图》（*The Bad-Ass Librarians of Timbuktu*）简体中文版出版不久，这本讲述西非古城廷巴克图被恐怖分子占领时，勇敢的图书管理员穿越撒哈拉沙漠拯救古老手稿的作品里也写到了沙漠里的图阿雷格人（Tuareg）。他们曾在沙漠中举行音乐盛会，牧民从四面八方赶来，在沙谷里狂欢三天，这里有赛骆驼、撒哈拉巫术，当然也有本地传统音乐，后来，这演变成吸引了包括 U2 乐团的主唱波诺（Bono）在内的众多知名音乐人的沙漠狂欢节（Festival au Désert），被称为"非洲伍德斯托克"。我视频采访了约书亚，他分别在 2008 年马里相对安全时以及 2014 年法国军队解放廷巴克图后拜访当地，见过音乐节游客搭的白色帆布帐篷在绿洲上和游牧部族的民居、简陋的羊舍混在一起且毫不违和。他在夜晚被音乐声吵醒也被它洗涤灵魂。2014 年，音乐节更换地点重办了一回，他见到的则是穿着传统蓝色长袍的图阿雷格人唱胜利也唱痛苦，有忧郁也有孤独，尽管 100 多位观众仍旧兴高采烈。据约书亚说，他 2008 年参加音乐节时是其顶峰时期，参加人数高达 8 000。

约书亚也拜访过马里中部神秘的多贡人（Dogon），他们相信自己的祖先是 8.5 光年以外天狼星上的一个族群的后代，不少神秘主义者也认同他们。多贡人有丰富的天文学知识，早在天文学家发现天狼星之前，他们就知道地球围绕太阳转，土星有一个"光圈"，木星有"四个同伴"，也就是我们所说的木星四大卫星。今天大约还有 5 万多贡人，他们的社会准则由传统指引，相信灵性世界的神明、祖先和人世间的动植物以及人类协同合作。

2009 年约书亚拜访多贡人时，那里仍旧宁静祥和，"时间仿佛无始无终"。我对多贡人的仪式非常好奇，一个名为 Sigui 的仪式每 65 年才举办一次，它代表着下一代人正式取代老一辈接管这个世界。另一个每年 4 月举行的仪式 Dama，意在送别上一年去世的所有死者。多贡人仪式上使用的木雕面具视觉性极强，据说有六七十种代表生死两界的人、动物等。他们认为面具有生命力，是人类和动物的力量之和。充满异域风情的仪式一度吸引了包括约书亚在内的许多勇敢旅行者。

约书亚在柏林的家中回忆起马里时坦言："我熟悉的是 2012 年以前游人依然可以涉足当地时的情景，那里也曾燃起过旅游业蓬勃发展的希望。不过现如今，所有的旅行信息和对世界的看法全都过时了，都是回看往昔的自由，再说说昨日的多贡人和马里也没什么不妥。不管怎么说，马里早已不再如此，那都是一个个一去不复返的光景。"

又是柏林，我心想，已经十年没回那座城，原定于 2020 年 3 月底的机票被取消了，一切显得遥不可及。

多年前，我也错过了那些个前往马里的安全窗口。当时在南非出差，参加一个关于埃博拉与旅行安全的会议，那会儿就有与会者建议想去马里旅行的话赶紧去，其中一个带着浓重的法语口音说："现在是个不错的窗口，足够安全。"其他人应声附和。但我有别的旅行计划，也一心想要回家，离开南非到香港转机时便忘了马里。听约书亚说起那些流亡的图阿雷格人和神秘的多贡人，一切复又清晰起来。于是就算是在看歌剧时都觉得自己看到了沙漠中穿着蓝色衣装的图阿雷格人，至少也得是柏柏尔人（Berber）。我在各项工作的间隙给弗雷德里克写无厘头的消息："大概因为我做'他者 others'的关系，当你的黑人舞者披上蓝色的披肩起舞，我想起了沙漠里的柏柏尔人和图阿雷格人。"他回复："那蓝色正代表图阿雷格人，舞者来自布基纳法索。"

当时，尽管一切停摆，心力尚未消磨殆尽，我也同意约书亚说的：
"我不知道今天的多贡人是怎样的，如同不知道我们明天的世界会是什么面貌。但我相信不论是多贡人还是我们，都有走向未知的能力，也相信到那时总有旅人能找到办法和帮助，来到多贡人的领地，看一看他们纯正的仪式。"

柏林德意志交响乐团在柏林爱乐厅做的另一场直播，中场休息时，导播将画面切到后台，镜头拍到一把大提琴，行李牌上有"PVG"（上海浦东国际机场的 IATA 机场代码）字样。这个微妙的巧合让人忘记了 8 397 公里 [1] 的距离是多么遥远。然后，瓦格纳的音乐响起，它和圣玛尔塔内华达山里的特犹纳人的音乐、石龙村里的白曲拥有相同的力量，舞台上的灯光和原住民竹制圣殿里斑驳的阳光都如遥远的星辰。我也想起出生在南非的英国探险家劳伦斯·凡·德·普司特（Laurens van Der Post）写过，他在听到布须曼人的歌谣时感动得如同第一次听路德维希·范·贝多芬（Ludwig van Beethoven）的《第九交响曲》（9. Sinfonie）。

在某一些时刻，奇迹如宇宙大爆炸的逆转一般，把不同的文化、地域、族群再次揉捏到一起，不分彼此。

2020 年到 2023 年，我坐在上海的家里最终整理完本书中的所有文字，完整回顾了从 2013 年第一次踏上芬兰拉普兰萨米人的土地以来

---

[1]　我家到柏林爱乐厅的直线距离。

整整十年的历程，我感到的精疲力竭和如释重负，犹如漫长旅途末尾的体验，但这种感受的回味里，还有了准备好再启程的心力。

我也确实这么干了。2023 年 5 月，我启程回到欧洲，计划去会会那些久未谋面或者仅在线上相识的"他者 others"的作者、受访者，也去如今饱受争议的人类学博物馆看看殖民、屠杀等黑暗的过去给欧洲带来的纠结。

2020 年 12 月，我线上采访了荷兰大提琴家、作曲家、赫尔佐格的御用配乐师恩斯特·赖斯格（Ernst Reijseger）。他还有个三人组乐队，由他和钢琴家哈门·弗兰杰（Harmen Fraanje）、塞内加尔音乐人莫拉·西拉（Mola Sylla）组成，他们的音乐也出现在赫尔佐格拍的纪录片《流浪者：追随布鲁斯·查特文的脚步》的电影配乐中（没错，就是那部我在《澳大利亚北领地：歌之路、查特文与神秘的教诲》那篇末尾提到，让我仿佛大梦初醒般顿悟的纪录片），他们的音乐也像我想象中的澳大利亚原住民歌谣一样让人动心。也是那年，三人组推出新专辑《我们曾在这儿》（We Were Here），非洲古歌谣存在感极强，我被莫拉的声线深深打动。

当时受新冠肺炎疫情影响，三人组在世界各地的演出都停止了。恩斯特和我在采访时不禁回忆起往日，他告诉我，三人组在意大利维琴察（Vicenza）的奥林匹克剧院演出时充满了魔力。那里的环绕音效非常棒，一开始是他和哈门先在舞台上双人秀，随后莫拉"入场"——他在观众席后的包间里唱非洲歌谣，他一放声，许多观众就落泪了。"他一路唱着穿过观众席登上舞台，回声也一路跟随着他。"

恩斯特回忆说那声音会让人觉得是经历了漫长时间和空间旅途的。受其打动的人同样如此，辨认出这声音是和古老过去的祖先和神明的相认。

我们当时觉得这场景也代表着梦想——人们在充满力量的演出上相聚。

2023 年 5 月，机缘巧合，我们在柏林相会了。我知道恩斯特常在欧洲各地演出，抵达柏林前就随手发送信息询问日程，没想到他碰巧从荷兰来柏林，为赫尔佐格闺女的新书发布会做开场演出。

我们是在柏林文化大杂烩地区新克尔恩（Neukölln）的一个老建筑改建的小剧院相聚的，他带了自己改装的印度唱诵箱（shruti box），它传统上是拉格音乐（Raga）的伴奏乐器，但在这里，唱诵箱的回声合着大提琴，恩斯特一个人完成了一次时空对话。

演出结束后恩斯特和我回忆起当年的线上采访。"你们读过查特文吧，"他也和在场的其他音乐人说，"他的《歌之版图》对我启发良多，在他笔下原住民不是所谓的他者，我们（指我和他）就是在赫尔佐格拍的查特文纪录片上映后不久联系上的。澳大利亚原住民可真是迷人。"

午夜，当我独自穿过城市回酒店时，一方面怀疑着此时包裹着我的安全感是毫无根据的幻想，还是这良夜给的？它是短暂的还是长久的？另一方面我又知道，这是恩斯特的第一个弦音给的，这是他描述过的古老非洲回声的重现，它能滋养心力。

在新冠肺炎疫情之后，这个总是让人觉得混乱多过平安的世界里，这场相聚让我意识到在欧洲寻访他者的踪迹、拥抱作者和受访者，可说是真真切切的奇迹。

2016 年，"他者 others"成立后办的第一个活动是邀请纪录片导演哈米德·萨达尔（Hamid Sardar）到上海做放映分享会。当时他的新片《泰加森林》（*Taiga*）发布不久，这部受《狼图腾》启发的纪录片讲述的是蒙古和西伯利亚边境森林里的驯鹿部族跟他们的图腾动物——狼之间的故事。主人公是"唤狼人"，会说狼的语言，还能把它们从荒野中呼唤出来。

哈米德也通过他展现了驯鹿部族面对的挑战——古老传统的迷失，它和现代文化之间的纠结，原住民失去了土地，又受到采矿业和定居规划的威胁。主人公为了生存不得不偷狼崽当狗养，养大了拿到市场上去卖。他知道这么做是在败坏人狼关系，甚至是亵渎神灵，但为了生存别无选择。哈米德告诉过我主人公在讲这些事时突然崩溃大哭，平静之后再接着说。结果主人公觉得自己跟狼走得更近了，这将他从崩溃的边缘救了回来。

哈米德总能微妙而深刻地展现原住民以及他自己的共情力，这也是他纪录片真正动人之处。

自上海一别，和哈米德已经六年多不见，只是时不时交换近况，但我看了他后来的每一部纪录片，并且都相当喜欢。所以这次去他常住的巴黎基本就是为见他。

他邀请我去他家做客，那是个巴黎迷人的五月天，雨后天空湛蓝，华丽的石灰石建筑闪闪发光。

哈米德是个热衷于在中亚探险的学者，他的家也体现了这点，走进其中就把整个巴黎抛在了身后——尼泊尔的茶几、银具、地毯，伊朗的沙发床、窗帘，墙上挂着他拍的哈萨克猎鹰人和尼泊尔的藏族美女，再配上我带的乌龙茶。行前收到他的明确"指令"："如果可能，带点好乌龙。"

喝茶时，哈米德接到蒙古打来的电话，他的哈萨克线人来确认细节，他们马上就要带着鹰跟随羊群迁徙，哈米德会跟他们一起上路。我"偷听"得知，哈萨克猎鹰人将放归一批鹰，让它们在遥远的野外开始新生活，交配、哺育后代。哈萨克人自己同样开始新生活——再重新从洞穴中抓一批小鹰，驯养它们打猎。他们也会举行盛大的仪式。

"鹰是哈萨克人的骄傲，迁徙途中，它们高高翱翔、狩猎、俯瞰羊群。"哈米德告诉我，"他们今年的迁徙推迟了，本来 5 月就走，现在得是下个月的事。"他会在蒙古戈壁跟随哈萨克人旅行两个月，经历这个族群正经历着的可怕干旱，还有其他此刻想象不到的挑战。但身经百战的导演气定神闲，他谈到和原住民的情谊，他们已经是 30 多年的老交情了。拍摄旅途中，他总会在晚上给原住民看拍到的片段，后者通常都非常乐于"指点"——这个场面实际上要做的是什么，哪个角度会更好，他们有时甚至提议明天可以再做一次……导演当然拒绝这样做，但在这个过程中，原住民自然而然提供了更多信息，导演和拍摄对象双方也都有了更深入的参与和交流。"我在做的完全不是传统人类学家保持距离、客观观察的那一套，我也不赞同这种做法。这样得到的结果不过都是学者自己的解读。"他告诉我，"有时候我觉得，是原住民在导演纪录片而不是我。我在做的不过是创造某种空间，让真正对的、好的事得以发生。"

打造这样的空间才是一个导演真正的工作。但要做到这一点，如果没有对异文化深入的了解，没有和原住民共同成长、共同经历，乃至一起受到创伤又疗愈，是不可能的。作为一个人类学家，这么做充满争议，更何况直接经验异文化，把他者和自己的人生交织到一起，需要强大的心力，且可想而知相当孤独。但回报也是可观的吧——最终呈现的结果真正忠于每个参与者，还有强大的力量触动观众。

哈米德的新片《蒙古，熊之谷》(*Mongolie, la vallée des ours*) 刚收获了两个法国纪录片大奖，这让他颇有成就感，那会儿我还没机会看到影片，但相信肯定是实至名归。

"待会儿可以一起看。"他边开红酒边提议。我觉得这是个好主意，但直到酒瓶见底，我们还在讨论人类到底要经历多少折磨才能觉醒。生而为人，首要目的是实现你的正确远见，走上这条路很难，路上也将充满挑战；我们都同意跟着感觉走并不能通往正确，感觉通常由念头、情绪幻化而来，不断变化，有定力静观它们，远见才会显现。

不同的原住民部族各有其方式让远见自显。澳大利亚原住民歌之路中有仪式是如此，印第安人的灵境追寻 [1] 也是，《线上旅途：释梦、

---

[1] 灵境追寻（Vision Quest），不同部族的形式、仪式有所不同，通常都是成年礼的一部分，核心是年轻人独自深入荒野和造物主对话，希望借此明白自己所拥有的天赋、此生将要扮演的角色与完成的任务等。

冥想与遥不可及的念头》中提到月行者岚妮小时候在荒野中独坐的经历同样属于灵境追寻。

我们谈到真正的共情，它"和现在知识分子们常说的并不一样"。哈米德说："不是我感受到你的痛苦、与你一同流泪，至少不止如此。深刻的共情是了解佛教所说的苦集灭道，它有能量、有神性，能治愈人心。"

最后，我告诉他片子还是留到清醒时看才好，而且我第二天一大早还要取道伦敦去牛津的皮特·里弗斯博物馆（Pitt Rivers Museum）。哈米德把影片拷贝到我电脑里："你知道，在过去，波斯人对重要决定会做两次决断，一次是完全喝醉时，一次是完全清醒时，两次决断相同才付诸行动。"

皮特·里弗斯博物馆得名于展品最初的拥有者皮特·里弗斯将军，他在1884年把自己的2.6万件藏品赠予牛津大学，条件是建一个博物馆安置它们、安排一位讲师向来访者讲述历史并始终对外开放。博物馆1887年建成，现有藏品超过50万件，是牛津大学重要的教学部门之一，展品还在通过捐赠、遗赠、购买以及学生们在田野工作中的收集而增加。

为"他者 others"撰稿这些年没少用博物馆的线上资料库，这次特地来朝圣。它和牛津大学自然博物馆（Oxford University Museum of Natural History）——也就是那个以巨型恐龙骨架闻名的博物馆——共享着一个大门，穿过骨架才能看到朴素的入口，好像走过远古时代，终于来到人类世界。

尽管看过很多照片，真正站在这些展品面前还是觉得震撼，不论是展柜还是橱窗都非常拥挤，博物馆展出了绝大部分收藏，而且几乎所有的藏品都带有标签，第一批古老的手写标签鲜少被替换，即便褪色、难以辨认，价值观在今天看来也有问题——博物馆官网上的描述是"贬低、损人"，但仍旧被保存下来，因为"体现的是第一批博物馆工作人员的思维方式，也是人类学的历史片段"；如果全部替换成新标签，"整个博物馆的气质就会改变"。这种有意识的保留是博物馆直面殖民、屠杀等黑暗过去的一种方式。

博物馆也撤了一部分展品以示对异文化的尊重。2020年9月22日，博物馆在因新冠肺炎疫情关闭后重新对外开放，那时他们已撤下120件人类遗体类展品，包括自1940年以来就作为镇馆之宝的厄瓜多尔修尔人（Shuar）和阿修尔人（Achuar）的缩小人头，还有印度那加兰邦（Nagaland）猎人族的人头，以及埃及婴儿木乃伊。

当时的新闻稿里引用了博物馆研究助理马伦卡·汤普森-奥德鲁姆（Marenka Thompson-Odlum）的话："很多人可能认为移除或归还某些物品是一种损失，但我们试图表明的是，我们并没有失去任何东西，而是为更广阔的故事创造了空间。这就是去殖民化的核心所在。"

我想起哈米德关于创造空间的话来，心想："哪儿那么容易。"

同样是镇馆之宝的海达图腾柱仍旧耸立在大厅，存在感颇强。归还收藏在世界各地的图腾柱始终是个让博物馆学者纠结的话题，固然有许多人认识到让圣物重回原住民手中具有重要意义，但海达人对图腾柱的传统处理方式是：立在大自然中任其腐化，最终成为森林养料、大地的一部分。这是绝大多数博物馆学者、藏家都无法接受的。现代社会的认同在于"拥有"，文物亦然：你拥有还是我拥有，或是人类共有。但原住民并不这样想，日本摄影师星野道夫生前也关注文物归还的问题，还和阿拉斯加长老一起到后者的圣地夏洛特皇后群岛瞻仰风化了的图腾柱。他在《森林、冰河与鲸》一书中记录了长老向他吐露的衷肠："他们为什么非要把图腾柱保存下来，以至于要把跟这片土地紧密相连的灵物搬去毫无意义的地方？我们一直觉得，就算有朝一日图腾柱彻底腐朽，森林扩张到海岸，让一切消失在大自然中，也完全没有问题。到时候，那里就成了永远的圣地了。为什么他们总也理解不了呢？"[1]

在这个世界上，神圣的和神秘的越来越为人所无视。不管怎样，文物和人一样，自有不同的来历和不同的命运，它们的未来可以被探讨但不可能被人为设定。

站在展厅里，被橱窗里各种面具盯着看会觉得有点瘆得慌；各式各样的原住民护身符有一整排展柜，我相信它们仍蕴藏着神秘力量；乐器就在周围的展柜里无声地演奏着，它们要说的是，乐器即法器。而人，总需要看不见的力量指引，意识到面对兵荒马乱或者欣喜若狂都需要同样的心力、站稳脚跟、保持镇定。

事实上，这种按类别来陈列藏品——乐器、武器、面具、纺织品、

---

[1] 《森林、冰河与鲸》，星野道夫著，曹逸冰译，广西师范大学出版社，2020年，第50页。

珠宝和工具等——而不是按地域划分，是皮特·里弗斯博物馆的特点之一，不仅展现了世界各地原住民因不同地域产生的不同生活以及认知方式，还有不同部族在不同时间面对类似挑战时运用的相似或不同的解决方式。归根结底，这样的陈列意在展现多样的习俗、同样的人性。

英国《前景》杂志（*Prospect*）在 2022 年 11 月刊中发表长文[1]探讨皮特·里弗斯博物馆存在的争议，和欧洲各个博物馆一样，焦点是展品来历、归还等。文章也提到，皮特·里弗斯博物馆开始梳理用词不当的老标签了，加上新标签或者移除一些，这是该馆近年来最重要的项目之一，被称为"Labelling Matters"（标签是重要的）。

尽管皮特·里弗斯博物馆和西方人类学、民族学博物馆都难免受到各种道德指摘，但该馆的一些做法还是得到一定程度的认可。新馆长劳拉·范·布洛克霍文（Laura Van Broekhoven）来自比利时，自2016 年上任以来采取的核心方式始终是直面过去而非任何形式的逃避，她告诉《前景》杂志，让博物馆去殖民化在于"解锁这些藏品背后的故事"。

博物馆会和原住民展开关于藏品未来的沟通，收到的回复也并不是一味要求归还，包括马赛人（Maasai）在内的一些部族提出："你们能向我们完整解释这些物件的过去和传统吗？"也有人类学家遇到田野

---

[1] 《皮特·里弗斯博物馆中的殖民主义幽灵》(The Ghosts of Colonialism at the Pitt Rivers Museum)，作者为安德鲁·迪克森（Andrew Dickson）。

地的部族后代请他们解释仪轨或某些习俗的来龙去脉，甚至指导一场仪式。这是因为深谙传统的祖先们离世了，后代因为许多血腥经历主动或被迫放弃了自己的文化导致断层，而年轻一代又有了复兴的意识。

《前景》杂志指出，皮特·里弗斯博物馆的做法和欧洲其他人类学博物馆完全不同，巴黎的凯布朗利博物馆（Musée du Quai Branly）为自己的藏品重新做了策展和规划，柏林则更彻底，直接撤掉原来的亚洲艺术博物馆（Museum für Asiatische Kunst）和民族学博物馆（Ethnologisches Museum），把所有藏品移到新家洪堡论坛——他们是想重新开始，这样的做法并未建立在反思过去的基础上。

事实上，洪堡论坛对今天的欧洲来说有多著名也就有多争议，不少柏林人对它恨之入骨，不过它仍旧是我重访柏林的重要原因之一。

距我上次来这座城市已经十年有余，许多柏林人认为这里已发生巨变，其中就包括为了建洪堡论坛，市中心的街道被改了。"全部做法都他妈的虚伪至极，根本就在强调殖民。"我的柏林朋友激动地说（他就是那个我在石龙村想起的德国人），他的家人甚至拒绝走进洪堡论坛，而且像他这样的并非少数。"为了这样一座建筑而改变道路规划，就意味着强调它的中心地位。里面还是偷抢来的文物。把以前的展馆全撤了，整个搬到这里，这是抹杀过去。这不是柏林该有的做法。不直面过去是不可能有未来的，逃避、抹杀只能加深创伤，不论是对施者还是受者都是如此。"

英国视觉艺术月刊《阿波罗》（*Apollo*）在 2022 年 1 月刊中报道过相同看法，丹尼尔·特里林（Daniel Trilling）在名为《洪堡论坛错得离谱了吗？》（Has the Humboldt Forum Got It Horribly Wrong?）的长文中写到，反对洪堡论坛的人认为它"本质上是恢复德国权力和帝国的象征"。

反对洪堡论坛的文化工作者联盟（Coalition of Cultural Workers against the Humboldt Forum）则在自己的宣传片中指出，洪堡论坛的目标是搜罗非欧洲的展品，在以它为中心重新打造的米特[1]展出，而这正是新殖民、新帝国。

如果不了解洪堡论坛所在的建筑和一些这座城市的历史，就很难理解这些柏林人的愤怒。

洪堡论坛的争议始于建筑本身，它位于重建的柏林宫内。原始宫殿建于 1443 年，后来又在 17 世纪由巴洛克建筑师安德烈亚斯·施吕特（Andreas Schlüter）扩建，但"二战"期间遭到轰炸，严重损坏。1950 年代，控制着宫殿所在地区的东德政府决定拆除它，建了一个现代主义风格的长方体建筑——共和国宫，是东德议会所在地，也有公共休闲设施，柏林墙倒塌后因该建筑内含有石棉而被废置。

1990 年代，来自汉堡的富商相中了它，发起重建帝国宫的号召，2000 年代早期，一些德国有钱人加入他的行列。德国议会最终批准了这个项目，条件是富商们负责外墙，里边到底放什么由政府决定。重建巴洛克宫殿本身的象征意义引发了许多柏林人的不满，他们认为这本质上是一个民族主义和保守主义项目。富商们则提出异议："为什么

---

[1] 米特（Mitte），柏林市最中心的区，也是洪堡论坛（即柏林宫）所在地。

柏林受纳粹的折磨要比其他城市更长？为什么我们不允许柏林重新变美？"——不能把过去了的留在过去。另一方面，曾经的东柏林人发出抗议，建筑因重建而被彻底抹除是对历史的无视。

经过20多年的争论，最终，宫殿于2020年完成重建，耗费超6亿欧元。

柏林刚刚度过一个严冬，世界刚刚经历一场疫情，接着还是通货膨胀，人们对这个数字翻白眼也不难理解。

让洪堡论坛成为亚洲艺术博物馆和民族学博物馆的新家，这个做法是另一大争议所在。尽管德国政府做决定时，博物馆去殖民化、文物归还等话题尚未成为争论热点，而且这个决定更具经济导向而非其他——原来的亚洲艺术博物馆和藏有非洲、大洋洲以及美洲文物的民族学博物馆位于柏林城西一个颇为安静的学术、住宅区，也是柏林自由大学的所在地，这里能吸引的游客人流极少，把展品搬到市区游客聚集的地方看起来是个颇正常思路。博物馆学者自然有自己的看法，这两家博物馆原本就是"懂的人做给懂的人看的"（by connoisseurs, for connoisseurs），洪堡论坛则是做给大众看的。特里林的文章中提到，现在为洪堡论坛工作的曾经的博物馆策展人在接受采访时都略显局促，表示他们觉得展览还有许多可提高之处，而且对合并两个馆的做法也存疑。

对憎恶洪堡论坛的人来说，可恨的关键仍难摆脱建筑本身，这座巴洛克宫殿的所在地曾经是霍亨索伦家族（Hohenzollerns）、普鲁士君主和德意志帝国皇帝的故居。1904年到1908年威廉二世（Kaiser Wilhelm

II）就是住在这里下令对今天纳米比亚境内的赫雷罗人（Herero）和纳马人（Nama）展开种族灭绝的。如今却还要把战利品放进来，洪堡论坛里还有一整个展柜展出赫雷罗人和纳马人的文物，其中包括一件仪式盛装。

这里还重建了19世纪中叶才加盖到屋顶上的圆顶教堂，铭文用了普鲁士国王腓特烈·威廉四世（Friedrich Wilhelm IV）对1848年革命者要求实行君主立宪的回应"奉耶稣之名，在天、地和地下的都应跪拜"——表示自己只服从神而非其他任何权力。

我的柏林朋友说："如果我有无人机并且会用的话，我就炸了它。"他只是为了生动地表达意见，不会真这么干。事实上，他所在的基金会正试图和洪堡论坛交涉协调，让它"做点好事""走上正轨"，真正成为世界各地各种文化平等交流、争论之地，也就是它声称自己要做的。在这个世界上，让一个人面对过去的创伤需要十足的愿力，让一个机构面对黑暗的过去需要许许多多人的愿力。

我一直跟着洪堡论坛的开幕进程，从线上、线下再到开幕演出直播，所以终于走进其中时颇有些圆梦感。展品约有2万件，占地1.6万平方米。和牛津皮特·里弗斯博物馆的藏品比起来，洪堡论坛的大件实在是太大了。太平洋的独木舟展厅层高目测10米以上（据《德国之声》[Deutsche Welle]报道，展厅内一艘船的桅杆约10米），参观者先是站在高处俯瞰舟船。一艘由斐济上百年的传统船只改建，参观者可以脱鞋登船，主要是给孩子们体验的，德语循环播放着太平洋上的古老故事。另一条斐济的传统独木舟则是仿制品，请斐济岛民根据 1913 年造的老船复制，原船现藏于斐济物馆（Fiji Museum）。我想起《卫报》（The Guardian）早前的一篇评论[1]写到洪堡论坛有位怨气十足的前员工——法国艺术史学家、文物归还专家贝尼迪克特·萨瓦（Bénédicte Savoy）在 2017 年从洪堡论坛咨询委员会辞职，理由是她认为该机构不愿调查藏品的血腥殖民历史。她不但对此感到失望，而且还颇具讽刺意味地提议洪堡论坛内的展品应该全用仿制品，一座又假又虚伪的博物馆展出虚假的作品，这才合情合理。

太平洋展厅里最大的舷外支架独木舟来自巴布亚新几内亚的卢夫岛（Luf Island），洪堡论坛的官网上记载了它的身世。1881 年贸易公司亨斯海姆洋行（Hernsheim & Co）在卢夫岛建立贸易站，但遭到岛民抵制。后来帝国海军在贸易公司怂恿下袭击该岛、掠夺村庄、残害岛民，摧毁了大量房屋和船只。这艘舷外支架独木舟建于此次袭击的八年后，据说岛民希望用船载着过世不久的领袖出发，好将他埋葬大海。但德国人不仅攻击了村庄还带来了疾病，岛民数量因此急剧降低。那时村中的人已经太少，少到建起了船却无法把这个大家伙推入海中，海葬的愿望也因此落空。在那之后，船就一直搁置在岸上，和人一样失去了意义和目标。

1903 年，洋行主管购下此船再卖给了柏林民族学博物馆。展厅里

---

[1] 2022 年 9 月 19 日刊文《"不便的真相"：柏林洪堡论坛面对殖民过去》（'Inconvenient Truths'：Berlin's Humboldt Forum Faces Up to Its Colonial Past），作者为菲利普·奥尔特曼（Philip Oltermann）。

有关于该船建造和收购的介绍，也有巴布亚新几内亚的电影制片人马丁·马登（Martin Maden）采访岛民的视频。

今天，巴布亚新几内亚人也没想要回船，当地没有能力照料这艘老古董，但希望可以在洪堡论坛学者的帮助下研究它。岛民还认为独木舟就像一位文化大使驻在了柏林。

在斐济或波利尼西亚，我乘独木舟出海穿过雨云时，不论如何都觉得舟船和人类都无比渺小。但在这儿，桅杆上满是时间的痕迹，如此高大宏伟，岛民们相信船就是岛屿，这一点儿没错，非常实在——船大得跟小岛似的。可是卢夫岛独木舟的标签上写着"这类船中的最后一艘"。

太平洋茅草屋的展厅同样高大，我在南太平洋跳岛时曾猫着腰走进岛民的小屋，它们都不再是展厅里那么传统的了，看起来有些局促。而在洪堡论坛，你得走下长长的阶梯才能和它们来到同一水平面，然后感觉被这些茅草屋俯瞰着。

来自巴布亚新几内亚和帕劳不同地区的茅草屋展现着不同的建筑技艺，它们是人类、祖先、神明的居所，反映了原住民不同的社会结构和宇宙观。这里还展出着一个粮仓和一个 Bai——帕劳岛民传统的领袖集会长屋。据介绍，这是缩小版。1907 年，医生、民族志学家奥古斯丁·克莱默（Augustin Krämer）到帕劳，在当地请人专门为柏林民族学博物馆制作展示建筑，打造了外立面，1908 年首次在柏林向公众展示，60 年后又加了地板和屋顶桁架。2022 年夏天，一些来自帕劳的原住民为其加上了新屋顶。

巴布亚新几内亚阿贝拉姆人（Abelam）的祭祀用屋如今已经不再建造了，展厅里的这个也是复制品，它相当华丽，有彩绘的墙面和两个居室，屋里立着神明的雕像。

另一些木雕虽然分开展出，但有些传统上都应该是立在屋前的。仰望它们如同仰望祖先和神明，在氤氲潮湿的岛屿世界，人们感觉深受其庇护。洪堡论坛里还有比人高的鼓、南美洲原住民帝王收到的礼物等。

在这里看展你会生怕自己看不过来，可见人类文化、技艺、生活方式之多几乎超出了大脑的认知。

德国诗人海因里希·海涅（Heinrich Heine）曾说："过去的人有信念，现代的人只有观点。"大概就是因为有了信念，世界各地的原住民才既能打造出庞然大物，也能雕琢编织出小巧精密的宝贝。

在洪堡论坛里，看到纳米比亚设计师辛西娅·席明（Cynthia Schimming）写的一句标语"我的哲学 vs 你的解读"，我想起哈米德的话来，"都是学者自己的解读"。

展品用沉默讲述着各式各样的故事，爱恨与对错，拥有与归还。它们彼此交错，真相和目标都变得面目不清，只有一件事是明确的，它们在宏大的展厅或精致的展柜里兀自存在，失去了在原生土地上缓缓发展、变化的道路，这意味着同为人类，我们失去了探索另一种发展的可能。我们对展品所代表的那片土地上的爱恨情仇在今天或许略有所知，但却仍旧鲜有所感，对曾用任何一条船航行于太平洋间的岛民的勇敢、恐惧、渴望、依恋同样知之甚少。我们只知道，这条船是仿制品，那条是原件。

然而洪堡论坛和皮特·里弗斯博物馆还是能让参观者非常接近他者。尽管背后蕴藏着许多争议，但作为博物馆，它们展现的古老他者世界如此丰富详细，在洪堡论坛的大型展厅、皮特·里弗斯博物馆满满当当的展柜里，被遗忘的茅草屋拔地而起，神明面目如生，武器令人生畏。

"但它们是没有灵魂的。"一些原住民曾告诉我，博物馆中的展品没有呼吸，即便不是死的也是沉睡的。参观者在展厅里随性观展或者跟着导览漫步、阅读、聆听，想象一个又一个故事，不过这些故事都发生在参观者的头脑中，没有和人的交往也没有和地域发生关系，各自的命运没有交集，异文化仅仅是一个概念和观看对象。

这远没有实际在汪洋中乘风破浪来得刺激，像是我曾在法属波利尼西亚，从波拉波拉岛出海时所经验的；也没有在茅草屋里受到岛民欢迎来得亲切，比方说在斐济村中长屋喝下卡瓦。没错，当地原住民现有的绝大多数船和屋子都毫不华丽，神性意味也愈发衰弱，但身处当地可以让真正体会到人性的深刻成为可能，意识到即便文化不同人们仍然心意相通，神明也会在你意识到时即刻显现。当然这已经超出了博物馆能够给予的体验。

争议也意味着有人喜欢洪堡论坛。我拜访时是假期，直达电梯大排长队。据官方数据，洪堡论坛自 2021 年 7 月 20 日完全开放到 2022 年 7 月 20 日，有 82 万人来看展。它的野心是每年吸引 300 万人，对标大英博物馆（British Museum）。

三年前，我线上采访美国作者约书亚，我还记得自己得知他常住柏林时多么抓心挠肺地想要回来看看，当面聊聊。这次终于弥补遗憾。我问他对洪堡论坛的看法，他直言不讳地表示："对很多人来说充满争议，但我非常喜欢！"

无法弥补的遗憾是没和哈米德一起看《蒙古，熊之谷》。在不剧透的情况下概括来说，这部纪录片讲的是西伯利亚的林火使那里的熊成了"生态难民"。它们在冬眠前找不到足够食物，只得出走来到蒙古境内，唯一的食物来源是当地原住民的牲口，一些熊因此被射杀。原住民护林员救下了3只一岁多的小熊，想帮它们度过严冬再放归遥远的荒野。这不是个简单的任务，哈米德为此给世界多地的动物保护组织写信求助，最终该项目由澳大利亚动物协会（Animals Australia）主导。

在蒙古的20年间，哈米德见证了泰加森林里文化和自然的变化。10年偷猎与商业捕猎使野生动物数量骤降，2012年这里建起严格自然保护区[1]，被雇用为护林员的是当地原住民，他们中不少都曾是猎人，纪录片《泰加森林》中的主人公也成了其中一员。这是个有趣的变化，狩猎者成了保护者，现在的使命是执行环保法律，禁止非法采矿和偷猎，他们的内心自然也发生了变化。

---

[1]　严格自然保护区（strict nature reserve），世界保护区委员会（World Commission on Protected Areas）确立的保护区体系中等级最高的第一类保护区，这里的自然景观受到最严格的保护。

如今在保护区内，原住民迁徙狩猎也属非法，这就让曾经的猎人们心理压力很大。迁徙中的是他们的家人，保护区成立前这里是他们自由进出的家园。现在如果护林员逮到他们则要上报，看着家人受罚。问题是，不进入保护区的话，驯鹿的食物就不够，传统生活方式也难以延续。

　　但与此同时，曾经的猎人们心里又仿佛受到神秘召唤，意识到保护工作是应该做的，是真正正确的远见和路径。

　　《蒙古，熊之谷》里说护林员们认为救熊、放归是个极好的教育孩子的机会，可以由此建起跨世代关于气候、环境变化的对话，他们的祖辈甚至父辈可能都曾是猎人，现在则在救助猎物。这对原住民来说实属全新的境遇。

　　原住民文化在哈米德的镜头里从不是死的、固化的，一个个活生生的人随着机遇、灾难而变，不同的人生和命运缓缓展开，人性的光芒是不变的。"纪录片里的人崩溃过又带着创伤重生，最终臣服，重新找回无条件去爱人类、爱其他物种、爱这个星球的能力——这是他们祖先萨满就曾拥有的魔力，但它其实也在所有人的内心深处，也是人的本能，只是绝大多数现代人遗忘了……"我在上海家中看完纪录片后在发给哈米德的信息里写下这个抒情的开头，后来又觉得这些我们其实都讨论过了，最终改为："看完了，非常喜欢！很庆幸没在酒后看，但也很遗憾没能一起看，有好多想谈、想讨论。平安抵达蒙古时给个信，旅顺途安。"该启程的是他了。

　　如果我们前往原住民的土地，能够学习他们的智慧，收获启迪和救赎，那我们又能回报给他们什么？哈米德身体力行的回答是：提供实际的帮助，就像他帮原住民救熊而联络动保组织。我们也都同意，从他者那里收获了心力，也就能付出心力。有足够的心力才能创造空间、打破轮回的枷锁、无条件地去爱。

"尽管很难，但重新找回或意识到这些能力，正是为实现正确的远见要面对的挑战。"跟哈米德分别前他说。这于我是安慰，也是勉励。

后来我也在信息显示已读后的沉默里感到一种超越言说的安心。"我们总在彼此的祈愿里，"见面那会儿为没有多联系而向他道歉时他说，"我从不怀疑这一点。"确实如此。

致谢

成就了这些旅途的人也是成就了这本书的人，是我的旅伴和向导，我对他们永保感激和深情。

为我展开萨米人世界的 Raimo & Marjetta Hekkanen、Irene & Ari Kangasniemi、Jukka Kangasniemi、Tarja Manninen、Anna Näkkäläjärvi-Länsman、Edgar Olsen、Armi Palonoja、Aslak Paltto、Timo Seppälä 以及忠实贴心的旅伴、好友 Gioia Laura Iannilli。

在澳大利亚北领地，所有的相遇都再再让我明白，不论在世界的哪个角落，原住民的世界里总有些秘密不可言说，尊重这一事实也是深入异质文明的第一步，引领我懂得这个道理人包括：Ian Conway、Gloria Moneymoon、Clive Scollay 和 Bob（Penunka）Taylor。

我在冰岛始终执着于寻找精灵信仰，有时甚至到了执迷不悟的境地，感谢 Kristjan Guðmundsson 给予我包容、陪伴和友谊，还有 Ólína Jónsdóttir 慷慨分享故事并提供出色见地。当然还有不肯透露姓氏的冰岛南部向导 Stefán。

在南太平洋，好心好脾气的斐济岛民们让我对岛屿上的温柔有了绵长的一瞥。法属波利尼西亚的 Jenny Lau 和 Anne Tran-Thang 为我解释了许多岛民的价值观和信仰。Jonathan Carter 为我做好了行前的心理建设、考古知识储备，并给予我强大的信心和心力。

如果没有美国亚利桑那州旅游局的 Kim Todd 和上海办公室的董瑾，深入印第安保留区的旅途就不可能成行。在不同的保留区里，感谢 Raphael Bear、Bernadine Burnette 、Martha Camacho、Geraldine Hongeva、Iva Honyestewa、Milland Lomakema Sr.、Blessing McAnlis-Vasquez、James Surveyor、June Shorthair，还有 Donovan Hanley 向我展开自己的世界和心扉，提供不可或缺的帮助。

喜林苑的 Brian Linden、李梦媛、俞泓嘉给予我灵感和线索，让我认识了石龙村；张益梅为我打开了自己和亲戚家的大门，除了友情外，还让我感受到了白族人家的温暖；没有李银梅出色的、不厌其烦的汉语翻译，许多细节也不可能被记录。当然也要感谢所有帮助过我的石龙村村民。另外，随行摄影申黎萍的陪伴和付出使得云南的旅途少了许多焦虑和孤独。

Michael Harner（他于 2018 年离开了这个世界，但想到他留下的深厚精神力量，就能稍稍缓解死别之苦）、Galya Morrell、Sainkho Namtchylak、Catherine Poulain 和 Ernst Reijseger 花了许多时间和精力接受我的采访，分享了自己的经历和感悟，和他们的畅谈让我得以确定：谈得来的人总归存在，这相当振奋人心。也感谢伍娇和我分享贵州壮族花米饭的做法，这是我们交换的多个菜谱中的一个，交流做菜总是让人快乐的体验，其他敞开心扉的交谈也常让我受益非凡。

回到心心念念的柏林时，Joshua Hammer 展现的是一个驻外记者的真知灼见。还有，如果不是他提议约在蒂尔加藤公园（Tiergarten）并带我走上一段自己的私藏路线，我不可能发现那儿迷人的森林和闪闪发光的水道，这为我的旅途又增色不少。Christophe Knoch 不仅详尽生动、充满激情地为我解释洪堡论坛的争议所在，更重要的是，他让我意识到没有什么可以动摇真正的友情。不同领域、背景的人都会对原住民、仪式力量、祖先智慧、人与地球的关系等话题有先验的价值认同。Frederic Wake-Walker 是头一个让我确定这一点的人。我们一同拜访了柏林民族学博物馆的原址之一，都很喜欢那里。

Hamid Sardar 在巴黎热情款待了我，重聚对我来说意义非凡。自做"他者 others"平台开始，其作品和价值观就一直让我深受启发。

以上两位的洞见、创意和决心更让我看到世界的多种未来和可能性。尽管尚未与他们一同踏上旅途，但真切地希望下一本书中满是和他们以及其他许多心意相通者同行的故事——这个念头也是我心怀希望的根本——如果没有由此幻化而来的动力，本书也不可能成形。

顾一飞、李家慧阅读了部分章节的初稿并给出真挚详细的反馈和鼓励，帮我省了许多不必要的内耗。

感谢为本书付出的世纪文景团队，尤其是静宜和小明，她们仔细、可靠，总能给我建设性的启发和提议，包括充满挑战的修改意见（指出方式却是那么心平气和，叫人无法忽视），这让我有了足够的压力逼出自己更满意的成果。应该说，她们让我得以在满怀深刻的安全感的情况下完成本书的最终编辑，这对我来说至关重要。

永远对谢镇远满怀敬爱和感恩，正是他引领着我打开了他者的世界，从此受益一生。书中许多篇目都沿用了在"他者 others"上推送相关文章时他打的标题，他的编辑功力如此高明，我总是佩服得五体投地。

在我深入他者的旅途中，家人和朋友始终保持情绪稳定，并确保我也同样如此。他们给了我无条件的支持和爱，让我有异质文化可探也有安全的港湾可回，没有什么比这更重要了。

文景

Horizon

社 科 新 知　文 艺 新 潮

在驯鹿聚集的地方，吟唱

吴一凡 著

出 品 人：姚映然
策划编辑：雷静宜
责任编辑：高晓明
营销编辑：高晓倩
封面设计：安克晨

出　　品：北京世纪文景文化传播有限责任公司
　　　　　（北京朝阳区东土城路8号林达大厦A座4A 100013）
出版发行：上海人民出版社
印　　刷：山东临沂新华印刷物流集团有限责任公司
制　　版：南京展望文化发展有限公司

开 本：890mm×1240mm　1/32
印 张：9.25　　字 数：199,650　　插 页：2
2023年9月第1版　　2023年9月第1次印刷
定 价：79.00元
ISBN：978-7-208-18344-5 / I·2091

图书在版编目（CIP）数据

在驯鹿聚集的地方，吟唱 / 吴一凡著. —上海：
上海人民出版社，2023
ISBN 978-7-208-18344-5

Ⅰ.① 在… Ⅱ.①吴… Ⅲ.① 散文集－中国－当代
Ⅳ.①I267

中国国家版本馆CIP数据核字（2023）第102711号

本书如有印装错误，请致电本社更换 010-52187586